UNE VIE SANS FIN

Frédéric Beigbeder

没有终点的生命

[法] 弗雷德里克·贝格伯德 —— 著

袁俊生 —— 译

中信出版集团 | 北京

图书在版编目（CIP）数据

没有终点的生命 /（法）弗雷德里克・贝格伯德著；袁俊生译 . -- 北京：中信出版社，2019.6

ISBN 978-7-5217-0393-1

I. ①没… Ⅱ . ①弗… ②袁… Ⅲ . ①科学幻想小说—法国—现代 Ⅳ . ① I565.45

中国版本图书馆 CIP 数据核字（2019）第 071079 号

没有终点的生命

著　　者：[法] 弗雷德里克・贝格伯德
译　　者：袁俊生
出版发行：中信出版集团股份有限公司
（北京市朝阳区惠新东街甲 4 号富盛大厦 2 座　邮编　100029）
承 印 者：中国电影出版社印刷厂

开　　本：880mm × 1230mm　1/32　　印　　张：9　　字　　数：188 千字
版　　次：2019 年 6 月第 1 版　　印　　次：2019 年 6 月第 1 次印刷
京权图字：01－2019－2508　　广告经营许可证：京朝工商广字第 8087 号
书　　号：ISBN 978－7－5217－0393－1
定　　价：48.00 元

服务热线：400－600－8099
投稿邮箱：author@citicpub.com

目录

献给科洛伊、劳拉和奥娜

"愿全能的天主垂怜我们，
赦免我们的罪，使我们得到永生。
阿门。"

——《天主教弥撒经》

"他们也许有九亿九千五百万人，而我只有一个人，
但有错的是他们，洛拉，只有我是对的，因为只有
我知道自己想要的东西：我不想死。"

——路易·费迪南·塞利纳《长夜漫漫的旅程》

重要说明

马克·吐温说过："虚构与现实的差别是，虚构应该是可信的。"但是假如现实不可信，又该怎么办呢？如今科学比虚构还要疯狂。这是一部"非虚构型科幻"作品，这部小说所描述的所有科学细节都刊载在《科学》或《自然》杂志上。我与医生、研究员、生物学家及遗传学家的谈话都是根据在 2015 至 2017 年间采访他们的录音整理的。本书所提到的参与会谈的人员名字，企业名称、地址，他们的科研发现、初始实验、机器设备、药物及医院都是真实存在的。只有我自己的亲属没有用真实名字，以免他们为难。

就在对人类长生不死这一课题展开调查的时候，我从未想过最终会得出什么样的结果。

至于说本书对人类的变化（一般性）和读者的寿命（特殊性）会产生什么样的后果，作者不负任何责任。

弗雷德里克·贝格伯德

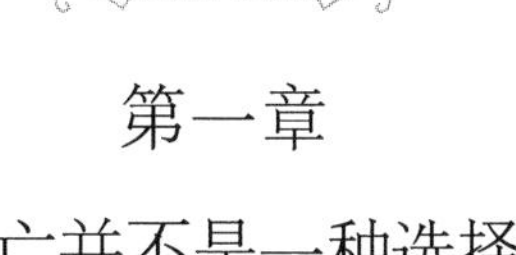

第一章
死亡并不是一种选择

“死亡真是愚蠢透顶。”

弗朗西斯·培根[1]与弗朗西斯·吉亚科贝提[2]的谈话录

（1991年9月）

① 出生于爱尔兰的英国画家，20世纪英国最伟大的画家之一。——译者注
② 法国电影导演兼编剧。——译者注

要是夜空晴朗的话，我们每个夜里都能看到死亡，只需要抬眼仰望星空。陨灭星球发出的光芒穿越整个银河系。遥远的星星也许早在几千年前就陨灭了，却依然在苍穹里发出光芒，给我们带来最后一丝回忆。有时候，我也会给一个熟人打电话，听见他在电话留言录音上的话语，那声音听起来一点儿都没变，其实这人不久前刚被埋入坟墓。这种局面给人一种荒谬的感觉。星星陨灭时，星光要过多久才会黯淡下来呢？人去世之后，电话公司要用几周时间才能把此人的留言录音抹掉呢？从死亡发生到最终陨灭确实存在一段延迟期，星星就是一个明显的证据，星星死亡后，依然在向远处发出光芒。待时光差闪过之后，死亡的恒星必定会发出摇曳的光芒，就像蜡烛燃尽之前烛辉突然闪亮一样。光芒似乎在迟疑不决，而星星已经是有气无力了，电话留言录音不再发出声响，而烛光还在摇曳。如果仔细观察死亡的话，就会发现，陨灭的星星不像活着的恒星闪烁得那么明显。星星的光晕越来越弱，亮度也变得越来越模糊不清。死亡的星星开始闪烁，仿佛在给我们发送遇难的信号……它在拼命地抓住最后一线生机。

我的复活是在巴黎开始的，那个街区常有恐怖袭击，那一天整个天空都笼罩在一片雾霾之中。我带女儿走进一家名叫“青春”的新式小酒馆，她要了一份贝洛塔火腿肠，我点了一杯亨利爵士奎宁水，慢慢地喝着。自从智能手机问世以来，我们俩就很少聊天了。她在手机上翻阅 WhatsApp（瓦次艾普），而我则在 Instagram（照片墙）关注超模的动向。我问她过生日的时候最想要什么礼物。她说：“我想要一张和罗伯特·帕丁森[①]在一起的自拍照。”听她这么一说，我的第一反应是惊愕。不过仔细一琢磨，即便作为电视台主持人，我同样也会要一张和名人在一起的自拍照。有一个家伙经常采访演员、歌手、运动员及政治家，面对电视镜头，他什么也不做，就是在这些名人身边长时间地拍照，这些人物可比他有意思多了。况且，我走到大街上时，也有过往的行人拿出手机要和我拍一张合影。我之所以爽快地答应和他们合影，是因为我在电视节目里刚和名人一起拍过照。所有人都过着身不由己的生活，每个人都想借着别人的光芒去闪耀。现代人就是由 75 万亿个细胞组成的生命，每一个细胞都想化身为一个像素。

把自拍照放到社交网络上已成为我们这个时代的一种新观念，意大利作家安德里亚·因格莱塞将其称作“唯一正当的激情，即自

① 英国演员、歌手，代表作《暮光之城》《哈利·波特与火焰杯》。——编者注

我推销的激情”。自拍照甚至划定出一种贵族等级。在自然景色或名胜古迹前自拍的人就是孤独的自拍者，他的自拍照也有一定意义：瞧！我去这儿了，你没去过吧。自拍照就是一份简历，一张电子名片，一个在社会上的进身之阶。要是能在名人身边拍一张自拍照，其中的含义不言而喻。自拍的人试图证明自己遇见了名人，这人总比他家邻居有名。自拍照是一篇爱情宣言，但又不仅仅是这样一篇宣言，因为自拍照还是一种身份的象征（麦克卢汉[①]曾预言：“媒介就是讯息”，但他没想到如今所有人都变成了媒介）。假如我站在玛丽昂·歌迪亚[②]身边拍一张自拍照，其中的含义与我同阿梅丽·诺冬[③]合影截然不同。自拍照就是在自我介绍：你瞧我站在名胜古迹前多帅呀，我能同这个人合影，能到这个国家来，能在这片海滩上，况且我还能朝你吐舌头。现在你对我了解得更多了：我就躺在沙滩上晒太阳，我把手指放在埃菲尔铁塔塔尖上，我在尽力抵住比萨斜塔，不让它倒下，我在到处旅行，但绝无炫耀之意，我之所以有存在感，是因为我遇见了名人。自拍照无非是一种博取名望的尝试，一种戳破贵族等级泡沫的尝试。自拍照也是一种共产主义，因为在魅力之战中，自拍已成为战士手中的武器。大家当然不会随便站在哪个人身边拍照，因为所有人都希望那个人的名望能够罩着你。和“名人”一起拍照好似一种食人族的形态，照片把明星的光环都给吞没了。但照片却把我送入一个新星的轨道。自拍照是

---

① 马歇尔·麦克卢汉，20 世纪原创媒介理论家。——编者注

② 法国女演员，代表作《两小无猜》《玫瑰人生》。——编者注

③ 比利时法语小说家，畅销书作家，代表作《爱情与破坏》《午夜四点》。——编者注

自我陶醉时代的新语言，它取代了笛卡尔的名言。“我思故我在”变成了“我拍故我在”。假如我和莱昂纳多·迪卡普里奥拍一张合影，总比你和你妈妈在一起拍一张滑雪照强多了。况且，说不定你妈妈也乐意和莱昂纳多·迪卡普里奥拍一张合影呢。迪卡普里奥或许想和教皇拍一张合影。教皇想和一个弱智儿童拍照。这是否意味着世界上最重要的人物是一个弱智儿童呢？不是啊，我自己都搞糊涂了，教皇是例外，这也恰好证明用手机拍照是有限度的。1506年，在创作《玫瑰冠的节日》时，丢勒[①]把自己的画像画在圣母玛利亚的上方，从而引发一股沉湎于自我陶醉的贵族时髦潮流，当年正是教皇毫不客气地粉碎了这股潮流。

自拍照的逻辑可以简述为这样一种局面：贝纳巴尔想和博诺在一起拍一张自拍照，但博诺不想和他拍照。因此，这就产生一种新的阶级斗争，每天在世界的各条街道上都会发生这样的斗争，斗争的唯一目标就是控制媒介，以展露出更高的名望，顺着名望的阶梯往上爬。在斗争的过程中，去对比媒介的量化反响，在自媒体时代，每个人都拥有这样的资源：在电视台上露脸，或在电台上发声；把自己的照片登载在报刊上；在“脸书”上博得点赞的人数；通过YouTube（优兔）或“锐推”[②]提升浏览量，等等，不一而足。这是一场向无名宣战的斗争，在这场斗争中，点数是很容易统计的，获胜者会非常势利地看待失败者。我把这种新的暴力形式命名为“自拍主义”。这是一场没有硝烟的世界大战，一场时刻都在进行、连

① 德国画家、版画家，被誉为“自画像之父”。——编者注

② 推特（Twitter）的专有名词，即“转推”“转发”的意思。——编者注

续 24 小时毫无停顿的战争，即托马斯·霍布斯所说的那种“一切人反对一切人的战争”，这场战争最终在技术层面上可以组织起来，而结果又能在瞬间统计出来。2017 年 1 月，在美国总统就职后举行的首场新闻发布会上，唐纳德·特朗普既不想展望美国的前景，也不想阐述未来世界的地缘政治观，他只想拿观看其就职典礼观众的数量与观看前任美国总统就职典礼的人数作一番对比。我当然也不能免俗，把自己排除在这场斗争之外，在粉丝专页上，我非常自豪地展示和雅克·迪特隆或大卫·鲍威在一起拍摄的合影，我的专页也博得 13.5 万粉丝的青睐。尽管如此，在将近 50 年当中，我还是感觉特别孤独。除了自拍照及做节目之外，我很少与其他人来往。在孑然一身与人声鼎沸之间来回切换，这样就不会有人拿所谓人生意义的问题来烦我了。

有时候，想看看自己究竟是否还活在这世上，唯一的方法就是去浏览自己的“脸书”，看有多少人为我发布的新消息点赞。看到有 10 多万人点赞，我兴奋异常。

那天晚上，我还真为女儿感到担心，她既不想拥抱罗伯特·帕丁森，也不想对他说话或者去认识他，而只是想把脸贴到罗伯特·帕丁森的脸上，拍一张自拍照，然后放到社交网站上，向小伙伴们显摆自己真的遇见了帕丁森。我们每个人都和她一样，去狂热地追求和名人一起拍照。无论是大人还是孩子，无论是年轻人还是老年人，无论是穷人还是土豪，无论是名人还是凡夫，能把自己的照片公布出去，已变得比在支票上或婚约上签字还重要。我们每个人都渴望能有一张明星脸。地球上大部分人都想在虚幻的感觉中喊出自己的愿望，尽管这一愿望难以满足，他们希望被人围观，或者引起别人的注意。我们每个人都想得到他人的重视，我们的面容渴望“听”到照相机快门的咔嚓咔嚓声。如果给我点赞的粉丝比你的多，证明我比你过得幸福；同样，在电视台里，哪位主持人收视率高，他就会认为自己比其他同事更受观众喜爱。这也正是自拍者的逻辑：他要靠圈粉去压倒其他所有人。随着数码革命的出现，好像突然发生了什么事情：全球意识形态内的自我中心主义已发生翻天覆地的变化。由于意识形态无法再控制全世界，我们所面对的就只有个体的远景了。过去，控制权掌握在贵族手里，后来这一控制权又转移到电影明星手上。自从每个人都成为媒体之后，所有人都想去支配其他人。无论是哪儿，都是同样的局面。

罗伯特·帕丁森前来戛纳推介他主演的影片《星图》，虽然无法让他和我女儿拍一张自拍照，但我还是从他那儿弄到一张带签名的照片。在制作电视节目的包厢里，我从 *Vogue* 杂志上扯下一张罗伯特·帕丁森的肖像，用红笔给女儿写了几个字：“致罗密，谨表爱意，抱抱你，鲍勃[①]。”小丫头只给我提了一个问题，算是表示谢意：

“是你在照片上签的名字吧，你敢发誓吗？”

我们的下一代人对任何事都抱有疑虑。不过，最让我伤心的是，女儿从来没有主动提出要和老爸拍一张合影。

今年，我母亲闹过一次心梗，而父亲又在一家酒店的大厅里跌倒了。于是我便三天两头往医院跑，成了巴黎医院里的常客。我也

① 鲍勃系罗伯特的昵称。——译者注

因此知道了什么是冠状动脉支架，而且还发现用钛合金制作的人工关节。我开始讨厌衰老，因为衰老就离走进棺材不远了。我有一份薪水丰厚的职业，一个漂亮的十岁女儿，一栋四层小楼，还有一辆双擎宝马轿车。我可不想转眼就把这些好处都给丢下。见我从医院回到家，罗密走进厨房，扬了扬眉角：

“爸爸，所有人都会死，我的理解对吗？先是爷爷奶奶，接着是妈妈、你、我，还有小动物、植物、花朵，是吗？”

罗密用眼睛盯着我，仿佛我就是上帝似的，其实我只不过是一个加速形成的单亲家庭的父亲，整日奔波于心血管外科和骨科医院。看来我不能再把安眠药放到早晨喝的可乐里了，得想办法别让她担心。我从来没想过父母能活到 80 多岁，也许我也能活到那个岁数，再往后罗密也能活那么久，把这个想法透露出来，还真有点不好意思。我数学很差，而且在面对衰老方面也不知所措。她像完美的布娃娃一样留着一头金黄色的头发，额前头发下一双漂亮的蓝眼睛开始充盈着泪花，身旁的微波炉和冰箱发出低沉的轰鸣声。一天，她妈妈告诉她世间并没有圣诞老人，她立马就抗议起来，那一天的情景我还依然记得很清楚，因为罗密不喜欢别人对她撒谎。她接着又说了一句很可爱的话：

“爸爸，我不想让你死……”

拆掉人与人之间的隔阂确实让人感到心情愉快……但这一次倒是我的眼睛噙满了泪水，我把脸埋在她那柔软的头发里，闻着带有橘香和青柠香气的洗发水味道。我真搞不明白，一个丑男人怎么能生出这么漂亮的女儿。

“亲爱的，别担心。”我回应道，“从现在开始，就不会再有人死了。”

我们在各自的眼里也变得好看起来，心情难过的人往往都会有这种感觉。人在不幸当中，连眼光都会变美了。托尔斯泰在小说《安娜·卡列尼娜》开篇就说过，幸福的家庭都是相似的，但他接着又补充说，不幸的家庭各有各的不幸。我不这样认为，因为死亡是一种很平常的不幸。我清了清嗓子，曾经当过兵的爷爷当年在家里发号施令时，也是先清清嗓子。

“宝贝，你完全搞错了，在几千年当中，所有人，还有动物、植物当然都会死的，但从我们开始，这一切都结束了。”

现在就该我去兑现这个不着边际的诺言了。

一想到要去瑞士参观基因组诊所，罗密就显得格外激动。

“我们能吃到奶酪火锅吗？”

这是她最喜欢吃的菜肴。我们先去日内瓦，与斯蒂里亚诺斯·安托纳拉吉教授[①]会面。我借口要推出一档探讨长生不老话题的电视节目，很顺利地约到这位希腊学者，想让他解释一下重组脱氧核糖核酸是如何延长人类寿命的。由于这一周轮到我照管女儿，我便把她带在身边。因在专刊上看到超人类主义者发表的多篇论文，我萌生一个想法，打算就“死亡的终结”这一话题，举办一场辩论会，邀请洛朗·亚历山大、斯蒂里亚诺斯·安托纳拉吉、吕克·费里、德米特里·伊兹科夫、马蒂厄·特伦斯以及谷歌创始人谢尔盖·布林等人出席辩论会。

出租车沿着日内瓦湖向前奔驰，罗密却躺在出租车里睡着了。阳光照射在汝拉山顶的白雪上，发出耀眼的亮光，一片白云从山顶向下飘动，好似一大团厚厚的浓雾翻滚直下。正是这种天地浑然洁白的景色给玛丽·雪莱带来灵感，让她写出了科幻小说《弗兰肯斯坦》。而安托纳拉吉教授则在日内瓦从事重组人类DNA基因的研究，难道这是一个巧合吗？作为精密钟表的制造国，瑞士绝不指望任何

---

① 希腊裔学者，日内瓦大学医学院教授，从2013年起担任人类基因组组织主席。——译者注

巧合。1816年，身居迪奥达蒂别墅时，玛丽·雪莱感觉那座庄园里到处弥漫着哥特式的情调。理性主义的外表展现出宁静与平和。可我一直觉得静谧的瑞士画面是错误的，尤其是在巴洛克俱乐部里看到有人拿香槟酒打闹后就更加深了这种感受。

日内瓦就是卢梭的荒凉之地，那片荒凉之地被卡尔文给驯服了，因为所有瑞士人都知道那里险象丛生，任何人都有可能坠入悬崖，冻死在山涧里，或者掉进深山的湖水里淹死。在我小时候的记忆里，瑞士是一个疯狂庆祝除夕夜的地方，大家聚集在维尔比耶广场上狂欢；那里还有许多奇怪的布谷鸟，神话般的山间小木屋，空荡荡的宫殿，以及浓雾弥漫的山谷，只有威廉梨烧酒能让人抵御严寒。日内瓦是“新教的罗马城”，对自己银行的秘密总是守口如瓶，在我看来，这俨然是对利涅亲王那句格言的最佳诠释：“理性往往是一种不幸的激情”。瑞士最让我开心的，是大雪下面隐藏的炭火，是不形于色的疯狂，是理性的狂热。在一个如此文明的世界里，生命每时每刻都可能出现翻转。不管怎么说，在日内瓦这个名字里还包含着“基因”一词：欢迎您来到瑞士，这是一个总想控制人类的国度。在日内瓦湖沿岸，到处都能看到展览会的海报，展览会将在科洛尼镇马丁·波德麦基金会总部举办，主题是“开创黑暗之纪的《弗兰肯斯坦》”。我相信那一辆辆悄然停在喷泉四周的宾利车里装满了怪物。

“爸爸，咱们能去看展览吗？”

“咱们还有更重要的事情要做呢。”

我们在阳光咖啡厅点了一份奶酪火锅，火锅一半用的是瑞士格鲁耶尔干酪，另一半是用瑞士瓦什兰干酪，这道菜吃起来倒是很清淡，比在巴黎吃的那种油腻的奶酪火锅不知强多少倍。女儿用面包蘸着融化的奶酪，发出啧啧的赞美声：

“哇！好久没‘次’过了！太好‘次’了！嗯嗯！”

“嘴里塞满东西时别说话。”

“我没说话呀，我在发声。”

罗密身上的基因非常棒：父系这一边，家族几代人都在贝亚恩省做医生，而母系那一边，她从母亲那里遗传到创造新词汇的优点。在和我分手之前，卡洛琳往往会在名词后面加上构成法语动词的词尾拿来当动词用，她每天都会造出新词：我下午去“塑身”，晚上去“电影院”。她造的新词说不定哪一天就会被编入词典里，比如“炸薯条”，或“照片墙”。就在甩我的那一天，她并没有说“我要离开你”，而是说“该分手了”。不过，瑞士奶酪火锅并不是世界卫生组织推荐的食品（世界卫生组织总部就坐落在日内瓦阿皮亚大街20号），尤其是午餐不要吃这道菜肴。但是为了罗密的嗜好，我们也就顾不得那么多了，她的口福比我们长寿更重要。我们把行李放在瑞瑟夫酒店，这是建在日内瓦湖畔的一座豪华酒店，就在我翻阅酒店水疗项目介绍时，女儿躺在绒布长沙发上睡着了，这是著名设计师雅克·加西亚挑选的沙发款式，我发现酒店水疗项目推出一款对“生物个性”做基因诊断的“抗衰老”服务。

在日内瓦大学附属医院的大厅里摆放着几台老式的放射治疗仪，这是早已过时的老式医疗设备，算是X线断层扫描机的鼻祖。20世纪60年代的核科学已被小型化治疗仪取代。在医院的外面，一组组医学院的学生坐在草地上，而在医院大楼的里面，身穿白大褂的年轻住院医生正忙着做各种实验，他们面前摆放着许多透明无菌瓶、试管及细胞测试板。在这里，大家一直在尝试驯化人类，去修正“智人”的缺陷，甚至去改善这个古老的脊椎动物。瑞士人并不担心后人类的状况，因为他们知道人类生来就不是完美的。幸福更像是可爱的大学校园，而在医学界里，未来好似一版青少年影片。罗密感觉特别开心，在医院和大学共享的花园里，有一处健身娱乐场所，有秋千、滑梯、吊环和滚轮。

医学院遗传医学部设在大楼的九层。斯蒂里亚诺斯·安托纳拉吉教授穿着一件暗绿色的 T 恤衫，他看上去一点都不像浮士德医生，更像是兼有保罗·科埃略和安东尼·霍普金斯特征的人物。[①] 他面容如科埃略那样和善，个性如霍普金斯那样富有魅力。这位人类基因组组织主席向我解释人类如何获得快乐和好心情，他一边说，一边不时抚摸着山羊胡子，再不然就擦一擦金边眼镜，就像心不在焉的卡尔库鲁斯教授[②] 那样。罗密顿时喜欢上教授身上那种新生代的特点：温柔的目光、可爱的笑容、幸福的未来。他的办公室乱糟糟的，倒像一个地道的旧货摊儿，一个生物技术炼丹术士经营的旧货摊儿，不过混乱当中仍显露出一定的秩序。一个巨大的 DNA 双螺旋塑料模型横放在简陋的桌子上。我看了看他办公室里面的书籍：《遗传学史》第 1 卷、第 2 卷、第 3 卷、第 4 卷、第 5 卷……在这位国际知名的基因组学专家看来，即使最新的基因发现恐怕也已成为历史了。一台掏空的电脑被改造成花瓶，不知哪位后原子时代的设计师用钢丝制作了一个奈斯派索咖啡胶囊支架，架在

① 保罗·科埃略，巴西著名作家；安东尼·霍普金斯，英国著名电影演员。——译者注
② 《丁丁历险记》中的人物。——译者注

花瓶上，形成一束永远不会凋谢的花丛。

“教授先生，谢谢您能抽出宝贵时间来接待我们。”

“我们以后有用不完的时间……”

他眼镜后面那双蓝眼睛与当地的蓝天相得益彰。

“您能给我女儿解释一下什么是 DNA 吗？”

“人出生的时候会带着自己的基因组，它是由 30 亿个碱基对组成的。每个人在世界上都是独一无二的，因为每个人的基因组都不相同，除非是单卵双胞胎。由于阳光、食物、药物、空气污染、卫生条件的影响，人的体质会发生变化。我们将此称作后天遗传学。衰老也是一种个体表现型现象，相对于其他人，有些人会衰老得更快一些。”

教授讲的法语带有希腊口音，这口音听起来让人感觉热情奔放。假如某个世界上到处都有安托纳拉吉教授克隆体的话，那么在那个世界里，大家会感觉很惬意。

“细胞是不灭的。人类大约在 30 万年前出现在摩洛哥。人类之前是另一类生物，在那一类生物之前，又是另一类生物。所有生物共同的祖先就是细胞。这个细胞我身上有，你们俩身上也有。我通过精液把细胞传给下一代，小姐你呢，将来会通过卵子把细胞传给下一代。”

这番有关人类繁衍的讲解，让罗密去听恐怕还是太早了点。我赶紧把话题给岔开了。

“这样看来，我们每个人身上都有永生不灭的东西？”

“确实如此。人不可能再造出新细胞，但可以改造细胞，在细胞里添入新的基因，把有些基因抹掉，来改变一个细胞的命运，不过我们还是无法造出一个新的活细胞。同样，我们今天也无法制作出一个新的细菌，或许两三年后，我们可以做到这一点。”

“请您给我们介绍一下基因组测序吧。”

“如今做基因组测序相对比较简单。比如取两毫升唾液，就可以分离出 DNA。30 年前，我刚开始做这项研究时，都是靠手工来做，现在一周之内就能把 30 亿个碱基对测定出来。借助一个功能强大的软件，就能对比出你的基因序列与标准基因序列有哪些差异，标准基因序列是在 2003 年完成的。这是一项国际计划，即人类基因组计划，从 1990 年开始实施，我有幸参与了这项计划。人类基因组的信息库是对所有人开放的。”

“美国人克莱格·文特尔是模板 DNA 的合成者吗？”

“他在美国做基因组测序，与此同时我们也在欧洲做基因组测序。在美国，他是第一个完成测序的人，当然也有人和他一起合作，其中包括 1978 年诺贝尔生理学或医学奖获得者汉弥尔顿·史密斯。这只是一个程式，因为这并不意味着克莱格·文特尔的模板 DNA 是标准的，他只不过是率先破解了基因的密码，从那以后，大家都在研究与模板相比，哪里会出现变化。”

“爸爸，我可以去外面玩吗？”

我看了一眼教授，教授也看了我一眼。显然，就遗传学所取得的进步这一话题会让罗密感觉很无聊，还不如到外面去荡秋千。

“好吧，你别走远，就待在健身娱乐场那里，我从窗户这儿还能看到你。你的手机别关机，别站在秋千上啊。还有，你……”

“爸爸，我能活一千岁，我的基因可是这样编辑的噢。我可以去玩滑梯。没问题的。”

听她这么一说，安托纳拉吉教授笑起来。

“小姑娘，你的基因组还没有做测序呢，你刚才说能活一千岁，我们还得验证一下。”

接着，他转过身来对我说：“您别担心，我让我的助理去陪她，咱们还可以继续探讨这个话题。”

他按了一下按钮，一个年轻的女化验员来到办公室。她那一头黑发与身上穿的白大褂形成鲜明的对比，她看上去对突然提升为保姆，能到外面去散散心感到很开心。两个姑娘笑着离开了办公室。

“咱们刚才说到哪儿了？”安托纳拉吉教授问道。

“说到克莱格·文特尔。我在网络上看到他的研究成果。他合成出支原体的基因组，从这一点来看，他倒真像是维克多·弗兰肯斯坦。和玛丽·雪莱笔下那个疯狂的科学家一样，他好像兴奋地喊道：‘它活了！’您还记得小说里的这个情节吧？弗兰肯斯坦博士发现在经过几次放电之后，他自己亲手拼凑起来的造物开始呼吸，并能动弹的时候，不是也在高喊‘噢，它活了！’？接着这个造物便站起身来，想把所有人都掐死。”

“我没有看过《弗兰肯斯坦》这本小说，但我明白您的意思。克莱格·文特尔用在实验室里人工合成的染色体来替代一个天然染色体。他把人工合成染色体重新成功植入最小的有机活体内。他还为这个最小的基因组起了一个名字，即‘JCVI syn3.0’，甚至把自己名字的首字母悄然嵌到这个名字里。这就是一种人工合成的造物，这个造物不但活着，而且还能自我复制细胞。”

“不过，我个人认为，这不过是科学家所做的一种有趣的实验。借助电脑制造出新的菌种肯定是令人激动的事，但我看不出这类实验对人类社会有什么推动作用。”

“将来有一天，我们可以凭借这项技术造出新材料、新型混合燃料、新的合金制品……”

这时，我低头扫了一眼写在纸上的问题，电视台的记者往往会把要提的问题写在纸上。我以为到这儿来是为了准备一档访谈节目，但就在这一瞬间，我突然明白自己是为其他目的而来的。

“您觉得为DNA做测序就能延长我的寿命吗？”

“假如您生病了，通过DNA测序就能检查出您的病因。目前大约有8 000种遗传性疾病。采集您的DNA之后，我们可以对基因3 432做诊断。现在我们甚至可以做产前诊断，让面临缺陷儿危险的孕妇终止妊娠。我们还可以用基因组测序法来治疗某些遗传性疾病，以更好地认识各种癌症。所有的癌症都是基因组紊乱造成的。用基因组测序法对各种不同的癌症分类，以采取对症下药的治疗方法。借助统计工具，基因组测序还可以用来研究某些疾病的病因。对于阿尔茨海默病和乳腺癌，我就建议采用这类研究方法。”

“您在基因组诊所里就做这类筛检吗？经重新编组后的基因就可以取代听诊器了，可不可以这样说呢？”

“瑞士政府不希望我用‘基因诊所’这个词，倒更倾向于用‘基因诊断’这一说法。您搞错了，我们可以检出疾病，但并不能检出致病的原因。”

“从科学角度看，哪种筛检更可靠呢？”

“假如一位女士是乳腺癌1号基因（BRCAI）或乳腺癌2号基因（BRCA2）的基因突变携带者，比如像安吉丽娜·朱莉这样的患者，那么这位女士就有70%的可能性会患上乳腺癌，而普通人只有 9% 的可能性。如果遇到这样的病例，就要每隔六个月做一次筛检，或者做双乳切除手术。”

谈到这种可怕的外科手术时，他的语气竟然那么轻松。墙上白板上画着难以理解的化学分子式，这些分子式里也许就隐藏着永葆青春的秘诀。好的医生总会向患者提一些关于他父母或祖父母的问题，因为预示未来也算是医生的工作吧，不管他们愿意还是不愿意。癌症就像是一个恐怖分子，一定要在恐怖分子痛下杀手之前就将其清除。然而最新的治疗方法是，随着遗传学技术的发展，人不必等到生病时才去治疗。基因组就是你身体的《少数派报告》[①]。

“你们在这儿做不做遗传操作呢？”

“当然要做了。我尤其关注唐氏综合征，而且一直尝试着在第 21 对染色体里找到所有重要的基因。我们这里也做人类疾病转基因小鼠。我们的实验室培育出 iPS 细胞，而且还尝试着用不同药物来治疗智力迟钝。总之，治疗这种疾病还是很有希望的。我们也做临床试验。我真希望有一天能看到一个聪明的先天愚型儿。”

我不知道他是否意识到最后一句话会招人反感。不管怎么说，自从羊膜穿刺术问世以来，人类已经基本杜绝了先天愚型儿。其实我们每一个人都是优生学家，即使我们总想避开这个词。

“加利福尼亚的超人类主义者想修正、改善、‘提升’人类，您怎么看呢？”

“早在第二次世界大战之前，就已经出现了这类梦想，冰泉港

① 由斯皮尔伯格导演的影片，改编自菲利普 · 迪克的同名短篇小说。随着科技的发展，人类发明了能侦察人脑电波的机器人，它能侦察出人的犯罪企图。在罪犯实施犯罪之前，就已被预防犯罪的警察逮捕并获刑。——译者注

实验室做过类似的试验。创造一个没有疾病的人类是一种空想，尽管这一空想很吸引人。”

“一个‘没有疾病的人类’，这正是比尔·盖茨（微软）、马克·扎克伯格（脸书）或谢尔盖·布林（谷歌）所推行的计划，他们三个人可是全世界最富有的人。扎克伯格刚刚宣布要投资30亿美元，在2100年之前彻底根除世界上的所有疾病。”

“在20世纪30年代，冰泉港实验室的研究人员想通过优生学来消灭疾病，比如给某些人做节育手术，或强行拆散某些人的婚姻。纳粹德国后来借用了这一方法，从那以后，这一美妙的梦想就变得臭名昭著。不过，所有的家庭都希望自己的孩子比别人家的孩子更健康。”

“您的意思是超人类主义者都是纳粹分子？”

“我只是说，假如对人类基因组做某些修改的话，我们不知道会产生什么样的后果。举一个例子：十年前我在印度见到一个大家庭，家中有40口人，每个人都是六手指和六脚趾。也就是说，这个家庭的每个人都有24指！我当时就琢磨：‘要是他们都去做钢琴家，肯定可以利用这个进化优势！’”

我从窗口看到罗密，她已爬到滑梯上，我内心忖度，要是玛丽·雪莱还活着的话，肯定会喜欢这位好客的希腊人。他那调皮的个性后面隐藏着喜欢冒险的学者风范。我感觉肚子有些不舒服，也许是难以消化的奶酪火锅在肚子里翻腾。

“他们的六指好用吗？”

“他们用得可好了。这个多余的小指关节也能动。您想想看，要是能弹竖琴会不会很棒！”

“确实能增加 20% 的技巧！还能用来掏耳朵……”

“我当时就想，如果能把这个基因组变异带给全人类，那真是太棒了。于是，我从他们身上抽了血，心里却想着去改进人类基因。我最终在一个基因当中检测出突变。这些人同你和我一样，都有两个基因副本：母亲的染色体和父亲的染色体，还有一个生成 24 指的基因突变。但是如果这个家族的某位成员出现两次基因突变，这种情况常常会出现的，那么胎儿在妊娠八周时就会死亡。这个突变假如只有一个副本应该说还不坏，但是如果有两个副本的话，那就糟糕了。”

“咳！别再梦想什么竖琴音乐会了。”

“我之所以给您讲述这段往事，就是想告诉您，虽然有人想搞进化基因组学，但却不知道将要付出什么样的代价。每次给基因组引入新的东西，都要首先看这将给进化带来哪些损害。如果真想改进人类基因，应该由整个社会来作决定。”

“不过，人类确实并不完美……”

“说得太对了。果蝇的眼睛要比人眼发达许多倍，蝙蝠的听力也远胜人类的。人类没有像胸廓那样的结构来保护肝脏和和脾脏，因此在发生事故时，人会因这两个器官大出血而死亡。人是用两脚走路，而人类的祖先并不是这样走，因此有人总会感觉腰椎痛。人体管道系统过于复杂，而绝经期本来可以出现得更晚一些。”

“虽然有这些缺陷，难道就不能做任何改变吗？”

安托纳拉吉教授站起身，望着窗外花园里的树木。在花园里，那位身穿白大褂的黑发女子正和罗密玩转椅，转椅倒很像实验室里的离心机，离心机是用来把液体与固体颗粒分离开。我们能听到她的笑声，笑声既柔和又厚重，在空中震荡，一直传进玻璃窗，就像一只冒失的红喉雀撞到玻璃窗上一样。

“咱们俩谈了有半个小时了。在这半个小时当中，我们身上成千上万个细胞完成了新陈代谢。在我的血液里，有一百万个细胞完成了代谢，而在大肠里，则有五十万个细胞完成了代谢。要想让细胞实施新陈代谢，就要复制基因组。在我们刚刚谈话这半个小时内，60 亿个碱基大概被复制了 200 万次。为了让这些细胞实施代谢，我们需要一个庞大、精确的复制体系。实际上，这个体系也并不总是准确的，它也会出错。细胞在每次代谢过程中，错误率应该是一亿分之一，也就是说每复制一亿个细胞会出一个错，在 30 亿个碱基对里会出现 40~50 个错误。正是这些错误让我们每个人有所不同。我们需要这些不同点，因为在环境改变的情况下，人们仍然要活下去。比如在出现流行性病毒或气候变暖的情况下，人类需要多样性，以利于进化。有些突变会造成疾病，但这正是人类在适应过程中要付出的代价。这方面的典型例子就是糖尿病：现在食品越来越丰富，甜食也越来越多，糖尿病患者也随之增多。但是 100 年前，几乎没有糖尿病。如今让人得糖尿病的基因在 300 年前是人体内的一种保护基因，那时候食物远不如现在这么丰富。”

听他这番解释，我挠了挠头。安托纳拉吉教授见他的解释让我感到失望，便安慰我说：

“要知道，为了延长人的期望寿命，有些人一直在做净化水源的工作，他们付出的努力要比整个医学和遗传学所做的还要多。”

“教授，我们该怎么做才能活得更久呢？”

“我们最担心的还是大脑。我们能让肝脏、肠子、血液再生，甚至能让心脏再生。但脑细胞是不能再生的。我们还可以把细胞注射到内分泌腺里。但我认为很难造出人工大脑。我们只能接受这个事实。我接触过许多80~90岁的病人，他们都说该是时候结束生命了，有时候他们会感觉自己活得太久了。您瞧还有这样的生活态度呢！世界上有一个物种名叫蜉蝣，它只活一天。整个生命周期，从出生到成年，再到衰老直至死亡，只有一天时间。也许这个物种自我感觉也是很幸福的呀。”

我又挠了挠头。在想不出该说什么话的时候，我总会挠挠头，算是一个怪癖吧。我一点也不喜欢蜉蝣目生物的习性。太阳很快就落到大树后面去了，我不想让罗密在外面待得太久。虽然这位好客的遗传学家未能让我的生命活得更久，但我还是向他致谢。与他道别之后，我赶紧去乘电梯。罗密已经在大厅里等我了，那位漂亮的医学院大学生还在她身边陪着她。这时，我脑子里冒出一个奇怪的念头：要是罗密能和这个小姐合得来……也许……我们能……考虑……可能……

“爸爸，我给你介绍一下，这是莉奥诺，她想和你拍一张合影。她可是你电视节目的粉丝啊！”

“小姐，那我真应该和你拍一张合影。我不知道该怎么感谢你。”

漂亮的莉奥诺已经把手机拿在手上了。

她有一个尖下巴，特像夏洛特·勒邦[①]。

咔嚓。我站到她身边，就在手机快门按下的瞬间，大家都感到很开心。这位高额头的黑发女子刚刚刷过牙，早晨沐浴时肯定用过

① 加拿大女演员、模特兼电视节目主持人。——编者注

樱桃沐浴露，到现在皮肤上还有沐浴露的香味，她的头发散发着橙花的香气，她露出天真的微笑，好像生活中从来没有经历过任何磨难。她微张着嘴，眼睛盯着我，好像在说：我知道自己该从生活中得到什么，你也许正是我人生计划中的一部分。我也盯着她，好像在和她挑战似的，直看得她不好意思了，她转头眺望远处的阿尔卑斯山。她的头发和脖颈之间，即耳根后面，露出一小块光滑的皮肤，把我的双唇贴在那里应该是今年最值得做的事情。总之，我突然想和这位漂亮的实习医生生一个孩子。对男人来说，创造一个生命总比延长寿命容易多了。我发誓这正是我的真实想法：我不但要和她做爱，还要看着她的肚子慢慢地鼓起来。我感觉自己是一个正在繁殖的外星人，急切地想把自己的触须扎到这个人身体里。我刚刚落入女儿和希腊教授联手策划的陷阱里。由于反复听教授讲述DNA，我的生殖器竟变成维克多·弗兰肯斯坦。

“您的女儿太可爱了。”莉奥诺边说边看用手机拍摄的合影，“她真像是老练的运动员，是玩滑梯和秋千的高手！”

“爸爸，能请她和咱们在瑞瑟夫酒店一起吃晚饭吗？你倒说呀……”

“不过，我预约了一次抗衰老按摩……”

“我问过她了，她都答应了！你就说同意好了……”

“好吧，那就这样。”我同意了，语气就像约翰·韦恩在法语配音版《搜索者》里的口气。

我这副老年人的嗓音连我自己都感到难堪。没有人会说“好吧，那就这样”，我却是脱口而出。有些邂逅自会让你无意识地盲从。两个女人为了我的幸福联手设下圈套，转眼间她们又冒出一个坏主意。

我们到附近店里买了蛋白脆卷、双奶油和覆盆子，然后坐在日内瓦湖边的浮桥上，一边听着湖水撞击小船的汩汩声，一边把沾满厚重奶油的脆卷放进嘴里。莉奥诺向罗密解释积雪常年不化的道理。

“你看那边的高山，山顶上特别冷，所以积雪永远也不会融化。”

“就像沾在爸爸胡子上的奶油一样？”

“是的，说得对。”

我赶紧用衬衣袖子擦了一下嘴唇。一只鸭子在湖光潋滟的水面上嘎嘎地叫起来。日内瓦湖在夕阳下波光粼粼，湖光慢慢黯淡，因为上帝刚刚熄灭了亮光。厚厚的乌云翻滚而至，一场夏雨顷刻间就浇到我们头上。莉奥诺的头发也被淋湿了，她倒显得更加漂亮了，而且特别性感，像是让－弗朗索瓦·容韦勒①拍摄的一张情色照片。

“莉奥诺，你是什么血型？”

“O 型，怎么了？”

“我也是 O 型血。你对自己的 DNA 做过测序吗？冷冻过自己的卵子吗？你打算把自己的细胞株存入干细胞冷冻库里吗？要是让你大脑上传的话，你能拿出什么东西呢？还有血液自我再生疗法？你愿意嫁给我吗？”

她肯定把我当成一个疯子，这也恰好证明她很有洞察力。罗密让莉奥诺到我们的套房来擦干头发。我们一起看电视剧《黑镜》，把奶油点心都给吃光了，罗密后来睡着了。接着，我们又看了看 CNN（美国有线电视新闻网）上的新闻，获悉乔治·迈克尔刚刚

---

① 法国著名情色摄影大师，生前争议颇多。——译者注

去世，享年 53 岁。电视台播放了他的《别让太阳落在我身上》，这是一首与艾尔顿·约翰合唱的歌曲。和安托纳拉吉教授一样，他出生在一个希腊移民家庭里，听他唱出“我的所有形象似乎消失在黑白色中”这句歌词时，我不禁流下一行泪水，莉奥诺看到泪水一直流到我的络腮胡里。其实我是为自己有限的生命落泪，但莉奥诺却以为我是一个为别人着想的忘我者。她感到有些不自在，便说：

“好了，很高兴能认识你，谢谢你和我一起度过美好的时光，不过天色已经很晚了，我得走了……”

当然，我是不会放她走的。

有时候，我的腼腆会转变为固执。我用手指把她的一绺头发撩到耳后，另一只手抓住她的手腕。我慢慢地把脸颊贴在她的脸上。我转过身，盯着她的双眼，把头贴近她的嘴唇。我屏住气露出微笑，接着亲切地吐出舌头。这事本来可以就此打住，她只需要向后躲闪一下。哪怕她露出半点犹豫的意思，我也不会强求，因为她用一篇推特就能毁掉我的一生。但是，她却用舌头来迎我，还轻轻地咬我的嘴唇，好像就是她自己的嘴唇一样。我们一起叹息，也许是出于同样的慰藉吧。我感觉我们俩都相信这个带有色情格调的吻绝无任何滑稽的意味。我把一只手轻轻地滑向她的乳房，手指甚至滑到她的衣衫下面。我能感受到我的魅力已得到她的回应。我们的皮肤想要相互碰触在一起。我接触到另一个女人，很少能碰到这么直截了当的前戏。脱掉她的 T 恤衫时，我把自己那个挺立的家伙掏了出来。这种事往往会搞得很复杂，甚至会很痛苦（衬裤会妨碍出活，T 恤衫会卡在脑袋上，阳具会被裤子拉链刮伤，这些难以预料的事故会毁了这场艳遇）。但这种事一件也没有发生，我们的配合流畅、一气呵成，如同在性梦中梦遗一样。我以为莉奥诺会对我的耐心感到吃惊，其实她不知道我早就想把她的肚子搞大了。没有什么能把我们分隔开，甚至避孕套也无能为力。我爱莉奥诺就像在瑞士贪婪地呼吸新鲜空气那样，夏天阵雨过后，空气变得更清新了。但我却快乐地弄脏了瑞士清洁的空气，她那两个球体的凸点鼓起来，就像我中间的那个家伙一样。我们面对面站着搂抱在一起，我们的汗水也融汇在一起。她贴着我耳边，低声说道：

“看得出，你经常这么干。”

我不敢告诉她，她是两年来我碰过的第一个女人。她把我的狂热当作一种习惯，还是不要把底细透露给她，让她一直保持着这种错觉，当她达到高潮时，我也射了。每次她在我耳边发出喊声时，我赶紧把手捂在她嘴上，担心她吵醒罗密。完美的性事就是两个自私者不再只顾自己满意。

第二天早晨，罗密非得要去科洛尼镇看弗兰肯斯坦展览。天还下着雨，但不是我喜欢的那种蒙蒙细雨，而是瑞士夏天雨季里常下的那种大雨，大滴大滴的雨水落入我们的脖颈里，就像有人把冰冷的嘴唇贴在脖颈上似的。我们先把莉奥诺送到医院，路途中谁也不说话，但这种宁静倒并不沉闷，恰恰相反，我们三个人坐在车里，好像刻意要保持宁静似的，好让雨刷发出哗哗的声响。

莉奥诺下车之后，罗密说：

“她很酷呀。”

“她昨天留在酒店过夜你不介意吧？”

“不介意，她现在离开咱们，我还有点伤心呢。”

我没搭话，但内心却很高兴。

“好了，那咱们就去看科学怪人的展览？”

出租车把我们送到波德麦基金会大楼前，这座宏伟的建筑坐落在一座郁郁葱葱的小山冈上，山下就是碧波荡漾的日内瓦湖。这家私人博物馆正在展出全球最重要的手稿藏品。这个“开创黑暗之纪的《弗兰肯斯坦》”展览是在展示一种民族自豪感，正是瑞士给作者带来创作的灵感。1816 年夏天，就是在附近一座别墅里，玛丽·雪莱写出这部描述人造怪人的伟大作品。日内瓦市政府甚至在普兰帕雷街区竖立起一尊弗兰肯斯坦雕像。小说第一章开篇首句用金字镶嵌在展览入口处的墙面上：“我是日内瓦人，我的家族是当地最有名望的豪门之一。”

“宝贝，你看，玛丽·雪莱就是在这里写的《弗兰肯斯坦》，恰好是在两百年前写的。”

“嗯，是的，我知道了。”罗密一边回答，一边用手指着墙面。我真是太蠢了，那里写得清清楚楚的！

罗密在每一幅图画、每一张手稿前要逗留很长时间，要把说明文字全部读完。我真搞不明白，我这个浅薄的电视主持人，怎么会生出这么细心的女儿。我们仔细阅读一页页手稿，凝视着带有玛丽·雪莱亲笔题字的《弗兰肯斯坦》第一版小说（出版于1818年）：“致拜伦爵士，本书作者赠。”一幅幅版画描绘着怪人出没日内瓦的场景，但罗密对此并不感到害怕，因为她非常喜欢看系列剧《行尸走肉》。小说各个版本里有一些插图，上面画着手舞足蹈的骷髅、腐败的尸体及每一层地狱。总之，插图描绘了人间最常见的悲剧。我俯下身，仔细阅读玛丽·雪莱的日记。年轻的女性小说家很早就失去了母亲，写这部《弗兰肯斯坦》时，她才刚满20岁。接着她的三个孩子又先后夭折（死于伤寒、疟疾和早产），她丈夫驾帆船出海时在意大利的海域溺水身亡，这些变故和不幸发生时，玛丽·雪莱还不到25岁。正是经历过如此多的死亡，玛丽·雪莱才想象出一个击垮死亡的人物：她想引起死神的注意。

1831年小说再版，在再版序言里，玛丽·雪莱谈起创作这部小说的动机，她写道：“那是一个潮湿、艰苦的夏天，雨一直不停地下，把我们整天困在房子里。”我抬头看了一眼外面，雨水打在玻璃窗上，落在博物馆内院的石板地上，形成一个水洼。她在序言里接着补充道：“小说一定要写得令人感到恐怖，因为任何蔑视造物主创世机制的做法都是最恐怖的行为。”

“你在干吗呢？”

“哎哟！”

罗密吓了我一跳。我开始明白为什么瑞士的天气会让年轻的玛丽·雪莱感到害怕，后来又让全世界感到害怕。

“都是些古书，没意思。”罗密说道，“咱们可以走了吗？”

“等一下，还有最后一本古书，我要让你看一下。”

在博物馆常年展区里，我们看到一本歌德《浮士德》的原始手稿。手稿打开的那一页是德拉克洛瓦绘制的插图真本。

“浮士德是谁呀？”

“是一个想长生不老的家伙，他甚至和魔鬼签了一份协议。”

“这事成了吗？”

“开始的时候，还不错，他用自己的灵魂换回了青春。不过，后来事情就变得复杂了。”

“结果很糟糕，是吗？”

“糟糕透了，他又沉溺于爱欲。”

“你就想让我看这个吗？”

“不是。”

在几米之外，埃及的《亡灵书》正在展出，这种镌刻在石棺外的神奇象形文字让人感到震撼。5 000 年前，一位司书将来世的生活方式誊写在莎草纸上。大致说来，就是人去世之后，在诸神面前，把心放在天平上称重。我们的灵魂还要经过一系列考验（灵魂要去迎击巨蛇、鳄鱼，还有令人恶心的昆虫），才能重见光明，也就是说，才能乘坐拉神的太阳船升到天上去，一直升到太阳城，升到天堂之城里。后来，三个主要的一神教就承袭了这一概念。

“这就是你想让我看的东西？”

“也不是。”

我还真的感动了。罗密头上有一缕头发总是翘起来，在像她这个年纪拍的照片里，我的头发也是翘着，难道我们爱自己的孩子仅仅是出于自恋吗？孩子难道就是一个活生生的自拍照吗？走进另一个展厅后，我们在古腾堡《圣经》前停下来。这部圣书就像一枚珍贵的宝石封在厚厚的防弹玻璃罩里。圣书用多彩和金色作装饰，562 年前印在仿羊皮纸上的字母在纸面飘动，宛如立体电影银幕上闪出的字幕。

“我让你看的就是这个，这是第一部用活字印刷术印制的西文书籍。能让你看到它是很重要的，记住这个时刻，以后恐怕也就没有纸质书了。”

“照这么说，我不但看到了纸质书的开始，还看到了纸质书的末日。”

她用那双蓝眼睛打量着我，她的眼睛似乎已看不出任何天真的痕迹。当罗密沉静地说出这句话时，我真的为她感到骄傲。这是我第一次单独和她度过的时光，这两天当中，连克莱芒蒂娜（她的奶妈）都不在她身边。现在到了该好好认识自己女儿的时候了。

生活就是一场大屠杀。每年去世的人数高达 5 900 万，每秒钟有将近两个人去世，每天有 158 857 人去世。就在我写下这几行文字的时间里，全世界已有二十多人死去，假如您读得慢一点，死去的人会更多。我不明白恐怖分子为什么还要大开杀戒，去增加死亡的统计数字，但这些人再怎么折腾也比不过大自然。人类对自然死亡无能为力，我们只能任凭每日的屠杀肆虐，好像这就是一个正常的过程一样。但我却格外讨厌死亡。过去，我每天都会想到死亡。然而，自打我过了 50 岁之后，我每时每刻都会想到死亡。

还是说得更明确一点吧：我并不厌恶死亡，而是憎恨自己的死亡。如果大部分人认为死亡是不可避免的，那是他们的问题。但就我个人而言，我看不出死亡的意义。我甚至可以说，死亡是不会从我这儿经过的。本书的故事是告诉大家，我是怎样终止死亡的，而不是像所有人那样傻呵呵地等死。绝不能不做任何反应就死掉了。死亡是懒人的玩意儿，只有听天由命的人才会相信死亡是不可避免的。我讨厌那些面对死亡逆来顺受的人，他们一边叹气，一边说："咳，那还不是早晚的事。"如此脆弱的人，你们还是到别的地方了结余生吧。

死亡首先是一种了结的状态。

我的生活毫无任何奇妙之处，但我还是更想让这样的生活持续下去。

我有过两次失败的婚姻。10 年前我有了一个孩子，却没有和孩子的母亲结婚。接着在日内瓦，我结识了分子病毒学医生莉奥诺，结识了这位凹凸有致的黑发女郎。我马上向她求婚，撩妹的事我不在行，所以我要赶紧把她娶回家（卡洛琳则另当别论，也许这就是她离我而去的原因吧）。我和罗密一起给莉奥诺写了一条短信："如果你来巴黎看我们，别忘了给我们带格鲁耶尔双奶油，我们提供蛋卷。"没想到这话还带着色情的隐喻，给爱情下定义的事情我做不来，于我而言，爱情就像是一种痛苦，一种毒瘾发作却又得不到毒品的痛苦。莉奥诺不仅嫁给一个孩子的父亲，还被一个刚步入青春期的少女聘为继母。在巴哈马一座粉红色的教堂里举办过婚礼之后，莉奥诺往返于巴黎和日内瓦两地之间。我们轮流搭乘连接法瑞两国的高铁，有时候一起乘火车，在车厢里亲热。趁着往来奔波的间隙，在两个不同的国度里，我们一边做爱，一边闲聊：

"我可提醒你，我没吃避孕药。"

"太好了，我正想给你揣上呢。"

"别这么说，这太刺激了。"

"我的精子想找你的卵子。"

"别停……我喜欢……"

"我要向你的输卵管释放三亿只精子……"

"你这个坏蛋……"

"我像是一个靠做爱取乐的人吗？"

"好啊，那就来点猛的！"

九个月之后，露来到人世间，她来得太快了，我们甚至还没来得及搬家呢。这段故事我讲得快了点，也是为了直奔主题，因为本书并不是叙述生活，而是讲述长生不死。到了知天命的年纪再生一个孩子，是为了改变此前所规划的方案。一般来说，男人一生经历的阶段无非是出生、结婚、生子、离婚，到 50 岁的时候，他就该歇息了。可我偏不按照这个方案走，执意选择结婚生子，而没有选择歇息。

就在我们的宝贝女儿出生的那天晚上，达维·皮亚达在电视新闻中宣称，法国人的期望寿命一直停留在 78 岁，这样算来，我还能活 26 年。不过，这只相当于莉奥诺现在的年龄，我们俩知道这 26 年过得有多快，5 分钟就过去了。

前面还有 26 年，也就是说还能活 9 490 天。每一天都应该从早到晚慢慢地享受，我倒像是刚刚从监狱里释放出来似的。我要像每天早晨都刚出生一样活着。用婴儿的双眼去看这个世界，实际上我已成为一辆老古董二手车。我要为自己设定一个时间表，一个开设 9 490 个窗口的时间表。每过一天就会少一天，距离终结答案尚有 9 490 天。我教小女儿做一个小把戏，这个把戏还是我母亲教给我的呢：我把刚吃过的煮鸡蛋壳挖空翻过来。露装作没有吃过鸡蛋的样子，我假装生气了。她用勺子把鸡蛋壳打碎，却发现蛋壳是空的，我故意露出惊讶的表情。这个小把戏让大家很开心，因为每个人都在演戏：露以为骗过了我，而我又故意对这个小骗局露出吃惊的神态。这个小伎俩不正隐喻着人类的命运吗？你的躯壳是空的，但不妨把它倒过来，做出很滑稽的样子。衰老就是拿一个熟记于心的玩笑打趣。

我对死亡的恐惧十分可笑，这一点我心知肚明。现在不承认不行了，我的虚无主义就是一个失败。在一生当中，我一直嘲笑生活，甚至把嘲弄当作待人接物的资本。我不相信上帝，因此我想一直活下去（即使低三下四地活着，我也会心满意足）。我是一个虚无主义者，却接受了两个孩子。现在我得公开承认，赋予孩子生命是最重要的事情，作为一个电视辩论节目的主持人、一个拍摄讽刺类影片的导演，承认这一点让我既自豪又羞愧。

世上有两类虚无主义者：一类愤然自绝于世，另一类繁衍生子。前一类虚无主义者很危险，后一类却很悲壮。激进的虚无主义者瞧不起我这种沙龙式的悲观主义。圣战者要暗杀的正是萧沆[①]这样的人。不过，既然如此，我还是得承认，即使活得很平庸，任何一种生命活着也比死亡好，哪怕死得很壮烈。虽然大家并不相信人死后会永垂不朽，但有人肯定想延长自己的寿命。因此，有人会改变自己多愁善感、玩世不恭的心态，转变为唯科学主义者和后人类主义者。

大家读到的这个讲述生命的故事，可以确保我长生不老。这个故事就保存在人类寿命软件第 X76097AA804 文档里，我们在后文还会详细描述这个文档。

50 岁之前，人总是在匆匆忙忙的人群当中往来奔波。50 岁过后，人就不再像以前那样疲于奔命了，身边认识的人也越来越少，而前面却是一道万丈深渊。我的生命力也减弱了，但却感觉自己的大脑比身体更有活力。我侄子刚满 12 岁，和他打网球我却占不到任何便宜，他以 6:2 的比分轻轻松松就把我打败了。罗密会给我的打印机换墨盒，可这事我却做不来。晚间喝过墨西哥龙舌兰酒之后，我要三天才能缓过劲儿来。在苹果汁里放上几个冰块，让人感觉是

---

① 罗马尼亚旅法哲人，20 世纪怀疑论、虚无主义重要思想家。——译者注

在喝威士忌。在街头遇到美女时也不再扭过头去看，因为怕扭痛脖子。只要下海冲浪，两只耳朵就会患上中耳炎。每天夜里都要起夜解手两三次。不过，到了知天命的年纪也有快乐：要是哪一天我坐在出租车后排座椅上，有人叮嘱我系好安全带就更好了！

上年纪的人总是感觉身体有不舒服的地方：不是脚痛，就是腿抽筋，再不然就肋间阵阵作痛，因为身体的各个部件已经磨损，更不要说心灵的创伤或精神上所遭受的打击了。最糟糕的还是总在不断抱怨。上年纪的主要特征就是让周围的人感觉讨厌。老年人总是发牢骚、抱怨来抱怨去，让年轻人避而远之。

五十来岁的人共同点就是对什么事情都心有余悸，通过他们的言谈举止就能看出来：老年人对吃的东西格外注意，以前饮酒抽烟的嗜好也都戒掉了，走到哪儿都要防晒，还要尽力避免各类氧化，但总是显得萎靡不振。年轻的时候，他们喜欢吃喝玩乐，但一上了年纪却处处小心谨慎，恐怕随时丢掉性命。这不，甚至连“小心谨慎”这个词都成为衰老的征兆。他们要保护好自己最后的时光，签了一个又一个的养老金储蓄合同、人寿保险合同、租赁投资合同。我们这一代人一眨眼就从随意轻率变成了偏执狂，我感觉这一变化好似一夜之间出现：20 世纪 80 年代结交的那些狐朋狗友如今只吃绿色食品，吃昆诺阿苋，或者干脆食素，骑自行车到各地逛游。过去我们这一代人可是无醉不归的酒徒。20 年前在厕所里偷着吸毒的朋友，如今给我的告诫却极为中肯：一定要注意身体，关爱生命。我竟然没有看出他们内心的想法，这更让我有一种超现实的感受！也许因为我离过婚，又忙于主持电视节目，好似陷入一个黑洞里，我还一直以为和三陪小姐一起吸毒是一件很酷的事呢。不知不觉中，我周围的世界已经发生了深刻的变化。过去早晨八点醉倒在路边阴沟里的家伙如今已变为推崇素食的干将。要是点燃一支香烟，你一下子就变成一个慢性自杀者；如果你在酒吧里点一杯热带伏特加，这无异于在喝令人厌恶的垃圾饮品。你没有读过西尔万·泰松[①]的书吗？真为你感到遗憾。作者在书中斥责他们的过去。西尔万在喝醉酒之后去爬山，差点丢了性命。你们别再做滴酒不沾的清教徒了！和我一样，泰松也喜欢喝俄罗斯伏特加，而且也怕死。

我开始看所有厨艺类的电视节目，比如《厨艺大师》《高厨》《珀蒂雷诺的偷艺历程》，我过去喜欢泡夜总会，但如今更喜欢清淡的菜肴。况且，该发生的事情总会发生：我已开始到一家健身俱乐部里去健身了。即使在最可怕的噩梦里，我也从未提前体验过这类灾难：骑在椭圆机上，被震动训练器震来震去，伸直身体做平板支撑，后背紧贴在墙壁上蹲成 90 度，像是坐在椅子上，用弹力带做身体拉伸运动，做举重练习，把胸前的赘肉练成胸肌。在成百上千年当中，人一直在残酷的战争中锤炼自己。到了 21 世纪，与死亡抗争的战斗变成另外一种形式，在这场战斗中，一个身穿运动短裤的家伙在拼命地跳绳。

我之所以害怕死亡，是因为罗密和露不应该成为没有爸爸的孤儿。我一直在设法向后推延自己生命的终点。生命总要终结的，但我不接受终结。死亡和我的未来计划不相符。今天早晨，我光脚踩到小女儿扔在地板上的草莓。

靠奋斗博得的幸福会在五分钟后消失吗？

---

① 法国作家兼探险家，代表作《西伯利亚密林深处》。——译者注

我总是让人重复刚刚说过的话，是不是变得耳背了。也许我的听力并没有任何问题，只不过大家对我不感兴趣罢了。到了这把年纪，我只喝零度可乐，因为将军肚越来越大，真担心低头看不见自己的“小弟弟”。每天晚上，我都要数一数浴缸水面上漂着多少根掉下来的头发。要是超过十根头发，我会感到很沮丧。只要鼻孔里和耳边一长出白毛，我就立刻将其拔掉，还把浓密的眉毛修剪成细长形，浓密的眉毛倒和弗朗索瓦·菲永的眉毛有些相似。我一直密切留意身上长的痣，就像热牛奶时在火边看着一样。我总是穿着艾迪·斯理曼设计的成套西服，希望假如死神碰到一个身穿紧身服装的大胡子，就会琢磨是不是搞错了。我的手指各个关节开始变得麻木，刚刚锻炼 15 分钟，我就感觉后背酸痛。人到五十，反而感觉没有时间闲逛了。我的智能手表会随时显示脉搏数据，显示走路时卡路里的消耗量。我的智能运动衫把出汗率经蓝牙传送到我的 iPhone7 上。这些毫无意义的数据却让我感到放心。无论什么时候，我都可以把从早晨到此刻所走的步数告诉你。世界卫生组织建议人每天要走一万步，而我只走了 6 136 步，却已经累得筋疲力尽了。

在路途当中，我丢失了一样东西，这个东西就叫作青春。在当下这个没有鲜明特征的时代里，唯有死亡会让人感觉头晕目眩。自从本章开始撰写以来，全世界恐怕已有一万人去世了。到本书结束时，我不想再去列举死亡的人数，因为那么多尸体会让人感到特别恶心。

有一件事我始终无法理解：要想开车，就要考取驾驶执照，但赋予他人生命，却什么也不需要。任何一个愚蠢的家伙都可以当上父亲。他只需要撒种，九个月后，这个如此沉重、如此巨大的责任就会落在他头上。哪个男人对这项工作做好准备了呢？我提议设立一个“父亲身份执照”，事先要考试，就像考取驾照那样，以检验他是否慷慨，是否有爱子女的能力，是否能做道德榜样，是否有人情味、同情心，懂礼貌，有文化修养，而且绝无恋童癖或乱伦倾向。只有完美的男人才被允许生儿育女。“父亲身份执照”的问题是，在我认识的人里面，恐怕没有一个人能获取这个执照。设立“父亲身份执照”的这一代人也许将是人类的最后一代人。接下来，没有人能获得生儿育女的许可。人类会因执照被吊销而彻底消失。

父亲是一个现学现用的职业，即使此前特别想学也起不到多大作用。从逻辑角度看，人天生有一种爱子女的本性，看到子女出生会从内心涌出一种喜悦感。即使怀抱里婴儿在哇哇啼哭，父亲也能接受，因为他爱上了这个乱蹬小脚丫、黏人的可爱造物。人的本性在这个时候尤为重要，正是在这个时候，一个鲁莽的年轻人也会变成溺爱孩子的父亲。这就是化身为父亲的转折点：男人突然不再想他的车子、他的房子、他的工作，甚至不再想去欺骗这孩子的母亲。他不再是普普通通的人，而成为一个挑起家庭重任的父亲，依照佩吉的说法，成为“当下时代的伟大探险家”。他知道等待自己的是什么吗？当然不知道，这里又是人的本性在发挥作用。假如人知道等待自己的是什么，那么他就会在投身于这一令人发疯的计划之前思索再三。他也许会选择更容易的探险活动：游泳横渡太平洋或者赤脚登上喜马拉雅山。这不过是健康的闲逛而已。父亲的身份会在不经意间落在一个不称职的父亲身上。这真是一场灾难，这个灾难就叫作幸福。

我有两个女儿：大女儿12岁，小女儿刚学会说自己的名字。你们可能注意到，我用的是“小女儿”，而没有说“二女儿”，这也是出于迷信吧。我希望“有二必有三”这个谚语在我身上不起作用，但实际上，写下这句话恰好证明我已做出最坏的打算。我是一个好父亲吗？怎么才能知道自己是不是好父亲呢？有时候，我既心不在焉、轻率冒失，又笨手笨脚、蠢得一塌糊涂，但我还是尽力做好每一件事。我爱抚孩子，亲吻孩子。我竭尽全力要让女儿们住在一栋洁净的房子里，吃上健康的食品，能到海边去度假、晒太阳。她们把这些事情看作是应得的，因此我要作出更大的努力。在我看来，身为父亲其实就是两件事：首先，它让我的生活更有意义；其次，它让我好好活着。如果以为父亲就是一个照顾其他人的人，那就错了，不能抱有这样的想法。这是我发自内心的感触。我们这一代人都是孩子照顾家长。我当上父亲时，则把自己当作科特·柯本①，柯本也有一个女儿，但我又和他不一样，我没有开枪自杀。我经常会想起弗兰西丝·宾恩·柯本②，如今她已26岁。每当想起弗兰西丝的时候，我反而不太喜欢涅槃乐队了。一旦当上父亲，也就没有权利甩手不干了。

---

① 美国著名摇滚歌手，涅槃乐队主唱兼吉他手，词曲创作人。——译者注

② 科特·柯本的女儿，歌手。——译者注

可我仍然总是责备自己，不能和大女儿的母亲一起生活，我一点也高兴不起来。家长本人还满身孩子气，怎么能教育好孩子呢？我以为自己已尽力去接受这个挑战。我小时候，母亲管教得更多一些，而父亲几乎不管我，即便如此，我也要做一个让孩子们引以为傲的父亲。我父亲没有花更多的时间管教我，这不是他的错，所有的过错在很久以前就都得到谅解。有些父亲总以为十分关心自己的子女，但他们却从未单独陪伴过子女，他们整天在办公室里忙工作，回到家又坐在电脑前，从不给孩子提任何问题，更不要说解答他们的问题了；再不然就看电视新闻，处理紧急电话，让偷渡来的女子去照顾孩子，这样的父亲我见得多了。在家里避免出现节外生枝的事还是很容易的。大家想方设法不去碰触这类事情，其实利用好这类事情反而有利于升迁进阶。我父亲当时没有别的选择：他老婆带着孩子走了。在 20 世纪 70 年代，这是一种很流行的做法，而到了 90 年代，我却窝窝囊囊地看着自己老婆离开了家。如今在我们这个社会里，父亲好像都很少陪伴子女，或者干脆大撒把，对孩子放任不管，但我不是这样。和卡洛琳分手之后，我独自照顾罗密，罗密先是每周末待在我这里，后来就是每隔一周在我这儿待一周。假如全部时间都和她在一起，我也许会更好地抚育她……如今，自从有了小女儿露之后，我就开始体验全程看护了。看着孩子每天都在成长并不是一件烦恼的事。我可以尝试好几种做父亲的风格：无陪伴、交替陪伴、整日陪伴。将来有一天，我会问女儿，她们喜欢哪一种父亲：是喜欢出远门的父亲，还是喜欢待在家里的父亲，或是喜欢时在时不在的父亲？间歇并不仅仅出现在戏剧表演当中。

幸运的是我有两个女儿。我不知道自己是否真的会喜欢生一个男孩，因为对我来说，看着面前金黄色卷发，动人的牙齿，粉红色的小耳朵，可爱的小酒窝，水嫩的皮肤，调皮的侧影，细小的牙套，尖细的下巴，长长的脖子，身为父亲会从内心感到无限欣喜。作为父亲，除了照顾孩子们吃饭之外，还可以偷一下懒，让孩子们自己去玩游戏机或者看哈利·波特系列。离婚之后，我不得不陪孩子玩那种令人厌烦的游戏，比如“乌诺”纸牌游戏（很像我小时候玩的“千桩”游戏）。如今，大女儿在很多方面都超过了我。打乒乓球时，她以 21:8 的成绩轻松打败我。她说一口流利的西班牙语，还想像索菲亚·科波拉那样去拍电影。（这样我倒成为弗朗西斯·科波拉了！）

不时能听到有人说，电影就是导演的孩子。我很少听到过更愚蠢的话。我只创造出两个杰作，但这两个杰作可不是电影哦。

和所有人一样，我也想在洛杉矶拥有一栋带游泳池的房子，要是能有一个影院、一个酒吧或是设在地下室的脱衣舞酒吧就更棒了。所有人都想住在同一个的地方，这还是有史以来第一次。

我省去了自我介绍环节，因为你们当中大部分人都认识我。讲述一个不再属于我的生活也没有必要，既然这一生活已在每周五出版的《现时》杂志上曝光过。我倒更乐意给大家讲述不属于我的东西，即我的死亡。

我一到秋天就过敏，秋天一过就是冬天，而我不需要冬天，因为我体内已经变得冷冰冰的。我将是第一个长生不死的人。这就是我的故事，希望这个故事能比我的名气保持得更长久。我穿着一件蓝黑色衬衫、一条蓝黑色牛仔裤和一双蓝黑色便鞋。蓝黑色让我看上去像服丧一样，但又不是刻意去模仿蒂埃里·阿尔迪松①。全世界第一台化学电视节目就是由我主持的。你们肯定在 YouTube 上看到过我的《化学秀》，这台节目不受法国法律管控，享有所有特权，也不经受任何审查。这是一个辩论型节目，我组织嘉宾就时事问题进行辩论。这台节目的特点是，所有受邀嘉宾在辩论前一小时都要先服用一片药，其中有哌甲酯、美沙酮、苯丙氨乙茶碱、阿普唑仑、氟硝西泮、麦角酰二乙胺、摇头丸、莫达非尼、犀利士、二

① 法国电视节目主持人、影视剧制片人、作家兼记者。——译者注

羟基磺苯酰氧基、氯胺酮或唑吡坦，药片是随意抽取的。药片放在一个用黑布蒙住的罐子里，他们从中抽取一片，这样他们不知道自己吃下的是什么药。这些药物无非是安非他明、阿片制剂、可的松、安眠药、镇静剂、性药、致幻剂，在这场经最棒传媒手段报道的辩论中，他们不知道自己将处于什么样的状态。结果显示，在各个平台上观看这场辩论的观众竟高达几百万人次。我的主持风格兼有雅恩·莫士[①]和普勒珀[②]先生的特色，一面是有理智的文化人，一面却又满口胡话（依照报界的说法，是“既理智又放肆的人”）。我外表看起来通晓各种文化，但却不轻易表露出来，以免把那些没有教养的人给吓跑了，因为有些下流坯往往打着神学的幌子，背地里却干着淫秽的勾当。上个星期，一位部长把头靠在我肩上睡着了，边睡边吮自己的大拇指，把为法案辩护的事丢到脑后去了；有一个女演员一边把舌头伸到我嘴里，一边露出自己的酥胸（我赶紧喊来保安，免得她在摄像机前出丑）；还有一个男歌手在说起自己母亲时，号啕大哭，后来竟然尿了裤子。至于说我本人，有时也会出洋相：有一次我用了两分钟，才把“女士们、小姐们、先生们，晚上好”这几个词清晰地讲出来；还有一次，在半个小时当中，我采访的对象竟是我的座椅（我自问自答）；上个月，我对《蓝色绒面鞋》唱片说了很多难听的话。在一次辩论节目上，我摘下古驰牌皮带，抽打负责挑选嘉宾的助理，接着又打开香槟酒往装饰背景上喷，并告诉大家我母亲得了心肌梗死，那一次成为我一生当中最出名的节

① 法国作家，分别于 1996 和 2013 年荣获龚古尔处女作奖和雷诺多文学奖，后投身影视业，任导演兼电视节目主持人。——译者注

② 法国电视节目主持人，歌手兼演员。——译者注

目。这场偏执狂般的独白持续了很长时间，在 YouTube 上点击观看的观众竟高达四百万人次，可我竟然一点也不记得了，因为我不想回看那场节目的录像，而且我说话时好像唾沫星子飞溅。当嘉宾们辩论得不够激烈时，我就看一眼手卡，我的助理会预先准备好一份问题清单，这些问题令人难堪，会让嘉宾们无所适从。他们离开的时候个个都很气恼。有几个嘉宾要我们在剪辑的时候“照顾”一下他们的形象。这时，我便用同情的口气告诉他们，这台节目是现场直播（有人说这是“聚会实况转播”，不过有点像那个老牌节目《抗辩的权利》)。就我个人而言，我不明白为什么有些艺术家要到我的演播室来让自己出丑，而我才是唯一被花钱雇来献丑的人（报酬并不高，每周一万欧元，眼下已不是 20 世纪 90 年代了）。目前由于观众人数已到达极限，我只好转而去拍电影。在拍摄第一部影片时，技师们觉得我缺乏耐心，我便对他们说：“为什么每天只拍两分钟呢？在 YouTube 上，我只需要花上一个半小时，就能拍摄 90 分钟！”我们真应该照直播形式去拍摄电影，这样用时少，只要设一个分镜头，然后直接装盒子就行了，就像伊纳里多[1]或查泽雷[2]那样拍摄。一组组连环镜头的拍摄模式就是由此流行起来的，因为观众不想再看电影了，而是想在银幕上看到真实的生活场景，这不是一码事。如果电影演员也像戏剧演员那样怯场的话，他们也就不会那么任性了。我拍摄一部浪漫喜剧片：《你真爱我还是假装的》，一家老牌付费电视频道为这部喜剧片提供了拍摄资金，总计有 80

① 亚利桑德罗·冈萨雷斯·伊纳里多，墨西哥导演、编剧兼剪辑师，代表作《通天塔》《鸟人》《荒野猎人》。——译者注

② 达米恩·查泽雷，美国导演兼编剧，代表作《爱乐之城》。——译者注

万观众观看了这部影片，这家老掉牙的频道早就捞回成本了，尽管有一家杂志社也从中“捞了点钱”。我的第二部影片《全球的服装模特》，就不那么走运了，影片没有得到电视频道的投资，而且公众的反应也不热烈，仅有 20 万观众观看影片。自从找到另一种不朽的方式之后，我不知道是否会拍摄第三部影片。

死亡的好处和坏处

好处	坏处
缩短老人的痛苦历程	孩子们无法获得更多的经验
最终摆脱了这个龌龊的生活	终止生命才是生活中最龌龊的
不再看那些蠢货和丑八怪	错过《黑镜》的一季又一季
拒绝成为一个植物人	还有那么多书要读，那么多电影要看
不再是社会的负担	你为社保基金出了钱，为什么还要自责呢？
不再做爱了为啥还活着呢？	还有伟哥和伟姐可以用啊
还是过去好	以后会更好
为人口过剩的地球腾出地方	只要向火星移民就行
当下这个时代真是令人难以理解	无法批评将来的世界才令人感到遗憾呢
自寻死亡也就一了百了了	可以尽量向后拖延寻死的时间啊
活上 300 岁真是太烦了	从未有人尝试过活这么久
衰老是一场灾难	伍迪·艾伦在 80 岁时还拍摄了《咖啡公社》
不想再去忍受现代艺术了	地球上还有许多老博物馆可以参观
不管怎么说这是世界末日	错过世界末日的场面真是遗憾
在伊甸园里玷污 70 个处女	假如那里仅有 69 个处女呢？
不会看到自己的孩子变老	错过这样的场景令人遗憾
我将享有一个美妙的葬礼	我不会去看这场葬礼的
大家会沉痛地怀念我……	……也就三天时间！

可以在洛桑有尊严地死去	向精子库捐精更有意思
从某个年龄段开始，真的不能再做爱了	记住四个词：克林特，伊斯特伍德，莎朗，斯通
活着真是太累了	死亡是懒人的玩意儿
不用再交钱纳税了	你的孩子们还要支付遗产税
不用再对外人谎报自己的年龄了	再也见不到生日蛋糕了
上年纪后，人就不能喝酒	记住四个词：基思，理查兹，米歇尔，维勒贝克
可以躲过家庭聚会（圣诞节、元旦）	万圣节那天你就会见到全家人
所有人都会说死者的好话	你看不到有关你的悼念文章
你最终可以休息了	解毒剂也能起到同样的作用
在死亡面前大家都是平等的	你只需要把选票投给党派们就行
我不用再去忍受那些写实的电视节目了	你可以关掉电视机，但却灭不掉现实
没有人会永久地活下去	即使你不热爱生活，也别让他人厌恶生活
死亡就是一种终结	生命是一种先决条件
如果没有死亡，文学会谈论什么呢？	艺术就是用来讴歌生命之美的
死亡让所有的一切付出代价	如果生命多得数不清，谁能证明生命不是更宝贵的呢？
米莱斯的《奥菲莉娅》	墨西哥人脑袋上的可怕文身图案
拉雪兹神父公墓	挂出墓地已满的公告
“死亡有助于我们生活”（拉康语）	“死亡是一种终结方案”（希特勒语）
会让不喜欢我们的人感到高兴	会让喜欢我们的人感到悲痛
没有死亡，歌德恐怕写不出《浮士德》	没有长生不老，苏美尔人写不出《吉尔伽美什》，奥斯卡·王尔德也写不出《道林·格雷的布拉姆·斯托克拉》，也写不出《吸血鬼伯爵德古画像》
那么先贤祠用来做什么呢？	科学院又用来做什么呢？
蠢货们都死了真是太酷了	耍酷的人都死了真是蠢透了

千万别像雅娜·卡尔曼特那样	别打破雅娜·卡尔曼特的长寿纪录（122岁零5个月又14天）
这是最后的解毒剂，是戒毒过程的压轴戏……	……却带有严重的错失恐惧症症状

自从人类诞生以来，死亡的人口已高达 1 000 亿。我认为长生不老并不是轻轻松松就能实现的。我会嫉妒两个女儿将来的寿命，她们俩将能活到 22 世纪。瑟莱克蒂斯（Cellectis）公司首席执行官安德烈·舒里卡断言，2009 年后出生的婴儿将能活到 140 岁，瑟莱克蒂斯是一家在基因组生物技术研究方面领先的法国公司。我真羡慕罗密和露。我是一个私心很重的人，不想让出自己的位子。我的职业宛如昙花一现，只要离开电视台，我在台里制作的所有节目很快就会被人忘得一干二净。想刷存在感的唯一运气就是死缠住生活，死缠住各种屏幕，不管是电视屏幕还是电影屏幕。只要我还能出现在画面上，人们就不会忘记我。如果我死了，也就敲响了我作品的丧钟。我将来还会遭遇比被人遗忘更糟糕的命运：那就是被他人所取代。有些红极一时的主持人（德吕克、皮沃、阿蒂尔、科埃、库尔贝）感觉自己的荣誉受到威胁，纷纷跑到外省，登上剧场的舞台，向上了年纪、昏昏欲睡的观众讲述自己的往事，再捞取最后一点荣誉。在整个职业生涯中，他们采访艺术家，向他们提出各种各样的问题，突然间舞台上的节目终止时，他们也想得到观众的喝彩，但没有人采访他们，这事来得太迟了，他们在罗莫朗坦节的大厅里和模仿强尼[1]或莫迪亚诺[2]的人混在一

① 强尼·哈里代，法国摇滚歌手。——译者注

② 帕特里克·莫迪亚诺，法国作家，荣获 2014 年诺贝尔文学奖。——译者注

起。他们想永远离开这个琐事纷杂的平台，以流芳百世来取代当下的名气。最令人感到苦恼的例子就是蒂埃里·阿尔迪松的处境，正是他引导我迈入这个行当。蒂埃里一直梦想着能当一名作家，但他主持节目时说的每一句话都不是出自他的手笔，无论是提词器上的文字，还是玩笑话，或是给嘉宾提的问题，都是由专职编导撰写的。30 年来，蒂埃里·阿尔迪松所做的一切就是把别人写的东西念出来。他一直想把自己主持过的节目汇编成册出版，这一顽念始终萦绕在他心头，这位屡屡受挫的小说家要不惜任何代价，让自己的作品摆在您的书柜里，说来这真是一点也不奇怪。假如我想躲过这个倒霉的命运，那我真的就要永远活下去，让身体始终保持活力，也就是说要依赖医学手段。

在人固有一死的世界里，所有乐观地说自己能长生不老的人都是骗子。

我结交的朋友并不多，但他们却一个个离我而去。欧罗巴电影公司总经理克里斯托弗·朗贝尔 51 岁就被癌症夺去生命。影视制作人储备公司总裁让－吕克·德拉吕年仅 48 岁就死于癌症。他的室友菲利普·韦基也仅活到 53 岁，而赛博朋克的创作人莫里斯·唐泰克在 57 岁就离开人间。政治学院总经理里夏尔·德库安因心肌梗死猝死，年仅 53 岁。文学杂志《危险线》创始人弗雷德里克·巴德雷于 50 岁死于神经变性病。菲利普·贝克兰（笔名米克斯 & 雷米克斯）曾为我在《读书》杂志上的专栏文章绘制插图，不幸在 58 岁时死于胰腺癌。我请这些人来过电视台，他们都是非常棒的客户，总是乐于拿出最好的题材，而且说话从来不绕弯子。我对他们做的事依然记忆犹新：唐泰克从福音书里扯下一页，去点燃爆竹，嘴里嘟囔着：“原谅他们吧，他们不知道自己在做什么。”让－吕克脱下自己的衬衣，直接在地面上学跳霹雳舞。克里斯托弗模仿斗牛，他的合伙人吕克·贝松装扮成牛，伸出手指，置于额头两侧，当作牛犄角。菲利普捆住双脚，在“我是该留还是该走”歌曲节奏中，跳起珀戈舞；里夏尔在“吉他乐曲”比赛中获了奖；弗雷德里克模仿各种各样动物的叫声；另一个菲利普则画出阴道的构造图。他们当时感觉自己不会失去任何东西，没想到几个月过后，他们失去了一切。人到50岁之后，死亡渐渐地不再是一个抽象的概念。我讨厌死亡靠近人的方式，每体检一次，它就悄悄地向人靠近一步。它让我想起影片《荒野猎人》中的飞箭，要拼命地奔跑，还要像莱昂纳多·迪卡普里奥那样作蛇行跑，才能避开擦着头皮飞鸣而过的箭，这些箭带着火焰、蘸着毒液。我一直在不断地加速奔跑，拐来拐去作蛇行跑。我真想休息一下，喘口气，但要想真的休息下来，我需要一个新的生命，第二个生命就像《使命召唤》里一样，在枪战之后，只需啪啪两下，人就可以复活。请再给我几十年的时间，我保证能让其发挥出最佳效果。我仍然感觉饥饿。我需要分分秒秒，好吗？一大把的分分秒秒。

我可不想急着成为孤儿。家长的处境我真的一点儿也不喜欢：赋予我生命的人躺在医院的病床上，这事看上去有些粗俗，但又在预料之中，就像是一个糟糕的写实电视剧脚本似的。有什么东西仿佛在告诉我，要我去拯救他们。我不想失去他们，他们是保护我的人。他们赋予我生命，他们不应遭受死亡的惩罚。

我父亲拄着双拐在肖蒙高地接受康复治疗，我母亲在科尚跌倒后造成粉碎性骨折，两人似乎没有料到他们将独自终其一生。我父母在临终时刻所遭遇的残酷处境，相当于做了两个广告：一个广告反对离婚，另一个广告针对心血管疾病。他们两个人此前一直分居，但我却愚蠢地认为，他们也许会在临终前重新复合，携手离开这个人世。在这几个月当中，拍摄节目时我一直强颜欢笑，演播室里的红灯刚一亮，我就咧嘴装出笑容，就像喝过可乐后嘴巴僵在那里的蹩脚演员一样。那时候，我开始主持慈善晚会，比如募捐活动、抗艾滋行动、抗癌音乐会等。看到一个很普通的事件，比如有人患上像我父母得的那种病，我都会感到难过，同时又发现自己有一颗强大的心脏，能够承受激动的情绪，这让我感觉很不爽。有一次在丽兹酒店吃午饭时，艺术家若阿纳·斯法尔对我说："假如你在十岁失去父母，所有人都会来安慰你，你成为大家关注的对象；可是你在 50 岁失去父母，没有人同情你，其实这时你才是世界上最孤单的孤儿。"

如果失去父母，我知道没有人会关心我，更不会有人去关注他们。因此，我的悲痛仍然是一种自我陶醉的心理表现。为失去父母而痛哭，其实就是在为自己的脆弱而伤心落泪。我请化妆师用不透明的粉底霜遮住我的悲伤，高声呼喊我的提示人，让他在震耳欲聋的掌声中能听到我的喊声："各位朋友们，大家晚上好！欢迎来到节目现场！这并不是一台电视节目，而是一个治病的药方！"

欧洲的中产阶级正面临一个威胁，我们舒适的生活只是暂时的，我们曾学着去适应这一环境，好似纯粹的混沌依然在统治着整个宇宙，就是介乎于大爆炸和世界末日之间的那种混沌，而这样的混沌好像通过智能手机就能组织起来，在极短的时间内就能完成，只需要在主流媒体直播平台上展示两场自杀式恐怖袭击和一个阅后即焚的当日菜谱就足够了。自我们出生以来，有人总是反复说，我们这一代人将会死得很惨。早在着手做这项调查之前，我就知道，人是一个躯体，而不是一个由几十亿可分化细胞组成的集合体。我曾听人说起过干细胞、遗传操作、再生医学等，但是如果科学不能救活我的父母，那么科学又有什么用呢？又用什么保护我们，保护我妻子、我女儿和我本人？我们可是被列入死亡名单的人选啊。

我是在新年节目上感悟到这一点的。如同往年一样，为了能在哈伯岛上过圣诞节，我要提前把节目录制好。“粉色天堂”舞蹈团的舞蹈演员和职业喜剧演员把我围在中央，我装作那一天是 12 月 31 日，等待着子夜时刻的到来，开始倒计时计数：“五！四！三！二！一！新年快乐！法兰西！”其实那一天是 11 月 15 日，时间大概是晚上 7 点，我们在布洛涅 – 比扬古尔的一间冰冷的演播室里相互道贺新年。倒计时那个场景我们就反复拍摄了三遍，因为气球没有按时垂下来。也就是在那一年，在录好节目等待播出这段时间里，两位嘉宾突然去世了。一个吸毒的女歌手和一个滑稽的男同未能熬过那一年。正是由于他们俩的问题，四个小时的假直播彻底泡了汤：200 万欧元打了水漂，其中还不包括我的佣金，录像回放之后才发现，节目根本没法在电视台播出，即使修补也没法播，那个暴毙的蠢货滑稽演员在每一个全景镜头里都卖弄一下。我邀请来的所有嘉宾都很恼火，那些俗里俗气的家伙煞费苦心，一个个都穿上燕尾服和晚礼服，装出庆贺除夕夜的样子，真像是一场化装舞会，面对空无一人的观众席，用了整整一下午时间。这真是压倒骆驼的最后一根稻草，死亡毁掉了我的生活，我对此感到厌烦透了。这件事发生过后，我就开始认真搜集有关遗传学技术的资料。

当下世界给我的印象是越来越拥挤。就好像我们被困在堵车的路上，一辆挨一辆的汽车不是缓缓前行，而是开足油门，以200公里/小时的速度往前冲，冲向虚无，就像《速度与激情7》里的场景一样：那辆莱肯超跑从阿布扎比的一幢高楼冲出，冲入阿布扎比另一幢高楼的74层里，在撞入这座高楼之后，又落入阿布扎比的第三座摩天大楼的第三层。这是一场惊心动魄的特技表演，但我们会羡慕这种特技人的生活吗？人们衰老得越来越早，刚上30岁的年纪，就和下一代人产生了代沟，无法理解他们，也听不懂他们说的俚语，搞不懂他们的生活方式，而下一代人早就嫌弃你了，巴不得赶紧把你推到外面去。在中世纪，很少有人能活到50岁。如今，大家都申请加入地中海健身俱乐部，看着彭博电视台的节目，在瑜伽垫子上做各种动作，屏幕上滚动播放着弹幕数字。假如我开办一家运动俱乐部，再给它起个“死亡竞技”的名字，我相信大家会争先恐后地要求加入这家俱乐部。

如果您以为我疯了，您可以就此合上此书。不过，您肯定不会这么做的。因为和我一样，您也是一个“有自主意识的人”，这是社会学家阿兰·图雷纳的说法，也就是说，您是一个自由的现代人，既和乡下没有任何联系，也没有参加任何宗教团体。我的制作人公司做过一项营销研究，研究结果表明，我仅能把城市中的单身男女、漂泊的过客、某些另类、有固定职业且购买力强的不信教者吸引到节目中来，而其他人不会对我的节目感兴趣。调查员针对我的形象采访了部分观众，并在调查报告中引用了德国哲学家彼得·斯洛特戴克的话，认为现代人是一个“自生自灭的公民”，一个“没有家族系谱的杂种”。我真的很难接受这样的评论，但在离开节目现场时，我对着电梯里的镜子照了一下，发现我确实长着一副“断代造物”的模样。有一代人是在没有爱国主义情怀，没有家族荣誉感，没有深深的祖根文化，没有地域归属感，没有特殊信仰的环境中长大的，我正是这样一代人，只不过在很小的时候，在一所天主教学校里接受过教育。这仅仅是社会当中的一个事实而已，我不会做出任何反社会的抱怨行为，我只是注意到这样一个历史事实。我是一种过时的乌托邦所造成的后果，即 20 世纪 70 年代所流行的乌托邦，西方国家的居民试图摆脱前几个世纪形成的束缚。而我是第一个脚下没有束缚的人，或者说是下一代人脚下的最后一个束缚。

除了抑郁症患者和日本神风队队员之外，没有人想死。假如我有八十亿分之一的机会可以多活两三百年，你们肯定也会照着我的样子去做。不过，你们要记住这样一个事实：你们之所以会死亡，是因为你们甘愿被死亡卷走。你们都会死，但我不会去死。人类已征服所有的一切：征服了最深的海洋，征服了最难攀登的高峰，甚至征服了月球和火星。现在该轮到医学去终结死亡。接下来，人类会想办法找地方去安排过剩的人口。20 年后，也就不会再有社会保险了。随着老龄人口大量出现，社保基金将会出现巨大的缺口，最终大家只能自顾自了，富人将不再出钱拯救穷人。除非把退休年龄延迟到 280 岁……至于说互助基金及保险公司，只需对我们的 DNA 做一个快速测序，他们就能知道投保人将面临什么样的健康风险，然后再计算投保人应缴纳多少保险金。延长人的寿命在财务方面也有好处：所有人都买得起豪宅，贷款时可将还款期设为几百年（基因组有缺陷者除外）。举个例子：1 000 万欧元的贷款可在 300 年内还清，每月还款 2 700 欧元。您想买一艘游艇吗？没问题，如果您还能活几百年的话。

人死之后的生活，各个宗教都有自己的说法，这些话我就不再重复了。无论是赌场里的轮盘赌，还是城市赛马赌博，我都不在行，您要是想赌博可别指望我。我对人死后的生活不感兴趣，我想要的就是抢在死神之前延长我的寿命。天主教想通过祈祷来获得永生，而我则希望不用祈祷也能得到永生。信仰的弊端是，假如有人不信上帝，那么这人看上去真像一个可怜虫。尤其是到了50岁这个年纪，身体的各个功能都减弱了，这种局面大家都清楚，尽管采取了许多措施，抹抗衰老乳液，注射保妥适，做植发手术，接受草药按摩，但局面会变得更坏，直至最终彻底失败。恐怕正是出于这个原因，虔诚地做弥撒的人都超过了50岁。教堂是抚慰心灵的水疗法。

我难道对虚幻丧失兴趣了吗？

第二章
愚蠢的体检

（巴黎，乔治·蓬皮杜医院）

“活着，怎么活？”

——布尔加科夫《白军》，1926 年

罗密和露比我更有前景，也能活得更长久，我尊重她们长寿的命运。从出生时起，她们就已经是后人类了。孩子们拥有非常出色的多细胞有机体，她们在客厅里跑来跑去，是在报答我对她们关注。

露出生之后，撰写本书的过程也就变得格外复杂起来。小宝宝不停地喊：“爸爸！爸爸！爸爸！”你得付出极大的努力才能继续写下去，而她面带微笑，站在你身旁，好让你仔细看着她。我在电脑上打下这段文字时，露正躲藏在窗帘里，好让我出其不意地找到她，随后我胳肢她时，她发出爽朗的笑声，笑得连金黄色头发都颤起来。在这样的条件下，你怎么可能写出《战争与和平》呢？据说狄更斯就是守着一群孩子写出了《雾都孤儿》，不过讲述的却是一个受虐待儿童的故事，他要以此来报复孩子们。我的报复就是轻轻地咬露的耳朵，或者咬她那肉乎乎的小脚趾，直到她求饶为止：“噢，别咬了！噢，别咬了！”她的皮肤真是世界上最光滑的皮肤。

她那排稀疏的小牙就像是凡妮莎·帕拉迪丝的牙齿，只不过要年轻 45 岁。她前额微突，脸颊圆圆的，小翘鼻子，嘴巴噘着，像是赌气的样子，侧影看上去倒像是个仙女。最让人感到快乐的是她那两个小酒窝。最水灵的造物在你身边跳来蹦去的，你怎么能静下心来创作呢？不好意思，我要给她换尿布了。我只好明天再继续写了。文学需要等待：一只小手放在我的大手里，不让我再写下去。

我真希望露不要长大，害怕将来有一天罗密会离开这个家。露在淋浴中玩耍，或发现喇叭能发出“嘀嘀”声，或品尝一个樱桃，或把我摆放整齐的 DVD 影碟都掀翻在地，尽管我一再嘱咐不要把我的影碟弄乱了，不过我也因祸得福，找到了那张乔治·库克导演的《金屋藏娇》，我原本以为这张碟片弄丢了，看到这一切，我仿佛看到罗密小时候做过同样的事，又仿佛看到我小时候在纳伊掀翻桌子的场景，这是我第三次看到自己的童年，以后还会看得到，而且永远看得到，一个接一个的孩子让我返老还童，每降生一个新生命，我就复活一次。

罗密妈妈不让她做的事，我都放手允许她去做：晚饭前想吃花生酱和巧克力夹心糖，就让她吃；看电视一直看到深夜，就让她看；躺在床上打电话，和班里的同学视频，就由着她去做好了……至于说露，她想做什么就做什么，我都不会阻挠。做节目前，我得先和她一起画水拓画。两个女儿教会了我不再浪费时间。进入2000年后，我工作的优先等级也发生了变化：用橡皮泥捏一只海马要比与两个斯洛伐克人做一场三人访谈还紧急。成功的一天，就是让露踏踏实实地看《彼得兔的故事》，我在她身旁一边喝着啤酒，一边看着她（我发现酒精能让我向她看齐，喝醉了的大人和婴儿差不多，只不过比婴儿更萎靡）。

昨天夜里，我梦到父母去世后被火化了。露在客厅里玩弄骨灰盒，把我母亲的骨灰撒在地毯上。一堆灰色的粉末撒在地面上。后来，我才发现她把我父亲的骨灰也撒在地上。两个人的骨灰根本区分不出来了：我父母在客厅里合成一个粉末堆。就在戴森牌360度无死角扫地机器人把父母的骨灰吸走时，我猛然惊醒过来。

有许多种方式可以战胜死亡，但这些方式只有少数几个中国亿万富翁或加利福尼亚州的富豪才能用得起。做一个活着的后人类总比当一个化为灰烬的现代人要强。我明白自己并未深深地依恋于人类，否则的话，我会选择另一种职业，而不待在电视主持人这个行当。我并不是一个宗教激进主义者。如果为了延长寿命让我变成一台机器，我会毫不犹豫地放弃自己的人类属性，而这一属性也仅仅是个表皮而已。我不欠大自然任何敬意，因为大自然就是一个杀手。不管怎么说，我在生活中毁掉了一切。我需要另一种运气，我的要求并不高，只想再活一百岁，来补偿我过去的生活。

露睁大眼睛看着我，要我给她一个蝴蝶吻，于是我贴着她的脸颊上轻轻地眨一下眼睛。接着，她想要小动物在她身上爬，我让手指装成小动物。“再来！”当我的手指胳肢到她的脖子时，她咯咯地笑起来。“再来！”我非常喜爱早晨这甜蜜的时光，露更想和我玩，而不想玩乔比玩具。

接下来，我的末日就要开始复苏了，我一定要利用好这个时段。

追寻长生不老的第一个阶段就是到明星们都喜欢去的医生那里做一次体检，这个医生在乔治·蓬皮杜医院功能医学检测科工作，医院位于巴黎第 15 区，就在 Canal+ 电视台原总部旁边，总部大楼的这幢建筑是理查德·迈耶[①]设计的，我的节目和亚恩·巴尔泰斯的《每日播报》节目就是在这座大楼里拍摄的。

弗雷德里克·萨尔德曼是心脏病科医生，同时还是著名的营养学家，他的第一部养生著作《最好的药物就是您自己》销售了 55 万册。一般情况下，要约到萨尔德曼医生，起码得等两年，不过我毕竟也算是个名人吧，况且我们并不是生活在绝对民主的体制内。那时候，我特别信任萨尔德曼，一个在媒体前频频亮相的医生肯定会比其他同事更谨慎，他知道我要是死在他手里，会对他的名望造成很恶劣的影响。

蓬皮杜医院是一座钢结构玻璃幕墙建筑，外表看上去很像一艘巨大的太空船，矗立在一根根管道结构上，就像戴高乐机场 2E 航站楼一样。医院的正中央，摆放着两棵高大的棕榈树，给人带来一种异国风情的感觉。这个场景恐怕倒更适合为 U2 乐团拍摄一个短片，或为某现代艺术基金会举办活动做装饰。设计本身也属于乌托

① 美国建筑设计师，现代建筑中白色派的代表人物。——译者注

邦的一部分，有场景就得有节目，否则谁还会相信呢，不过自从莫里哀的戏剧被搬上舞台以来，医学几乎没有太大的发展。全球首颗人造心脏 Carmat 就是在蓬皮杜医院被植入患者体内的。不过，接受移植手术的患者 3 个月后就去世了，但这一尝试却得到各界的一致好评。2016 年 10 月 24 日，《回声报》还特意报道了这家跨入医学研究前端的医院："今年初，蓬皮杜医院介绍了由菲利普·梅纳谢教授所领导的部门成功地用从人类胚胎干细胞提取的心脏细胞来治疗患者，对一位心肌梗死患者实施了心脏手术，利用生物组织再生系统让人萌生最疯狂的希望。"如果我妈妈心脏病再犯了，我知道该送她去哪家医院治疗。

走入 C 幢楼 2 层走廊里面时，我刚好路过"药理学 / 毒理学"科室，把这个科室当作是对自己的一个警告吧。在穿过接待大厅时，我碰到许多老年人，他们弓着背，颤颤巍巍地向前走，好像并不知道其实根本不必走过去。住院医生朝电子显微镜室跑去，而这一层的明星人物就一动不动地站在我面前。萨尔德曼已经 64 岁了，但看上去要年轻 10 岁，他身材瘦长，一副很欢快的模样，他是阿兰·德龙、苏菲·玛索、贝尔纳 – 亨利·勒维、伊莎贝尔·阿佳妮、让 – 保罗·贝尔蒙多及罗曼·波兰斯基等明星人物的医生，他朝我伸过手，把我领到他的办公室。这里没有久病卧床的患者，也就不需要清洗被他们弄脏的床单，这里考虑的只是怎样去延长人的寿命，不是仅仅靠患者的"信任"，而是要用其他医疗手段。萨尔德曼医生穿着白大褂，戴着一副金丝眼镜，他这副样子倒让我想起《我不能死》里的迈克尔·约克。要想长生不老得先打扮出一副清纯的科幻模样。我喜欢用"清纯"这个词，而不愿意用“干净”一词，因为“清纯”一词听起来和“诊所”一词更相似。他给我量了一下血压：血压高；又给我做了一个心电图：未见异常。

接着，他又给我的腹部做超声波检查，用抹上润滑剂的探头在腹部探来探去。他身上唯一不太好的地方，就是有点谢顶，头顶上的头发很稀疏，能看到头皮了。相反，他脸上始终带着狡黠的微笑，也许是因为他的门牙中间有一道缝。对于一个能让人长寿的医生来说，有一对“福牙”会赢得别人的信任感。在超声波显示屏上，他看了看我的胃、胆囊、胰脏和前列腺，屏幕上显示出黑白色的波浪状云，就像苏拉热创作的一幅绘画里的场景。他告诉我，所有器官都正常，但有一个器官发出一种奇怪的回声。

“你有点脂肪肝。”

“我总是不停地吃。”

“它要是个鸭肝倒还不错，你的肝脏可不要和鸭肝比啊。肝脏是过滤各种有害物质的。你的肝脏就像是一个被堵住的过滤器。”

他拿出一张腐肉的照片给我看，照片上的腐肉已经变成黄绿色了。这幅图像让人联想起香烟盒上印的那些脏兮兮的器官，这是为了让亨弗莱·鲍嘉的弟子们感到害怕才印上去的。

“你的肝脏就像这个。你的肝脏外部已经显得很怪异了，要知道肝脏内部会更糟糕。”

听他这么一说，我开始露出不高兴的表情。作为一个出言不逊的主持人，最令人恼火的后果就是，所有和我熟悉的人都以为：和我接触时，他们也照样可以出言不逊。

“你别作出一副受害者的模样。”他对我说，“肝脏恢复健康起码需要 500 天。你得改变自己的饮食习惯。只要按照我说的去做，你肯定会有一个像小伙子那样的肝脏，就像在依云矿泉水瓶子里生长似的。来，咱们再做一个力量测试。”

他让我登上一辆动感单车，我刚骑了一分钟，心率就高达 180 次 / 分钟。他要我赶紧从单车上下来。

“快来帮忙呀！你倒真想让我们这儿也出一个勒内·戈西尼[①]！”

“不过，这很正常，因为我从来不跑步。”

“你可不能在我这儿闹心梗啊。”

《阿斯特里克》的作者就是在做力量测试时猝死的，自 1977 年以来，对于所有的心脏病科医生来说，他的猝死就像是一场噩梦。他死时只有 51 岁，和我一样的年纪。

“好了，咱们再去做一个全面检查。做一次心脏扫描，我倒想看看你的冠状动脉是什么样。”

我沮丧地离开医院。第二天早晨，我又空腹去医院实验室抽血、留尿、留便。几天过后，由于每天要把贴着我名字的留便盒递给实验室那个年轻的女化验员，我最终觉得她很性感。这种有失颜面的事就是大家所说的“衰老”，它却给人一种变态的性堕落感。我从未想象过，每天早晨把大便拉在一个塑料留便盒里竟然会如此性感，这样我就能知道自己还能活多久。虽然我和那个年轻的化验员从未就这个话题交换过看法，但我感觉在我和她之间萌生出一种淫秽的心照不宣。

---

① 法国绘画大师，创作出小个子高卢人阿斯特里克这一漫画人物。——译者注

我又去拉布鲁斯特医学院做心脏扫描。医生给我注射一种造影剂，以便显示出胸腔的三维图像。我躺在扫描仪平台上，屏住呼吸，看到一个指示牌，说不要去看激光。可我一直用眼睛扫来扫去，去寻找达斯·维达[①]的战刀。一刻钟过后，我在液晶显示器上仔细观看自己的心脏、主动脉和动脉。这幅扫描图像看上去倒像是小牛胫肉。

我对一直观察显示器图像的技师说："我常常琢磨，死神究竟长什么样。今天算是明白了，其实，死神就是你这副模样。"

"感觉失望吗？"

我的生命就悬挂在这个像萝卜似的三维切片上，这个萝卜看似一块风化的岩石。要是以此来设计一场脱口秀也许会很有意思，名为"露出你的内心"。脱口秀拍摄平台就设在拉布鲁斯特医学院，所有出席脱口秀的人都可以在现场看到跳动的心脏、冠状动脉硬化的状态。而且是心脏扫描术的"现场直播"。在对嘉宾的生命做出预测时，嘉宾的情绪也许就会通过心脏扫描反映出来，暴露在摄像机面前。我把这个想法记下来，明年去实施这项计划。

此后一个星期里，我不再把蓬皮杜医院的玻璃幕墙建筑看作是一艘宇宙飞船，而是当作卢浮宫前的玻璃金字塔。我的情绪也发生了变化，我本人也不再露出趾高气扬的样子了。全面体检的结果让人冷静下来，仿佛自尊心受到伤害一样。萨尔德曼医生又约我去医院，向我详细解释体检的结果。他慢慢地仔细看着各项分析指标，就像法官在宣读判决结果前等待法庭安静下来似的。下面这张图就

① 科幻影片《星球大战》中的人物。——译者注

是我的心脏扫描图。

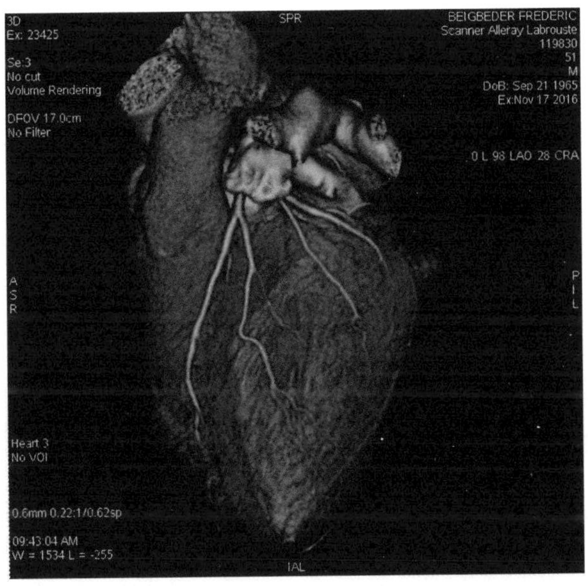

有把自己内心拿给大家看的小说家吗？这样的小说家你们认识几个呢？塞利纳曾说过，一个作家应该把“自己身上那张皮摆在桌面上”。凭借这张心脏扫描图，我们显然由此跨入文学史的新阶段（作者为此愿意付出一切）。

“你有脂肪肝，而且血压高。从你的饮食习惯看，血压达到临界值也是正常的。不过，你的心脏很健康，动脉血管也很干净，这真是太神奇了！你绝没有任何心梗的风险。你是不是去卢尔德[①]朝拜过？你的冠状动脉钙化为零，如同刚出生的婴儿一样！胃、肺、睾丸都正常。你的前列腺也很小。一切都保持得这么好，看来我也得去嗑药。”

我感谢上天给我第二次生命。萨尔德曼似乎和我一样，也松了一口气。他原本以为我的身体状况会很糟糕。

我长长地舒了一口气，就像被判处死刑的人获得赦免一样：“最让我感到吃惊的是，我的肝脏竟然用了 50 年，才起身反抗。你能让这种局面永远延续下去吗？”

“对不起，你的意思是？”

“我想尽可能去推迟死亡，让死神替我去死。我的目标是就凭这个脂肪肝能活上 400 岁。”

“倒不如把目标定在 4 个月吧，咱们还是现实一点。（他的笑意一点也不好玩）老伙计，法国人的人均期望寿命男性是 78 岁，女性 84 岁，因为女人更机灵。正常情况下，你还能活 30 年，但你得按照我的饮食计划去做。你的血糖是 1.33，尿酸是 91，甘油三酯是

---

① 卢尔德是法国西南部城镇，系天主教徒的朝拜圣地。——译者注

2.36。你脂肪摄入太多，酒也喝得过多，甜食也吃得太多。你享受生活不能总靠美食佳酿，要换一种方式，比如去旅行，读书，看电影，看话剧，和喜欢的人做爱，但是得戴安全套啊，总之，就去做那些老年人喜欢做的事情！尤其是，每天要做 40 分钟的有氧运动，这样就能释放出 1 004 个保护分子，可降低 40% 的患癌危险。但是，工作时你也别太玩命。你的节目收视率还好吧？”

“每周 300 万到 400 万人次。”

“呵，人还真不少啊。”

“我要是在节目上吐了，收视率会更高。”

“你是不是和嘉宾们一样，必须得吃那些药物啊？医生可不建议大量服用那些化学制剂。”

“你放心吧，我只是在直播节目上吃那些药物。接下来，在准备下一期节目时，我只喝矿泉水。我可不想拿自己的生命开玩笑。大夫，你能理解吧？我既不想玩命工作，也不想拼命锻炼。我开始窥伺死神，就像在围猎过程中被围捕的一头公鹿一样。”

“那些人根本不知道自己吃的什么药，你是他们当中唯一担心自己健康的人。”

“话是这么说，但我确实很注意。我密切关注每一种症状，对任何一种不明的痛感，我都会追查到底。我买了一台自检血压计，每天早晨、中午和晚上各量一次血压。我经常上网查一些资料。我认识每一个病科最好的专家。我去药铺要比进酒吧的次数还要多。塞纳街药铺的药剂师每天都和我打招呼，就像以前我去卡斯特酒吧，调酒师阿兰总和我打招呼一样！我以前喝伏特加配可乐所花的钱，现在都用在买蔬菜型维生素上了。”

这位专给明星看病的医生肯定把我当成傻瓜了，因为他先慢慢地摇了摇头，接着又心不在焉地看了我一眼，嘴里还不停地说着“哎呀呀，真是的”。法国影视界要是设立最佳虚情假意表演奖的话，这个奖项肯定会颁发给弗雷德里克·萨尔德曼医生。他把冰冷的听诊器放在我胸口上，听了听我的肺部，接着又用手电筒看了看我的耳朵和口腔。

“好了，我就和你直说吧。我认为在 120 岁之前死去的人都属于早亡，只不过要想活得久，就得听我的。人一进入 50 岁，生命就像是一个练习射击的靶场。你不能把自己当成 30 岁的年轻人。你正在毁掉自己的性命。即使我把你的干细胞放到冷库里冰冻起来，以供将来做移植用，也不足以延长你的寿命。你应该马上停掉那个嗑药的节目。假如真的出现问题，我一点儿也帮不了你。必要时，就让嘉宾们去吃药好了，但你这边为什么不能逢场作戏呢？你没有办法。那就你吃白色胶囊型糖果，或者吃 M&M 棕色巧克力豆。然后做一个鬼脸，观众只能看见一点亮光。”

“我已经试过了，大家马上就感觉不对头了，因为我依然处于正常状态。我们的节目可没有编剧啊。没有在电视台工作过的人总以为当主持人是一个很容易做的行当。不过，你说的对，做完这一季，我就停下来，然后休息一年。”

“那就借这个机会看一下心理医生吧，让他诊断一下你害怕死亡的症结在哪里。那个就死亡话题而组织辩论确实很有意思。在辩论过程中，谷歌创始人吞下纳米机器人的做法让人感到震撼，我都看呆了。”

“一般来说，死亡这个话题不会吸引太多的观众，但那一次真是很轰动呀。”

“也许这个话题让大部分人都有感触。如今对你来说，情况应该非常简单：你要么别再嗑药了，要么就别想再活下去。你自己做决定吧。”

“我真想再次陷入如痴如醉的状态，免得听你说这些话。”

“要真是这样，我倒想把你的房子买下来。”

“是真的吗？”

“是的，用我的养老金买。”

“知名医生”这个职业有一种特性：它能接受病态的幽默，这一能力要比普通民众的高许多。此时已是六月份，是广播电视界的年终时刻，我账上有一大笔钱，可以一年不工作，也不会影响生活质量。唯一的担心就是到下一年九月份的时候，电视台还会不会雇我，或者说，我自己愿意不愿意接着做节目。停下来休息一年，这倒真是一个很不错的想法。我可以带着罗密周游世界，然后让莉奥诺带着露到最称心的目的地去找我们。我将去拯救一家人的性命。我倒真应该把萨尔德曼医生聘为“经纪人”。他给我的建议要比制片人的好许多倍，制片人只想着让我像头驴似的埋头苦干，恨不能把我累得做三次心脏搭桥手术。

“我能跟你说几句真心话吗？”医生接着说道，“你需要抗氧化类食品。可以吃点萝卜、葡萄干、昆诺阿苋、橘子、柚子。那些药物就别再吃了，别喝烈酒，别吃烧烤、香肠……”

“啊，不！香肠不能算在此列！不过，我向你保证，我会吃些石榴①，石榴起码不会爆炸。”

---

① 在法语里，石榴和手榴弹为同一个词。——译者注

这个可恶的谐音文字游戏令人生厌。在访谈节目当中，每当我出现口误时，现场组织者会鼓动观众鼓掌，以掩盖我的窘境。要是真的出现口误，能听到观众的喝彩声，也是很惬意的。这位受人欢迎的医生依然不厌其烦地罗列哪些东西应该忌口，哪些东西应该多吃，就像米歇尔·西姆一样。（米歇尔·西姆可是一个好客户，在我的节目里，他先把现场的一束花给吃掉了，接着又在一个充气泳池里教人学仰泳。）

“多吃大蒜、杏仁、柠檬、香瓜……”

“配圣丹尼火腿？”

“不行，不能和火腿搭配吃。尽量不要吃熟肉制品，黄油、奶油、奶酪、炸薯条都不要吃。更不要吃鹅肝酱和烤肉。”

“哎呀！”

“……可以吃胡萝卜、西红柿、绿菜花、茴香、大葱、西葫芦、茄子……”

“好吧，看来要想长寿，得先当纯素食者。如果只是为了听这一大堆解释，我就没有必要来看你了，在家看看《养生杂志》就行了。这种灾难性的饮食方式我已经尝试过了，别为我担心！比如我只吃哈里波家的素鳄鱼肉。”

“噢，是这样，你给我提了一个问题，我当然要回答你。给你忠告的不是我，而是科学。你并不需要做纯素食者，因为你可以吃鱼啊。沙丁鱼也是动物，对不对？不过，听我一句劝，别再吃哈里波家的明胶食品了。别再喝可乐，一滴也别喝，那是毒药！你可以喝自来水。要喝很多水，这会让人没有胃口，但没有什么能比水更健康的了。”

“嘿，好吧……有没有可以吃的零食呢？”

“有啊，开心果、纯巧克力和蜂蜜都可以吃啊。但不能吃得太咸。”

“咳……也不能喝酒吗？”

“这要看你是想长生不老呢，还是想当流浪汉？就喝草本植物汁好了。”

“那我倒宁愿去死！”

“这不正好如愿了吗……”

“哦，我就那么一说。放心吧，我常吃阿萨伊果，喝抹茶拿铁。我估计也不能过多地晒太阳吧。”

“晒太阳时，身上可以抹 SPF50 防晒油。要是再服用少量的维生素 D，会延年益寿。”

“实际上，要想活得长久，既不能当巴斯克人[①]，也不能当美国人。对我来说，真是太遗憾了，这是我最喜欢的两个身份。”

“还有最后一件事，你刚才怎么来医院的？”

“骑小摩托车来的。”

“你这个家伙，赶紧别再骑小摩托车了！这绝对是最危险的举动。骑两轮摩托车，就相当于拿生命开玩笑。稍不留神，就拜拜了。”

“有意思，我明白了为什么有一款轻便摩托车的商标叫‘乔’（拜拜）。好吧，我走着回去吧。”

“你注意到没有，现在的技术真是日新月异，每隔三四十年，各项技术就像换了一代似的。我正在研究东非的一种小鼠，这种小

---

① 欧洲最古老的民族，他们特立独行，拒绝融入欧洲、融入西班牙。——编者注

鼠名叫‘裸鼹鼠’。这个小动物能忍受各种恶劣的条件，一般来说，一只小鼠的寿命也就两三年，但它却能活 30 年。这就相当于我们人类活了 600 岁，而且一直健康地活着。它不会患癌症，也不会得阿尔茨海默病，更不会得心血管病。它的皮肤和动脉绝不会老化，而且至死一直保持很强的性欲和繁殖能力。要是给它植入癌细胞，它马上就把癌细胞排斥掉。即使把它置于化学强致癌物的环境下，它也不会患癌症。这个小鼠掌握着长寿的秘诀。你尽量能坚持到拯救生命的秘方问世那一天。”

“(我在谷歌上搜索‘裸鼹鼠’，看这个小动物长什么样)这个动物太可怕了！”

“长生不老可不是选美比赛啊。”

“但这个小动物让人提不起‘性’趣！”

“你说得对，我还忘了最重要的一点。要想活得长久，就要有性生活。有研究显示，每周 12 次性生活会让人的寿命延长 10%。如果你每个月能有 21 次性生活，那么就会把患前列腺癌的风险降低三分之一。概括起来说，你要用做爱来代替美食和娱乐，这倒是一种很不错的替代方法。”

“用小的死亡来延缓大的死亡。”

“好了，我们下次再见，祝你复活顺利。你不介意我们一起拍一张合影吧？我太太会很吃惊的。她可是你的忠实粉丝啊。她特别喜欢德帕迪约和波尔沃尔德做嘉宾的那一期节目，他们俩决定把所有胶囊一起吃下去。”

“是的，那一期节目做得特别好，尤其是我们一直没有切断信号，凌晨四点把他们送到巴黎中心医院去洗胃，而且还是现场直播。体检我该给你多少钱？”

“圣诞节的时候，把你的脂肪肝切一块寄给我！”（脸上却露出嘲弄的笑容）

大街上，初夏显得有些猥琐。为自己送葬倒是一个很不错的借口，这样就可以在公众面前消失了。我抨击死亡，却能容忍人死后尸体腐败分解。我常常会为一点小事而落泪，这也许是悬浮在巴黎空气中的细微颗粒造成的。正如塞林格所说的那样：“诗人为天气预报赋予太多的个人情感。”一位金发母亲推着一辆婴儿车，和她擦肩而过时，我吸了一口气。我看了看绿叶满枝的梧桐树，整个背景灰蒙蒙的。我抬眼朝天空望去，感觉天空都是脂肪肝的颜色。这位著名的医生把疾病请到我的生命中来。我对自己的衰落深感不安。尤其是，你们可千万别怜悯我。该哭的时候，我会哭的。有时候，我感觉某位嘉宾特别令人感动时，自己也会流下一串眼泪，以此来煽情。

沃邦广场钟楼上的大钟从未出现过故障，我对此极为嫉妒。穿过巴黎第七区一条条冷冷清清的街道，路过花店我买了一束紫罗兰花。天气阴沉沉的，暴风雨似乎马上就要来临了。一家家商店开始打烊，远处传来钟声。天渐渐黑下来，我竟然没有意识到。我走进一座灯火通明的教堂，这是圣皮埃尔教区的教堂，教堂建筑很像雅典卫城，但比卫城的状况要好很多。教堂里香雾缭绕，熏得我脑袋痛，我真怕自己晕倒在这里。我把花束放在一座淡紫色的祭台上，这看上去很不协调，让人感觉有些尴尬。我为父亲和母亲点燃了一支大蜡烛。我不想再站到最前面去。大蜡烛的火苗将跳跃的光影投到石台上。这个光影给我增添了勇气。教堂每天都会拯救几百名不信教者。我走出教堂，行走在巴黎的黑夜里。我给制片人打了电话，告诉他我打算把节目停下来。语音信箱的好处是，信箱当然不会尝试着说服你留下来。我感觉如释重负，就像一个人躲过被波音 747 砸中的劫难一样。我真应该经常辞职才对。

一架架飞机闪着亮光，从树顶上方的高空飞过。我感觉飞机正向我发送一个莫尔斯密码，但我不知道究竟是什么意思，也许是“赶紧滚开”？

那天晚上，我带莉奥诺、罗密和露去吃牛扒配炸薯条，从营养学角度看，这家餐馆可真是不咋地。但孩子们很开心，既然她们很开心，那我也随之变得很开心。尽管我的肝脏不好，但我还是觉得我们一家人比一般家庭更有活力。

第三章
推迟死亡

"衰老可不是给胆小鬼准备的。"

——贝蒂·戴维斯

有一件往事总萦绕在我心头。2008年，在把热拉尔·洛奇耶埋葬在圣日尔德伯雷教堂墓地之后，我和托尼诺·贝纳基斯塔、乔治·沃林斯基、菲利普·贝尔特朗一起到附近的花神咖啡馆小聚，我点了一杯啤酒。为了活跃一下气氛，我随口说了一句玩笑话：

"那么，下一个该轮到谁了？"

我们几个人相互看了一眼，笑了起来。

两年过后，菲利普·贝尔特朗因癌症去世，享年61岁。在蒙巴纳斯墓地举办的葬礼上，我为他致悼词。在那里，我又见到贝纳基斯塔和沃林斯基。为活跃气氛，我又尝试着开玩笑：

"下一次，又该轮到谁了呢？"

但这一次，大家笑得很勉强。

2015年1月7日，在《查理周刊》的编辑会议上，乔治·沃林斯基惨遭枪杀，时年80岁。在蒙巴纳斯墓地的葬礼上，我和托尼诺·贝纳基斯塔一点都笑不出来了。

我们俩面面相觑，就像查尔斯·布朗森和亨利·方达在影片《西部往事》中相互对视一样。

我在大街上经常会碰到我认识的人（蕾吉娜·德芙热、纪尧姆·迪斯唐、于格·德乔奇、路易吉·杜尔索、安德烈·吉安托、若瑟兰·基弗林、雅克诺），可是当我靠过去，准备和他们行吻面礼时，却想起他们已经不在人世了。我突然惊骇地意识到，这些人不过是陌生人，只是长得像我认识的人罢了。想方设法忍住不去和这些亡者打招呼，还真让人难以适应。

“你好，蕾吉娜！”

“您在和我打招呼？”

“怎么？您不是蕾吉娜·德芙热吗？”

“不是。”

“噢，天哪！我想起来了，她三年前就去世了！”

“您看，我不是她吧。”

“是不是有人常把您认作她呢？”

“是有过，可能是因为我的棕红头发吧。还有人把我认作索尼亚·里基尔呢……”

“索尼亚·里基尔也去世了！被人认作是这几位过世者的化身，您不介意吧？”

“在现实生活中，您远不像在电视中那么有风趣，您对此也不介意吧？”

要想和那些活着的人说话，得抓紧时间了。一条蚯蚓能活 18

天，一只小鼠能活三年，一个法国人的平均寿命是 78 岁。假如我仅靠吃蔬菜、喝水生活的话，我会多活 10 年，但这样的生活会让人感到厌烦，多活这 10 年倒更像在忍受 100 年的煎熬。这也许就是长寿的秘诀——无数的烦恼会让生命延缓下来。统计数据可以肯定这一点：2010 年，法国百岁以上的老人有 1.5 万，预计到 2060 年，百岁老人的数目将达到 20 万。我喜欢超人类主义的“超人”这个称呼，而不喜欢被人称作“食素的退休老人”，因为“超人”起码可以大口吃肉，大口喝酒，只要能定期更换体内器官就行了。我要求的不过是，身体里哪个器官坏了，就让医生修理一下就好了。我梦想着，将来所有的医生都被人称作“人类修理工”。

恩基杜夫人是我的心理医生，我马上和她预约。我已经有 10 年没有见过她了。她那时候帮助我控制住可卡因瘾，并帮我从两次离婚的阴影中走出来。她的诊室就在凯旋门星形广场旁，诊室依旧漆成乳白色，一盒面巾纸仍然摆在办公桌不起眼的地方。在心理医生的诊室里，面巾纸就相当于达摩克利斯之剑[①]。在恩基杜医生的诊室里，没有沙发，两人交谈时，面对面坐在椅子上，先是用眼睛看着对方的眼睛，接着就要用纸巾擦眼睛了。她的书柜里装满各种有关心理分析的图书，标题都很怪异，比如：论痛苦、解剖悲伤、治疗忧郁等。还有一些论文集，都装在档案夹里，作为治疗抑郁症和自杀倾向的参考书。

“归根结底，心理分析其实就是像普鲁斯特文集一类无病呻吟的东西。”

---

① 外国典故，中文“悬顶之剑”，用来表示时刻存在的危险。——编者注

我的心理医生客气地点点头。

“说来也真是奇怪。”我接着补充道，“有人出钱让我对着几百万电视观众讲话，但您是唯一认真听我说话的人。”

“因为您给我付钱呀。”

“噢，我来看你是为了这件事——我决定不再去死。”

她那怜悯的目光丝毫没变。只是眼角处多了几条皱纹，黑眼圈更深了，头发也可能是染过的。整天听别人倾诉自己的不幸并不是永葆青春的秘诀。再次见到我，她露出一副吃惊的样子。也许我看上去也苍老了许多。她从不看电视，否则她看到我的花白胡子不会如此惊愕。

“想长生不死是一个明智的决定。”她坐在半月形办公桌后面，用嘲讽的语气说道，“您完全变了一副模样。上一次咱们见面，您可是为了相反的目的而来的。”

“我真是这么想的。我以后不会死，仅此而已。”

“您什么时候萌生这样一个明智的决定的呢？”

“咳……我女儿问我会不会死。我没有勇气对她说，我将来会死的。于是我就说，从现在开始，咱们家不会再有人死了。我是一个坏父亲吗？”

“总在琢磨自己是不是坏父亲的人必定是个好父亲。”

“这句话说得好。是弗洛伊德说的吗？”

“不是，是您说的呀。您在2007年时就这样说过，也许您是为了消除自己的疑虑，那时候您欺骗了孩子的母亲。在第一次心理治疗过程中，您就说起自己对衰老有一种恐惧感。这是西方中年人当中常见的彼得·潘综合征。害怕衰老其实就是担心死亡会转变成一种享乐主义。”

“我还真不知道享乐主义也是一种病。过不了多久，我们这个社会就会把享乐主义者都关进疯人院里。各种形式的乐趣已遭到法律的惩罚，可广告却在竭力鼓吹各种各样的乐趣。这种荒谬的禁令会把几百万人变成精神分裂症患者，不过您倒应该感谢资本主义制度。正是有了这个制度，您才不会把门钥匙放在门缝底下。”

“您不会再拿那些放肆的老套玩意儿来取笑我吧？我们这儿可不是电视台。您可以查一查，我绝不会装偷拍摄像头的。”

我猛然间回想起为什么这么久不来见这位阴险的心理医生，因为我讨厌她那清晰的头脑。一个过于聪明的女人总让我感到害怕，这种恐惧感始于我母亲。这也是我的过错：我刚做了体检，也对心脏做了扫描，现在我要让 X 光检验一下我的大脑。我感觉自己是一个温和的绝对自由主义者，在这个世界里，享乐主义被看作是老家伙们的堕落行为。我在想，年轻的时候，要装作交易人的模样，才能让人看出自己是个行家！甚至吹嘘自己做出过辉煌的业绩，以装出特别酷的样子。过去那种放荡的聚会如今早已过时，所有绝对自由主义者都被看作是身穿睡衣的卑鄙小人，就像休·海夫纳[①]一样（又是一个已过世的名人）。我们生活在一个性事严重衰退的时代，甚至可以说是一个反性事的革命时代。

“大夫，现在墓地里已没有空位，装在棺材里的尸体正在腐烂；而另一些人，身穿黑衣，正装出一副同情人的样子，设法安抚那些失去父母的人。这些家伙紧皱着眉头，刻意露出如丧考妣的样子，我真想去揍他们。我既不喜欢移情，也不喜欢同情。”

---

① 美国实业家，杂志出版商，著名成人杂志《花花公子》的创始人。——译者注

"死亡让人变得恶毒。"说这话时，她脸上连一丝微笑都没有，就是为了印证她的收费是合情合理的（半个小时收费120欧元）。"当动物感觉死亡逼近时，会变得非常凶猛。"

"肯定有一种方法能解决这个问题。"

"什么问题？"

"死亡的问题。人总会找到解决办法的。人发明了电力，发明了往复式发动机、电台、电视、火箭、始终保持吸力的吸尘器……噢，对了，我梦见父母的骨灰撒在地板上，被扫地机器人给吸走了。拉康[①]会怎么解释这个梦境呢？"

"这是典型的病态谵妄，伴随着可怕的自恋、妄自尊大、妄想型冲动，而名气和毒瘾会加重这一冲动。引起我注意的是，您把父母的骨灰混在一起，是想让他们复婚。在梦境里见他们和好如初是不是感觉很惬意？"

"您看啊，科学正处于消除死亡的阶段。我希望这一科学成就能在他们生前实现。坦诚地说，在科学发现长生不死的秘诀之前死去真是太不幸了。我们应该能坚持到2050年，但从法国人均期望寿命值来看，我顶多能活到2043年。这样就出现了七年的缺口，我的要求并不高，能弥补这个缺口就行！全世界的人都和我一样，想要得到同样的东西。在我的梦境里，用吸尘器把死亡吸走，这真是一种愉悦的感受，就是要让死亡彻底消失。梦醒来时，我的感觉棒极了。您想死吗？"

"我接受人的命运。我对这个前景并不感到兴奋，不过，我不

① 雅克·拉康，法国作家、学者、精神分析学家。——译者注

会去反抗自己无法改变的东西。”

“您是不是很快就会模仿蒙田的口吻说：‘心理分析就是学着去死亡’呢？我才不管哲学怎么说呢，更不会在乎弗洛伊德式的心理分析！我不想学着去死亡，只想解决这个问题。我没有多长时间了，我还只有26年来推迟自己的大限。我想让全家人都和我一样长生不死。这也许是所有正常人的目标吧。”

“不，不，死亡才是正常的。从您出生那天起，死亡就开始倒计时了！您只能接受它！您能控制一切，但却无法控制死亡。”

“您没有理解我的意思。您把我当成堂吉诃德了，其实我是詹姆斯·邦德。我的死亡就是一颗炸弹，这颗炸弹最终会爆炸，我现在要做的，就是摘除炸弹的引信。如果有必要的话，就听着约翰·巴里[①]的音乐去摘除引信。您要是把我当成一个控制狂，那就算我倒霉吧。”

恩基杜夫人窘迫地看着我，好像看着一个伸手要钱的乞丐，可自己兜里又没有零钱似的。窗户外面，大街上的汽车有按喇叭的，有猛然加速发出轰鸣声的，把整条大街的空气都给污染了。在那些被堵在大街上的汽车里，50来岁的驾驶员，满面红光，一边呼吸着空气中弥散的微尘，一边听着法国新闻台播报的新闻，电台每隔5分钟就播报一次污染峰值预警。也许大家能听到他们内心里在抱怨：“妈的，又得用两个小时，才能穿过马约门，可我顶多还能活20年。车堵在这儿一动不动，还得吸入这有毒的尾气，待我躺在病床上等死时，会对浪费自己的时间感到后悔。”我们这个社会真正的秘密

① 英国电影音乐家，曾为11部詹姆斯·邦德的影片谱曲。——译者注

在于：生命如此短暂的人怎么能接受被死死地堵在环城大道上呢？

“其实这也很简单。”我接着说道，“我属于正常死亡的最后一代人，但我想成为第一代长生不死者。死亡对我来说只是一个时间问题。”

我的心理医生微微一笑，好像我通过了精神病患者的测试一样。该不该把我关进离这儿最近的精神病医院里，她犹豫不决。各种乱七八糟的废话她听得多了，但这一次，我的话确实是太离谱了，她拿笔做着笔记，也许是为了能在奥迪勒·雅各布出版社发表下一篇论文吧，嘴边露出一丝苦笑，但却依然带着一股傲慢劲儿，看她这副样子，我感到十分恼火。最后，她从便笺上扯下一页纸，用万宝龙钢笔潦草地写了一个地址，递给我。

“好吧，我认识一个人，他也许能帮助您，不过，他在耶路撒冷。他一直在研究细胞更新。到时候您看吧。至少，维生素疗养法对您没有什么坏处。我能和您拍一张合影吗？是给我小侄女拍，她是您的狂热粉丝。您在节目里下巴被卡住，无法正常说话的那一刻，她特别喜欢。”

天空中飘着一朵云彩，形状像一个陌生的国度。走出这幢灰色大楼，我明白了这个像疯子一样的女人也许给我指了一条正确的路。她听天由命，接受自然死亡，却把延缓死亡的方法告诉我。走到一家卖高档箱包的商店橱窗前，我不禁呜咽着落下泪水，这是哪家箱包店，我就不透露名字了，免得给戈雅做广告。一位路人拍了拍我的肩膀：“嘿，你在电视节目里呕吐的样子真好笑！咱们能拍一张合影吗？”我擦干了泪水，摆好姿势，还比出V字手势（象征胜利）。公众一直期待着我自毁形象，露出滑稽的样子，可是当公众发现我既腼腆又讨厌的时候，他们会感到非常失望。我的粉丝希望能和我一起喝得酩酊大醉，他们就能和朋友吹嘘，我们都被灌醉了。在我的职业生涯当中，有一段时间，因为有了名气，我什么事情都敢做。但是，从那天晚上起，我不再去塑造自己这个垃圾主持人形象，只希望大家别再来烦我，让我踏踏实实地再活上 300 年。

我叫了一辆优步车，司机用了一刻钟才找到我待的地方。你们知道我是怎么知道自己变老了吗？我要司机打开收音机。这位年轻人盯着我看了好一会儿，才把电台调到“怀旧频道”上。倒霉的是，我看上去真像是喜欢听热拉尔·勒诺芒的人。司机把我的地址用语音输入到 GPS 导航仪上，结果却导错了方向：车没有开到塞纳街，而是把我送到了塞弗街。司机太依赖导航仪了，而导航仪根本没有听从他的指令。再不然就是导航仪故意要弄我们？像优步这样有实力的公司竟能公然接受一个带有纳粹色彩的名字，这让我感到极为吃惊。我们所信任的软件常常会让人感到失望。当然，有的软件在摸索中成功了，有的软件则一败涂地。尽管如此，还是要相信这一点：科学进步总有一天将引导人类走向彻底的解脱。

在《曼哈顿》这部影片里，伍迪·艾伦列举了十几个要好好活着的理由：

1. 格鲁乔·马克斯[①]；
2. 威利·梅斯（著名棒球运动员）；
3. 莫扎特的《朱庇特》交响曲第二乐章；
4. 路易斯·阿姆斯特朗的《马铃薯之首蓝调》；
5. 瑞典影片；
6. 福楼拜的《情感教育》；
7. 马龙·白兰度；
8. 法兰克·辛纳屈[②]；
9. 塞尚绘制的苹果和梨子静物画；
10. 三和餐厅的烹蟹；
11. 翠西的脸蛋（玛瑞儿·海明威饰）。

在下一页，我们将为伍迪·艾伦所列举的生活理由补充一些内容，这些内容会让人感觉死亡是无法容忍的。

---

① 美国著名喜剧演员与电影明星。——编者注

② 美国著名歌手、影视演员、主持人。20 世纪最重要的流行音乐人物，与猫王、披头士乐队比肩的乐坛巨匠，1965 年，获得格莱美终身成就奖。作为演员，他三次获得奥斯卡奖，1992 年获得棕榈泉国际电影节终身成就奖。——编者注

为伍迪·艾伦所列举的生活理由所做的补充

伍迪·艾伦所有的影片，但《玉蝎子的魔咒》除外。

艾迪塔·维尔珂薇楚泰的乳房。

从伊格尔多山上远眺，圣塞巴斯蒂安海湾九月的晚霞。

保尔－让·图莱的《逆韵诗》，尤其是第六十二首诗：

可爱的巴斯克海滨
幸运飘然而至
在空中翩翩起舞
面具下双眼尤为明亮

罗杰·费德勒单手反拍击球，尤其是在 2017 年 1 月 27 日，澳网公开赛决赛第五局比赛上，他打出的反拍球令人叫绝。

塞纳街“拉帕莱特”咖啡馆的后厅（现已被列入历史古迹遗产名录）。

卢·里德的《美好的日子》。

劳拉·斯通的乳房。在伦敦克拉里奇酒店举办婚礼那一天，劳拉·斯通说：“这家酒店的所有房间我都住过。”

我的酒窖里还有三瓶 1999 年酿制的萨勒斯酒庄的葡萄酒。

凯特·斯蒂文斯的歌曲。

家乐氏的“甜玉米片”。

约翰·古德曼出演的所有影片。

富凯巧克力店的各款夹心糖果。

夏天下暴雨时，夜空中的闪电。

巴黎莎士比亚书店二层的卧具。

亚祖乐队的《只有你》。

拉开窗帘，从外面投射进来的第一束阳光。

不会忘记，发明提拉米苏的是一个意大利人。

做爱之后，又睡着了，隐约听到爱人正在淋浴。

凯特·阿普顿的乳房，凯特在跳“猫爸爸”街舞，短片由泰利·理查森在2012年拍摄。

《全金属外壳》里的一句台词：“死神只知道一件事——活着真好。”

深秋时刻，位于波城的纳瓦尔别墅花园，比利牛斯山脉变成淡紫色，接着又变成青色，温暖的微风扑面而来，冰块在乐加维林威士忌酒杯里噼啪作响。

斯科特·菲茨杰拉德的《离岸的海盗》。

尼诺·费雷尔的《马杜雷拉街》。

一只猫卧在壁炉旁，发出呼噜声，燃烧的木柴在壁炉里噼啪作响。

壁炉里火堆发出呼噜声，旁边卧着一只噼啪作响的猫（这种场景极为罕见）。

待在家里时，听着雨点打在屋瓦上发出噼里啪啦的响声。

做爱之后，那话儿又硬起来了。

在巴塔克兰剧院发生枪杀惨案三周之后，U2乐队在巴黎演出了“死亡金属之鹰”乐队演唱的那首《人民有权》。

在金球奖颁奖现场，里奇·格威斯的即席发言。

马丽萨·巴本的Instagram。

让-皮埃尔·莱奥在影片《妈妈与妓女》当中的独白。

找到一本科莱特的袖珍版小说，书上满是灰尘，切口也已泛黄，但却站在客厅里，一口气把它读完。

朋友在我家里聚会，直到凌晨五点才结束。

手机关机。

在影片《春假》里，艾什莉·本森的乳房。她穿着比基尼被关在看守所里的镜头，还有她在游泳池里和瓦妮莎·哈金斯拥抱的镜头。当然，活着真是太好了。

保罗·莱奥托的文学日记（法国信使出版社，三卷本）。怀疑文学的时候，可以翻阅这本日记。

越南昆岛过去是法国监禁苦役犯的监狱，现已成为五星级六善酒店的水疗中心。

炎热的夏夜里，躺在吊床上，遥望星空，什么也不想。

古斯塔夫·莫罗故居博物馆，尤其是馆内只有一个参观者时。

和喝得醉醺醺的朋友一起，看着蓝色和粉色绣球花，等着牛肝菌炒蛋。

安娜·穆格拉利斯的嗓音。

好多地方我还没有去过或参观过，比如巴塔哥尼亚、亚马孙河流域、维多利亚湖、火奴鲁鲁、埃及金字塔、波波卡特佩特尔火山、乞力马扎罗山。要是不去游览阿穆尔河，我死不瞑目。

雀巢公司的白巧克力。

当然还有影片《谋杀绿脚趾》，其中有一个镜头，约翰·特托罗说：“没人敢惹耶稣。”

纽约第五大道上，哈利·西普里亚尼意大利风味餐馆的烤干酪细面条。

“与君歌一曲，请君为我倾耳听”（李白的诗句）。

英国巨蟒组的情景剧《荒谬措施部》。

莉奥诺的乳房。

罗密的笑容。

露的金黄头发：像小鸡的绒毛一样。

就在我毫不在乎未来的时候，我有了一个孩子。不，纠正一下。

我有两个女儿。现在，我在期待着一个未来。

莫兰迪尼在他的网站上公布了我辞职的消息，并宣布由奥古斯丁·特拉珀纳来接替我，这在社交网站上引起很大反响。有三分之一的人客气地表示遗憾，还有三分之一的人表示“把这人赶走真是太好了”，另外三分之一的人则向接替我的人溜须拍马。《巴黎人报》的标题是“化学秀嗑药过量”；《现时》杂志的标题是“走了还会回来吗？”；《费加罗报》的标题是“一个伤痛掩盖着另一个伤痛”。我只好在莫兰迪尼的网站上接受一次专访，好平息那些流言蜚语。

让-马克·莫兰迪尼：“您的电视主持人生涯是不是就此完结了呢？”（笑）

我：“我也不知道，况且我根本不在乎。我和其他人不一样，除了电视之外，我有自己的生活。再者说，我认为电视业行将衰落，因此从九月份开始，我将在法国广播电台上主持一档每周评论节目。”

莫兰迪尼：“一个电视主持人放弃每周一小时的节目，转而去广播电台主持三分钟的专栏节目，这真是前所未有啊！您是不是想让我们认为这是一次升迁呢？”（笑）

我：“是的，我真是这样想的。因为我从此可以自由地表达自己的想法。况且这么多年来，广播电台也是录像的。所有的录像大家都可以在网上观看。广播电台不再是原来那种陈旧的模式了。”

莫兰迪尼：“您是不是对嗑药感到厌烦了呢？”（笑）

我："我之所以要停下来，只是为了去照顾好两个女儿。出一个小谜语——黄金时段之外什么东西最惬意？"

莫兰迪尼："放纵。"（笑）

我："不对，是生活。大部分主持人无法接受从公众视线里消失的局面。他们宁可去主持愚蠢的游戏节目，也不想离开电视屏幕。无论是德沙瓦纳，还是萨巴蒂耶，或是纳吉，他们都一样。不过，我可不想当着那么多长期失业者的面去转什么幸运转盘，我得走了。"

莫兰迪尼："您是遭遇中年危机了吗？"（笑）

我："到50岁的年纪，就已经不是中年了，而是已经过了人生的三分之二。这并不是一个危机，而是一个教训。是三分之二生命的教训。"

莫兰迪尼："这三分之二生命的教训是什么呢？"（笑）

我："您也许不能理解。"

莫兰迪尼："您接下来要去周游世界，那该怎么安排每周的电台节目呢？"（笑）

我："是这样，让－马克，我得用两个技术词汇来解释：一个是双工系统，另一个是PAD。后一个是'即时播放'一词的缩写。不好意思，在您面前用这么专业的词汇。"

莫兰迪尼："您真的想一年后再回到电视台吗？您知道这个不由您来决定，而是由电视台来决定的？"（笑）

我："在YouTube直播平台上看那档《化学秀》节目的人很多。所有人都能上YouTube平台。如今，想做电视节目不需要再向樊尚·博洛雷或马丁·布伊格提出申请，您不知道这事吗？奥古斯丁是朋友，我预祝他在这档直播节目里积累更多的经验。我相信他一定会很开心，而电视观众也会很开心。至于说制片的事，我本人和您一样，也是制片人。我会考虑各种各样的不同选择。”

莫兰迪尼：“您没有回答我的问题，您对这么快就被替换掉是不是感到有些恼火呢？”

我：“这个走着瞧吧。公众会做出决断的。但最重要的还是要建立起信任关系。就好比一个少年被分配到一个角色，要和您一起演一个色情电影，即使您让未成年人在您办公室里手淫，他们也会特别信任您。”（露出讽刺的微笑）

莫兰迪尼：“你这家伙真是一个色情狂。关机，切换到演播室。你这个混蛋！”（他站起身要打我，我的保镖拦住了他）

到最后，难听的话也随之脱口而出，但我对此并不感到得意。这段采访视频在推特上被转发了400万人次，这是那一年业界最著名的冲突事件。

回到家之后，我让罗密把手机放下来，认真听我说几句话。她叹了一口气，但还是按我的要求去做了。她那副缺乏教养的样子让我感到很开心。她太像我了。

“等一等。”她对我说，“四个字母组成一个昆虫名字，这个词以字母 T 打头。”

“虻（taon）。”

“有这个词吗？噢，真有哎，成了！”

几个星期以来，罗密一直在苹果手机上玩一款名为《94%》的游戏，这是一个猜字游戏。我倒宁愿让她玩这个游戏，以丰富自己的词汇，也不希望她去玩《糖果传奇》那种消除糖果得分的游戏，更不希望她逃课，去逛服装店。

“是这样，我考虑再三，我们要一起出门旅行，你感兴趣吗？”

“但是，现在学校还没放假呀。”

“很快就要放假了。你只会旷课一个月，接着就放暑假了。你妈妈已经同意了。我给你学校写一封信，向他们表示歉意。这一次可是亲笔信啊，你不用模仿家长的签字。”

“好吧，真有意思。那我的小伙伴呢？”

“你以后可以给她们写信，或者在 Skype（一款即时通信软件）上和她们通话。”

“那露和莉奥诺呢？”

“她们很快就跟我们会合。我们去看大海、高山，看遥远的国家……”

“告诉我一棵树的名字，名字以字母 P 打头。”

“梧桐树？苹果树？”

“两个都对！ 16 分！”

“我们需要去呼吸新鲜空气，这对我们有好处。”

自从我和她母亲分手之后，罗密一直把情感闷在心里。没有理由让她变得如此早熟。我很难和她谈论这个话题，这个话题比较沉重。有时候，我尽力去关心她：“你还好吗？你确定？”

她什么也不说。于是我递给她一个巧克力面包，或者给她一包口香糖，再不然就给她订阅“网飞”频道的节目。她是系列剧《逍遥法外》的忠实粉丝。

“宝贝，我倒希望你看《汉娜·蒙塔娜》。”

“噢，时代变了呀，麦莉·赛勒斯已变成胖胖的蠢女人了。”

我还记得在科西嘉岛上度过的一个周末，那天罗密要我给她的后背涂上防晒霜，我突然意识到她即将变成一个女人。这是我第一次摸到她的皮肤，感到有些窘迫，因为女儿已经不再是一个小姑娘了。这是我最后一次接触她的后背，穆托利庄园酒店的女宾客用鄙夷的眼光看着我，我隐约听到她们在背后议论着：“那头老蠢猪什么时候能不再乱摸他女儿呢？”我绝对不能甩掉这孩子，她是最了解我的人，也是唯一一个。她知道我是一个笨蛋，因此总能原谅我。我娶一个瑞士女人来当她后妈，她不怨恨我。孩子们的作用就是给大人纠偏。她笑的时候，我好像看到她母亲的面容，甚至看出她外婆的脸庞。我尽量不常把她搂在怀里，以免让她喘不过气来。

也许我错了。

“你不高兴吗？”

“不，高兴死了。”

“噢，不，不应该是死了。而恰恰是相反。”

在我的一部影片里，有一个三秒钟的特写镜头来展示我那谜一般的表情，以突显我这句话的双关语义。

“我对你说过，我们不会死，你还记得吧？”

“记得呀。”

“你相信我说的话吗？”

“哦……你说过那么多不着边的话。”

“你别批评我的谋生工具呀。好了，你想想看，为了能不死，咱们将去见几位医生，他们会关照咱们的。你明白吗？这就是咱们旅行的目的。但别告诉其他人啊。”

“为什么呀？”

“因为咱们将是第一批长生不死的人。这是咱们的秘密，否则大家都想这么做。不过，我还是提醒你，你不是最讨厌在迪士尼乐园里排队吗？”

“我甚至不能在 Instagram 上发布我想发布的话题吗？比如关于长生不死。”

“不行。”

“我们先去哪儿呢？”

“先去耶路撒冷。”

“噢，开心！我们去耶稣复活的城市吗？”

“用被动语态。”

“什么？”

“‘耶稣复活’这句话要用被动语态。哦，这跟耶稣没有任何关系，只不过是一个巧合。不管怎么说……我认为是一个巧合。”

我的脸上带着种种暗示，此时应该又有一个特写镜头，风格就像李小龙在《猛龙过江》里的样子。如果有可能的话，变换一下拍摄角度，再稍微往前移动一下（剪辑的时候再做一个合成层）。

“你得答应一件事，罗密。看着我的眼睛。”

“什么事？”

“你发誓不再玩失踪。”

“但这不是我的错。”

“那是谁的错呢？”

“揍因麻麻……”

“你说什么？我听不清你说什么。把每个音都发清楚。”

“我是说，是妈妈的错。”

“你体育课翘课，跑到 Brandy Melville（意大利服装品牌）店里，你妈妈也没回来呀。你躲在一个试衣间里，或者躲在糖果店柜台后面，这是怎么回事，你得解释清楚。”

“克莱芒蒂娜说有一个男人。”

“你能不能把话说清楚点，这话到最后越来越难懂。”

“我是说，克莱芒蒂娜告诉我，她有一个男人。”

“克莱芒蒂娜？”

“所以我就跑出去了。我想呼吸新鲜空气，到卢森堡公园里去跑步。我确实考虑得不周。那个卖糖果的夫人特别好，我告诉她，父母离婚了，她送给我好多棉花糖，我两只手都拿不了了。后来，我并没有躲起来啊，我就坐在音乐亭子里，大家都能看见我。我知道你很快就能找到我。你应该感到高兴，因为我没有跑到叙利亚去！”

我猛然意识到，我将和这个既放肆无礼又超级聪明的调皮捣蛋鬼周游世界，我倒真应该聘任她担任一档访谈秀的专栏记者。这个该死的想法立马浮现在我脑海中：办一档由少年专栏记者编排的节目，赶紧向作家及戏剧家协会提出申请！我把这个想法输入手机备忘录里。

“你觉得怎么样？”我一再坚持道，“你母亲开始新的生活也很正常啊。”

“什么怎么样？”

“你发誓不再出走呀。”

“一个壳，开头字母是O”

“你说什么？”

“哦，听好了……一个壳，开头字母是O，帮我找这个词！”

“海胆？鲍鱼？”

“不对，只有四个字母。爸爸，快猜呀，你还有10秒钟！”

“鸡蛋？”

“噢，太棒了！”

“好了，你发誓？”

“好的……玩这个游戏你比妈妈强多了。”

我从罗密的床上站起身，朝走廊里喊道：

“克莱芒蒂娜？您能帮助罗密收拾行李箱吗？我们要出门旅行。噢，对了，我们接下来就不需要您服务了。就像一个电视主持人当上美国总统，也许会说：‘您被解雇了。’”

第四章
没人敢惹耶稣

“人并未永远死亡，只是沉睡于永恒中，
奇妙的永世让死神彻底消亡。”

—— H.P. 洛夫克拉夫特

人的主要死因究竟有哪些呢？英国医学杂志《柳叶刀》在 2014 年发表了一份研究报告，这项研究由比尔·盖茨基金会提供赞助，800 名来自世界各地的研究员对 188 个国家和地区的 240 个死亡病例做了分析。排在前四位的死因毫不出乎意料：首先是心脏玩完了（2013 年，800 万人因患心脏病去世），其次是我们的大脑被烧坏了（600 万人因脑血管疾病死亡），接下来是肺部窒息（300 万人死亡），最后是阿尔茨海默病（160 万人死亡）。因交通事故死亡的人数只排在第七位（130 万人），与死于艾滋病的人数相当。

我的心理医生把那位以色列医生的邮箱告诉我，我给这位从事细胞更新研究的专家写了一封邮件。

布甘尼姆医生，您好！巴黎的心理医生恩基杜推荐我和您联系，您应该认识这位医生，希望她的推荐不会给您带来麻烦。您同意为延长我的寿命和我见上一面吗？我有一大笔预算。

为此，我极想知道，为达到长生不老的目的究竟要花多少钱？请您给我报一个长生不老疗法的价格。

谨致敬意！

当您给生物技术界的大人物写这类邮件时，他要么把您的邮件清理到垃圾邮件里，要么就会在第一时间给您回信，因为能和疯子对话总是一件很好玩的事。一刻钟过后，尤西·布甘尼姆医生就给我发来邮件。他问我为什么恩基杜女士会提起他，字里行间流露出一丝焦虑，问我能否再给他发一封确认函，并要求由耶路撒冷希伯来大学外联处主任出具这样一封确认函。我突然感觉自己好像置身于一个侦探小说所描绘的场景里。生物学研究领域如今已陷入偏执狂境界：在寻觅长生不死秘诀方面，中国人、瑞士人、美国人和以色列人展开激烈的竞争（由于缺乏资金，而且又有太多的伦理羁绊，法国人已落在后面了）。在这场科学战争中，既有作弊行为，也有吹牛皮的广告效应（比如韩春雨发明的基因编辑新技术NgAgo），还有大胆的广告，尤其是不乏尔虞我诈、相互刺探情报等举动。遗传科学就像一场漫长的马拉松比赛，甚至比竞逐奥斯卡奖还要艰难。2016 年，尤西·布甘尼姆医生获得《科学》杂志的一个奖项，因为在创建 iPS 细胞方面，他是走在最前列的研究人员之一。于是，我又给他的实验室领导发了一封邮件。

请明确告诉医生，我并没有生病。我并不要求他为我治病，而是想让他延长我的寿命。我们正在为长生不死的题材准备一个纪录影片，我只是想知道注射干细胞是否能停止我的衰老。我女儿将陪同我与医生会面，她的细胞显然要比我的细胞更新鲜。您可以就会面日期提供几个选择。从现在起，我们随时有空。

我们来普及一下有关干细胞的知识。大家放心，我不会照抄维基百科的词条解释，那个解释很难理解。1953 年，有一位名叫勒罗伊·史蒂文斯的美国生物学家，在缅因州研究香烟对小鼠造成不良影响的过程中，发现其中一只小鼠长着一个巨大的阴囊。他杀掉小鼠，对小鼠做了解剖，结果发现小鼠得了睾丸瘤。这个症状也证明吸烟有害健康。不过，史蒂文斯发现小鼠的肿瘤十分怪异。肿瘤里面有头发、碎骨和牙齿。这他妈的是什么玩意儿？他又让其他小鼠去吸烟，接着又解剖了肿瘤，但这一次，肿瘤更像胚胎，模样像是缩小的外星人。于是，他决定把这个肿瘤移植到年龄更小的小鼠身上，看看究竟会发生什么，况且那时候，鼠权宣言还没有问世呢。后来，他发现肿瘤适应了新环境，并在那里成长发育起来，长成令人生厌的坏胚胎。那时候，大家很喜欢在缅因州的巴港嬉戏玩耍。勒罗伊·史蒂文斯后来又发现了干细胞。简单说来，人类属于多细胞动物：人全身有 75 万亿个细胞。在胚胎状态下，人体细胞就不断地复制，并转变成各个器官：骨骼、肝脏、心脏、眼睛、皮肤、牙齿、卷发，还有你的小咪咪（不好意思，在此用了一个代词，以引起男性读者的注意）。假设有人能控制这些干细胞，那么他就有可能拯救我们的生命（比如可以让损坏的器官复原），或者把我们转变成巨大的、黏稠的肿瘤。不过，值得注意的是，在这个阶段，整个研究过程会变得非常复杂。干细胞在胚胎里繁殖，但我们不会为了盗窃胎儿的细胞而把他们都杀死，即便这一设想从逻辑上讲似乎是行得通的，我们在后文将会看到，抗击衰老的斗争倒有点像吸血鬼的做法，这种做法是不公正的，况且自 2004 年起，法国颁布生物伦理学法，明令禁止这一做法。为了培育干细胞，克隆人的问题早在 10 年前就提出来了，但在 2006 年，两位日本学者找到另外一种方法。京都大学的高桥和敏和山中伸弥提取成熟体细胞，经“分化”处理，形成诱导多能干细胞（iPS）。简单来说，日本学者实施了一种遗传操作，导入四个转录因子（Oct3/4、Sox2、Klf4 和 c-Myc），这四个转录因子能将成熟体细胞转化成幼年细胞，可以适合任何环境并完成自我更新。山中伸弥也因这项研究成果而获得 2012 年诺贝尔生理学或医学奖。这就是为什么五年来，世界各地的几千名生物学家一直在折磨成百万只小鼠，希望能找到那个大家梦寐以求的金矿石。您听懂了吗？这个简短的科普知识就介绍到这儿。现在，我期待着能获得“诺贝尔科普奖”。

在飞往特拉维夫的商务舱里，坐满了形形色色的商人，他们都在读朱莉娅·恩德斯的《肠子的小心思》。许多人都戴着犹太人的无檐圆帽。在飞机座舱里，我四周坐的都是凡人，但他们不怕死亡。在街头的每一个角落里，犹太人总会与死神擦肩而过，他们对死神频频光顾已习以为常。死神好像对他们也不冷不热的。我和罗密的想法不一样，她认为“死”做形容词用时，就是“棒极了”的意思。同样，在打电子游戏的时候，我讨厌她闯关失败的样子，因为她总爱用这个愚蠢的说法：

“我又没命了。”

而我总会带着一股傲气回应她。

“又拿第一啦。”

我向她讲述神奇的科学发现，正是这些科学发现把我们带到这座城市，在我讲述的过程中，罗密用手遮住打哈欠的嘴巴。罗密一直紧闭着嘴，但她的鼻孔却在翕动，说明她还是在认真地听。我从未去过耶路撒冷，因为我不喜欢圣地，比如我从未追随潮流，徒步前往圣地亚哥－德孔波斯特拉去朝圣。罗密在电脑上看《饥饿游戏》，又是一个为生存而搏斗的故事，在这部影片当中，女主角凯特尼斯（詹妮弗·劳伦斯饰）通过各个环节的考验，以挽救自己的性命，而游戏后面的环节越来越恶劣。她小小年纪就看这样一部电影，我对此感觉有些痛心，但罗密却睡着了，脸上毫无任何焦虑的表情。年轻人现在也都变得坚强起来，尤其是他们在童年里总是听弱肉强食的故事。

莉奥诺和我们的宝宝待在巴黎，我给她写了一封信。

亲爱的宝贝：

我想玩高冷，对一切都麻木不仁，但却枉费心机，因为抵达希望之乡还真是令人兴奋。我们飞越地中海，猛然间透过飞机的前舱，看见一条笔直的白线，闪着耀眼的光芒，那就是以色列，3 000 年来，那里一直是一个理想国。飞机上的邻座是一对老年夫妇，飞机起飞时，他们手拉着手。我真是羡慕他们，因为你不在我身边，我抓不到你的手。我知道你在想什么，你会认为我追求长生不死的举动没有任何意义。你的想法也许是对的，然而我的举动已经开始结出硕果了，甚至在和你老板的同人碰面之前就结出硕果了，因为把你和露与我分隔开的每一公里都是永恒的时空。待我做过干细胞移植后，就给你打电话。替我咬咬露的小脚趾，这会让她的小脚趾长得更快些。我不给你写太长的信啊，因为我担心让罗密看到我的泪水。我真的什么事情也不想做，只想把你搂在怀里。

你的法定情人，满怀永不生锈的情感。

附言：我认为把你搂在怀里就是我的天堂，这真不是开玩笑啊。

我也许应该买一顶犹太无檐圆帽。在制片人的婚礼上，我曾戴过这样一顶帽子，这种小圆帽我戴着还挺合适，它赋予我一种深度，而这种深度正是我所欠缺的。不管怎么说，凭借高高的鼻梁和明亮的眼睛，我这副模样还真像典型的德裔犹太人。尽管我只是接受过天主教的洗礼，但还是被列入“掌控着媒介的犹太人名单”里，这份名单就公布在一家极右派的网站上。总会有人在某个地方提到我的名字！

飞机降落时，罗密醒了，我们随后请出租车司机把我们直接送到耶路撒冷希伯来大学细胞生物技术基因组实验室。从特拉维夫驱车过去，需要一个小时，整个路途还是很安全的，道路两边都有铁丝网围着。虽然我不信上帝，也不信雅威[①]，更不信安拉，但我还是尽力看着车外的景色，就好像这个国家只是任意一个地方，可这并不是任意哪个地方。许多警察簇拥着身穿黑袍、戴着黑帽、蓄着络腮胡子、梳着卷曲小辫的男人。以色列就是巴黎的马莱街区，只不过土地面积要大很多，天空也开阔得多。这里的光线好像都变得神乎其神的。我突然意识到，除了“祝你平安”这句话之外，我一句希伯来语都不会说，甚至连“是的”“谢谢”都不会说！幸好，罗密有 4G 手机，她把这两个词的希伯来语发音告诉我。出租车司机开车简直像个疯子一样，把油门踩到底，把空调开到最大，我真担心罗密被吹感冒了。

“系好安全带，披上我的围巾吧。”

身为人父，说话总是用命令式的语气。人行道上，许多漂亮的黑发女孩子慢慢地走着，她们个子很高，身材苗条，头发飘逸，蓝

① 《圣经》旧约部分中以色列人对造物主、天主、上帝、耶和华的称呼。——编者注

眼洁齿，乳房高耸。我尽量不让自己被这些女孩子们吸引过去，因为我还有更重要的科学使命呢。膝盖后面那个小窝窝，那个如此柔软、洁白的地方叫什么？如果有人知道答案，请写信告诉我，因为我总不能让女儿去谷歌网站上搜索这个名字吧。

“罗密，你看到那些以色列女孩子了吗？为了让自己变得更美，她们脸上带着一股怒气。你可别这样啊，听见了没？”

我们感觉以色列年轻人想打扮成加利福尼亚人的样子，身穿T恤衫和人字拖鞋，如同在巴黎、罗马、伦敦或纽约一样，在文艺青年里很难分得清哪些人是犹太人。究竟是谁抄袭谁呢？文艺青年究竟是爱赶时髦的犹太人呢？还是犹太人是精神维度上的文艺青年呢？我感觉一场战争正在酝酿之中，而以色列人则选择与波波族站在同一阵营里。出租车把我们放在医院的快餐厅前时，罗密开始感觉肚子痛。

我们从出租车里下车时，没有人认出我，我为此感觉轻松多了，脸上也露出休假的样子。活着真是太美好了，而活在自己所选择的隐姓埋名的境界里真是一种幸福。尤其是你知道有人打你电话时，会听到机器人所发出的留言“您的联系人语音信箱已满”时，你会感觉更幸福。这个留言的意思是“我比你更受大众喜爱，我根本不把你放在眼里”，只不过表面说得更委婉罢了。我曾邀请几百位明星到我的节目来做嘉宾，但我辞职的消息公布之后，没有任何一位明星给我打过电话。他们这种忘恩负义的举动早就在预料之中，但轮到自己亲身去体验时还是感觉很不爽：在电视台做了20年的节目之后，能成为朋友的名人等于零。我只不过是艺术家和公众之间的一个中间人。难道我就只长着一副代言人的嘴脸吗？

后来，我们喝了一瓶可乐，就开始不停地打起嗝来。罗密在出租车上打开了车窗，鼻尖都被晒红了。由于不停地打嗝，她把早餐吃的法式吐司都吐了，幸好我们到了。

耶路撒冷哈达沙医疗中心建在一座山冈上，宛如一座现代化城市。医疗中心有 30 幢建筑，其中有一座商业中心，一座犹太教堂，一所大学，还有几家餐馆。我感觉这是我见过的最大的医院。医院虽然不如巴黎蓬皮杜文化中心那样新颖，但却赢得人们更多的敬意，所有的区域都在监控之下。随身携带武器的士兵守护着这座宏伟的建筑群。进医院之前，要先经过安检，这套安检设备比机场里的设备还要先进。如果没有提前和医生预约的话，你就会被婉拒。

尤西·布甘尼姆医生是耶路撒冷希伯来大学医学系的年轻学者。这位以色列研究员剃着光头，很像动作片的一个演员，类似杰森·斯坦森那样的演员。他的手很好看，手指很长，很有灵气，像是弹钢琴的手，在 DNA 上弹出四个音符，即 A.T.G.C（腺嘌呤、胸腺嘧啶、鸟嘌呤和胞嘧啶）。这手要是夹着香烟，那才帅气呢，但是做医生是不能吸烟的。他的实验室绝对高科技：极为先进的显微镜，细胞多色三维显示仪，几个戴着眼镜的生物学家在摆弄小试管……他带我们参观了他的办公室，就在这神奇的地方，我开始幻想着后人类。

“教授先生，您好！谢谢您能抽时间接待我们。我就开门见山吧。干细胞移植是否治愈过病人呢？”

“治愈过，我们梦想着去治愈阿尔茨海默病、帕金森病、糖尿病、白血病。我们在这儿还培育出胎盘诱导多能干细胞，可以催生出新的胎盘。”

“假如您为我植入干细胞，我能活到 500 岁吗？”

“您目前没有患病，因此在给您植入干细胞的部位会诱发肿瘤。问题的症结就在这里：诱导多能干细胞很不稳定，有时甚至会出现反常。这样的细胞在小鼠身上都无法正常发挥功效，您想想看在您身上会怎么样，十有八九会诱发肿瘤。”

“人什么时候能活到 300 岁呢？”

“我以为您的目标是 500 岁呢？”

“目标降低到 250 岁，甚至降低到 200 岁也行。”

罗密后面的生活还很长，这类诊视让她感觉很厌烦。对于一个 12 岁的小姑娘来说，能活上 200 岁的想法，就如同看一部介绍卢瓦尔河谷的影片一样，令人感到枯燥乏味。影片用吕利的《皇家进行曲》做背景音乐，影片长达 52 分钟。尤其是，布甘尼姆医生还特意对罗密讲话，尽量用小姑娘能听得懂的词汇来讲解。我们能感觉出他是做学术演讲的“行家”：吸引有钱人的投资是医生职业最耗费时间和精力的工作之一，他们要把自己的发明“卖出去”，来支付他们做实验的费用。他之所以肯接待我，是因为医学院外联部门以为我是法国电视台的一名著名记者。布甘尼姆医生也希望能沾上点儿我的名气，以拯救地球上的其他人。这就是法国女总统候选人罗亚尔所说的“双赢”战略，最后却演变为双输的局面。

他接着说道：“罗密小姐，让我给你解释一下，你是怎么来到这里的。首先一个精子让卵细胞受精，形成一个受精卵，我们将其称为合子。接着这个受精卵便开始分裂，分裂成两个、四个、八个、十六个细胞。当它分裂成六十四个细胞时，就形成一个非常小的胚胎，我们将此称为胚泡，它就像一个内部有空腔的小圆球。科学家在培育这些细胞时，才发现细胞在不断更新，并始终保持一致。”

罗密被吸引住了。我让他继续讲下去，好像把他当作我的师长伊夫·穆鲁西。

“您的一位同人曾给我解释过，有些细胞是长生不死的。”

“是的，有些胚胎细胞是长生不死的。”

我忘了明确说明，我们之间谈话是用英语，罗密很难听懂我们的谈话，虽然布甘尼姆医生讲话带着很浓重的以色列口音，但我还是认真地听他讲述，他讲话的口音不禁令人联想起亚当·桑德勒在影片《别惹佐汉》里讲话的口音，这是描绘以色列的最有趣的喜剧片。在这种局面下，为了不让自己发出笑声，最有效的做法就是不要纠缠于他讲话的细枝末节。想一想，我在电视台工作 20 年，不也是从来没有获得过《科学》杂志颁发的大奖吗？我把他说的话翻译成法语，这样对大家都方便。

“胚胎干细胞是长生不死的。”他平静地陈述道。

“这些细胞是不是就像变色龙一样呢？”罗密问道，她做联合采访人倒是很出色。

“是的，你想要什么，或者说几乎你想要什么，这些细胞就能变成什么。这种细胞的名称‘多能’一词也是由此而来的。”

他在白纸板上画出一些圆形细胞，模样倒像是沙多克[①]（又和老年人有关联）。

---

① 法国漫画家雅克·鲁克塞尔绘制的动画片中的一只拟人化的卡通鸟。——译者注

“您给我介绍一下这些日本人吧，正是他们发现干细胞是可以人为制造出来的。诱导多能干细胞的机制是什么？”

“注意，这不仅仅是干细胞，而且还是胚胎干细胞，也就是说，这些细胞可以繁殖出人体的所有细胞。在我们成年人身上，所有的干细胞我们都有。在所有的器官里都有。罗密也一样。但这些细胞只会再生出某一个器官。日本人琢磨着是否可以提取成熟体细胞，并将其分化为胚胎干细胞，即所谓的‘多能’细胞。这样就能解决两个问题：一个是伦理问题，因为毁掉人类胚胎确实是一件不光彩的事，即便我认为胚泡不应被看作一种生命；另一个就是排异反应问题，假如我把别人的胚胎干细胞移植到你体内，总会出现排异现象，但是以活检方式从你体内提取出的干细胞，再用于你本人，则不会出现排异现象。”

他挠了挠腋下。罗密开始担心起来。她朝我转过身。

“医生不会给我们打针吧？”

“不会的，亲爱的，医生什么也不做。”

“不过，即使给你打一针，你在胳膊下挠一挠，也不会给你带来任何坏处。”

“如果我理解正确的话，日本研究员提取一个成熟体细胞，然后让这些细胞……返老还童？”我接着问道。

“完全正确，正是这样。我从你体内提取细胞，然后将某些基因植入细胞里，等上两三个星期，突然，你会发现这些胚胎细胞被‘仿制了’，这就是 iPS 一词里‘i’的意思。”

“真是太奇妙了！”

“绝对如此！大家都认为这是不可能的！不仅如此，大家都没想到，只需要四个基因就能得出这样一个结果！人体内大约有两万个基因。只需要四个基因就能在时空里徜徉。这个发现也应归功于英国人约翰·格登，他是第一个对细胞做分化处理的科学家。他和山中伸弥共同获得2012年诺贝尔生物学或医学奖，是他发明了多利羊的克隆技术。他提取成熟体细胞，再取一个青蛙的合子，然后将其植入卵子里，培育出一个胚胎。你取一个成熟体细胞核，然后将其植入合子里，这就形成一个克隆。于是，卵子开始分化成两个、四个、八个细胞……用这套方法，什么都可以克隆。”

“那我呢？也可以对我做克隆吗？”罗密大声说道。

医生讲英语带着浓重的以色列口音，但女儿却能听得懂，真让我感到吃惊。

“这可不像《星球大战》那样，但我们可以复制出一个从生物学来看一模一样的罗密。我从你身上提取一个体细胞，提取你的DNA，然后将其植入一个摘除内核的人类卵子里，几天过后，再把这个卵子植入一个代孕母亲的子宫里，九个月过后，你就被克隆出来了。这个新诞生的婴儿就和你完全一样。”

罗密真的开始担心起来，我决定插一句话，以免让她内心再遭受创伤。

“宝贝，不会有人克隆你的，单单照顾一个罗密就已经够累人的了。大夫，我觉得很奇怪，15年前，所有人都在谈论克隆人类的事，但如今却没有人再提这个话题了。是不是这个话题不流行了呢？”

“这个话题并没有过时，正像您所说的那样。不过，出于伦理学原因，这类研究是被禁止的。但是我相信，有人依然在从事这方面的研究。”

“真的吗？您也这么认为？”

“不是我认为，而是我确信。他们已经克隆了猪、狗、马……2013年，一个哈萨克人成功地做了第一个‘克隆人’实验，他就是美国俄勒冈波特兰大学的沙乌柯莱特·米塔利波夫教授。”

“但这个实验竟然没有引起人们注意！”

“山中伸弥的发现比他的那种方法更先进……起码从目前来看是这样。”

“但是，在您这边，您的实验室是拿克隆过的小鼠做实验呢，还是用分化过的小鼠呢？”

“两种都用。2009年，第一只完全用分化细胞繁殖的小鼠诞生了。小鼠的各个器官都很正常，很有活力，而且小鼠还可以繁殖。2011年，人们培育出人工喉咙；2012年，又培育出人工甲状腺。一年半以前，有人采用iPS法为小鼠培育出人工肝脏。这些成果都非常棒。不过iPS细胞的问题是，其中只有30%的细胞可以用来培育整只小鼠。大部分iPS细胞只发育成着床晚的胚胎，或者死胎，因此iPS细胞并不完全都是高品质的细胞。但如果选用胚泡的胚胎细胞，那么几乎所有的细胞都能以克隆手法培育出小鼠。”

“我搞不懂了。我想跟您说延长人的寿命，可是您却在说克隆的好处。”

“不是的。我只是想说，目前我们还没有找到最好的条件去再生细胞。概念已经有了，但我们还没有更好的方法。如同分化一样，克隆的目的就是要回到原点。这就是我们所说的‘重组’。”

“大夫，我想要重组！现在该给我重新设定了！我将进入2.0版本！”

布甘尼姆医生最终会把我看作一个愚蠢的家伙。罗密正在用手机玩打砖块游戏。从某种角度来看，这倒让我放心了，因为在罗密眼里，在游戏里打掉红砖墙，让砖块发出叮当的响声，要比了解生命重组更紧迫。

“如果我理解正确的话，教授先生，无论是人类克隆，还是细胞分化，都不能让人长生不老。”

“完全正确。克隆人和您本人完全相像，但要赋予克隆人生命：九个月的孕期，出生，教育，抚养，所有的一切都从零开始。克隆人只是有您的外表，但永远也做不了您本人。况且，我们也不再使用这个词汇了，因为这会引起人们的愤怒。我们倒更愿意用‘体细胞核移植’这个词，其实这和克隆是一码事。实际上，多利羊确实在 1996 年培育出来的，从那时起，大家就一直在做其他研究。我们一直设法再生出更多的高品质年轻细胞，再以更安全的方法将细胞植入人体内。”

“您刚才说如果给我植入 iPS 细胞的话，我会得肿瘤。这我可绝对不要啊！”

他笑了笑，说：“假设您患有帕金森症，您浑身上下到处都在颤抖，我为您植入做过遗传改变处理的神经元，以减轻您的症状。您会感觉很开心，即便十年后您身上长出肿瘤也没关系。在此，我们发现四个基因（shall4、Nanog、Esrrb 和 Lin28）可以培育出品质更优的 iPS 细胞。到目前为止，这些细胞在克隆小鼠身上长势良好。”

“正是这项研究让您荣获《科学》杂志的奖项。”

“是的。我们在尝试采用其他方法，这些方法与山中伸弥的方法不同。”

“为什么这需要三周时间，而一个卵子只需要三天时间？”

“细胞分化要比细胞活化缓慢得多！况且在分化过程中，DNA会发生嬗变，甚至发生畸变，需要消耗精力去掌控这类操作。”

“长生不老疗法是一个漫长、艰难的过程。”

“我并不是在研究长生不老的秘诀，而是在设法从帕金森病患者或阿尔茨海默病患者身上提取体细胞，将其分化成神经元 iPS 细胞，以便更好地研究感染帕金森病或阿尔茨海默病的神经元。通过研究经遗传处理的年轻神经元，我也许就能治疗这种疾病。一定要找到能消除病症的新分子。况且，还有另外一个梦想——再生医学。我们可以尝试着去修复神经元，再将修复过的神经元重新植入患者的大脑里。”

“啊，我们又回到最初的话题上了。这是不是和另外两个女研究员在 2012 年的发明有一定的关联呢？也就是那个 CRISPR–Cas9？”

写到这里，我真担心最终把读者都给吓跑了。我们可以简单描述一下遗传学的现状：2012 年（这真是遗传学历史上伟大的一年，那一年山中伸弥荣获诺贝尔奖），两位生物学家研发出一项切断 DNA 技术，并将修复过的基因通过切口再植入 DNA 当中，这两位生物学家一个名叫詹妮弗·杜德纳（美国加利福尼亚人），另一个名叫埃马纽埃尔·沙尔庞捷（法国人）。在对细菌的 DNA 做测序的过程中，她们发现回文重复现象（即字母 A、C、T 和 G 逆向重复），于是她们将其命名为 CRISPR（这个名字的意思是“规律成簇的间隔短回文重复”）。你们可千万别让我来解释两位女研究员是如何利用 CRISPR 对 DNA 的基因做切断的，无论哪个学科，要是没有十年的研究，谁也搞不懂。而“Cas9”则是在切断过程中所采用的蛋白质。这项新技术大大地简化了人体基因修改的过程。尤西·布甘尼姆对我如此了解科学的前沿技术感到很吃惊，其实我只是在动身之前，叫助理给我准备了一些相关的资料而已。于是，他就开始滔滔不绝地讲起来，也不再做科普类的讲解了，仿佛在和一位同事在“医疗保健”大会上共同探讨一个话题，这个大会每年都由 J.P. 摩根公司赞助，在旧金山举办。

“我们不妨想象帕金森病患者的一个 DNA 发生突变，从理论上讲，在治疗这位患者时，我们可以植入一个新的 DNA。我们用 RNA（核糖核酸）做引导的 Cas9 蛋白质，去切断这个 DNA，并对其进行修复。这样的技术，我们每天都在用。”

“您就不担心制造出一种转基因人类吗？美国人、中国人和英国人建议推迟对人类基因操作展开研究。”

他微微一笑，说道：“在中国，四川大学华西医院的卢铀医生这个月刚刚对肺癌转移的患者做了 T 淋巴细胞修改术，而化疗对于治疗这类疾病根本不起作用。在对患者抽血之后，从血液中提取 T 淋巴细胞，对 DNA 中 PD-1 蛋白的基因做修改，而 PD-1 的作用就是‘保护’癌细胞。他们把修改过基因的细胞再植入患者体内，这样蛋白就不会阻碍 T 淋巴细胞去攻击肿瘤了。”

“实验是刚刚做过的吗？”

“是的。他们已开始做临床测试。从理论上讲，这是可行的，但与此同时，鉴于细胞不再收到‘不要攻击我’的指令，那么这些修改过基因的细胞就有可能去攻击健康的细胞……这就有引发自身免疫疾病的风险。”

“你们在耶路撒冷为什么不做这类实验呢？”

“因为我们在几年之内都拿不到许可。在美国，类似的治疗白血病的免疫疗法被叫停了，因为在治疗过程中，有五位患者死亡。此外，还发生过其他悲惨事件，还有一些招摇撞骗的江湖医生。有一个住在以色列的俄罗斯家庭，家中的孩子得了神经退行性疾病，他们花了一大笔钱，前往哈萨克斯坦接受干细胞植入疗法。待这个孩子返回以色列时，家人赶紧把他送入舍巴综合医院，因为他脑子里长了两个瘤。没过多久他就死掉了。”

“因此，西方人遵守了推迟对人类基因操作展开研究的建议？”

“这一点我可以确认。假如有人说在印度、俄罗斯、墨西哥有一种神奇的疗法，您可千万当心，因为那边没有任何管控。”

“在瑞士，我在因特网上发现有一家医院从绵羊胚胎里提取干细胞后，再植入人体内！”

“希望他们植入的只是安慰剂，否则这会闹出人命的。再过50年，那里的人会要求生出金发碧眼的孩子，他们是能培育出来的。”

“或者克隆出凶猛的野兽，造出超级士兵。再不然就造出嗜血成性、难以控制的怪物。”

“这倒接近于纳粹的梦想了：创造出一个优秀人种。”

“确实如此。我们在此所做的研究只是去培育多能干细胞。我们是率先培育出胎盘iPS细胞的机构。我们还培育出一些独一无二的细胞，即所谓的‘全能’干细胞，这种细胞可以繁殖，这项研究目前尚未公布。把这些胚胎干细胞植入卵裂球内，就可以繁殖出新的细胞，进而变成胎盘。这些细胞出现在用山中伸弥的方法培育细胞之前那一时段。我们的研究方向放在创造生命过程中更靠前的阶段。我们并不想克隆人，也不想创造超人。我们只是设法去治疗病人，但这需要时间。”

布甘尼姆生看了一眼手表。我突然意识到这里不是电视演播厅，而是世界上最有名的生物化学家的办公室。我感觉该向这位研究员道别了，好让他继续从事研究。在陪着我走向电梯时，布甘尼姆教授以一种奇怪的方式来安慰我：

“也许再过两三百年，我们有可能会延缓人衰老的过程。但我认为，到那个时候，地球也就灭亡了。鉴于我们目前对待环境的方式，恐怕再过 100 年，问题也就彻底解决了，因为地球将毁灭，而人类也将随之一起毁灭。因此，没有必要再为长生不死这种事去操心了。不过，非常抱歉，我还有小鼠要去消灭呢。”

“啊，这是犹太人特有的幽默。”

幸好罗密什么也没听到，她又开始打另一局《愤怒的小鸟》。

与其他宗教一样，不信教也是一种信仰。它的特点是地狱和天堂都在同一个地方：就在这里。况且也没有后世，即便在天空之城耶路撒冷也没有。虽然以色列研究员最终拒绝接受我的请求，但我并没有气馁。我是不是被某种超自然的地域意识给感染了呢？没有到过耶路撒冷的人根本无法理解，为什么人类几千年一直在不停地打斗，以征服这座圣城。另一辆出租车一直把我们送到市中心粉红色的石墙前，一辆接一辆的公交车把石墙给遮挡住了。

“咱们要去看那三个主神？”

罗密坚持一定要去旧城看看，和所有的孩子一样，她渴望能在圣城里看到魔法。我特别想吃夏瓦尔玛馅饼，配上鹰嘴豆；一份刚出锅的皮塔饼，配上小羊羔肉饼和香芹。于是我就想，去大卫王城看一看应该很不错。这毕竟是一座经历过四千年玄学及十字军东征的城市，这一点吸引了无数犹太后裔前来参观访问。耶路撒冷是全球宗教气息最浓的城市，是一个地地道道的宗教城市：各种各样的宗教风格一应俱全。穿过所罗门城堡的老城墙，走在被一群群心醉神迷的游客们踩得发亮的石板地上，我们很快就在这座宗教圣地迷宫般的旧城里迷失了方向。我看到一家巴勒斯坦旅店里有一张空桌子。

“可乐有一股怪味。”罗密说道。

“也许是按照某种教规做的吧？”

所有通道都被遮盖起来，我没有想到耶路撒冷是一个由拱穹、无窗的旧石头建筑、狭窄的通道构成的迷宫，狭窄的通道弯弯曲曲，十分拥堵，就像高峰时段的巴黎夏特莱中央市场站，只不过这里到处都是灰尘。从饭馆走出来之后，我们才发现旁边就是哭墙。参观老城就从哭墙开始吧。不过，走到门口，我们却被拒之门外，首先因为我没有戴犹太圆帽，其次罗密是女性。于是，我们转过身，背对着哭墙，拍了一张自拍照。后来，我找到一顶硬纸做的一次性无檐圆帽，但这顶帽子总是被风吹掉，害得我不得不跟在帽子后面跑，把它从沙土地里捡回来。我感觉好多教徒都想把我钉在十字架上。我让罗密在栅栏外面，在哭墙的右侧等着我，我要到哭墙前面许个愿。

在橄榄山脚下，阳光显得黯淡，就像是一块块圣石和一座座坟墓的颜色。通向广场的一个个台阶让我感觉头晕眼花。我不知道自己是真的头晕了，还是突然变成一个犹太教徒。我缓慢地朝哭墙走去，感受着这一时刻，期待能出现一个奇迹。接着我把一封小小的愿望书（在一张餐巾纸上用法语潦草地写了几句话，再把纸对折四下）塞到两块石头之间的缝隙里并祈祷：“亲爱的雅威，如果世上真有您，请您将永久的生命赐予罗密、莉奥诺、露、我的父母、哥哥及我本人。谨致真诚的谢意。顺颂安琪。”我和那些在巴黎艺术桥上挂一个同心锁的傻瓜一样滑稽可笑。所有游客那种庄重的神态给罗密留下深刻印象，她生怕打扰他们。而让我感到透不过气的是历史的沉重感。在我看来，几千年的巨石比那些哭泣的老犹太教徒更值得敬重。有一件事让我感到很意外：阿克萨清真寺竟部分建在哭墙上。在耶路撒冷，伊斯兰教是以犹太教为依托的，穆斯林和犹太人对此都不开心，尽管如此，无论是从地质学上看，还是从城市规划角度看，他们确实是分不开的。

至于说基督徒……根本就找不到通往圣墓教堂的路，圣墓教堂的标识远不如哭墙和阿克萨清真寺的清楚，我父母对此恐怕也不会满意。在圣城一条条斜坡小街上，一条条黑暗的通道里，我们已经迷失很久了。旧城内的十字架之路已成为旅行社的商业中心，他们在这儿低价出售"上帝"。货架上摆着仿路易威登的包、五颜六色的糖果、各种明信片，以及巴勒斯坦式头巾，这些货架让人隐约看到一种解决冲突的方案，一种以小商品贸易来维持的和平。这些货物中有包金的法蒂玛之手，有大卫星瓷盘，还有"中国制造"的带荧光或闪光的圣母玛利亚雕像。耶路撒冷既是一个嘈杂的阿拉伯式市场，又是一个神圣的地方：刚从一家血腥的鲜肉铺门口经过，转眼就在基督教小教堂、犹太教堂里迷失了方向，教堂四周是卖薄荷、丝织品、甘草的小贩；左耳听到的是阿拉伯悲歌，右耳听见的是用意第绪语唱的欢歌，两耳同时听到的是正统犹太教的赞美歌。在这个宗教殿堂林立的圣城里，三个宗教的战争并未造成其他破坏。在我看来，我们不能对每个庄严肃穆的圣地都要感动一番，三个宗教完全可以共存于兼有各宗教特色的一座座房子里，只需半个小时，就能沿着这些房子转一圈。在启用全球定位系统导航之后，罗密最终还是找到了圣墓教堂。我们不会把所有的希望都放在一个圣餐杯里。罗密先在哭墙前许了愿，接着又在耶稣基督坟墓前做了祈祷。我向她解释"普世"一词的含义：

"你瞧，在耶路撒冷，猫从一个街区走到另一街区，和各个街区的人都友好相处，只要那里有烤肉串吃就行。"

“耶稣真的是在这里被钉死在十字架上的吗？”

“反正是在离这儿不太远的地方。”

走在石块铺成的地面上，我总是崴脚。罗密把在智能手机里搜到的十条诫命高声念出来：“除了我之外，你不可有别的神；不可杀人；当孝敬父母（这是我最喜欢的一条诫命）；不可偷盗；不可奸淫……”

“他们说十诫原文石板就埋在我们脚下的某个地方，但在电影《夺宝奇兵》里，石板怎么跑到埃及去了。爸爸，什么是奸淫？”

“并不是这样的啊，影片结尾时，法柜就存放在华盛顿。”

“好吧，可是什么是奸淫呢？”

“印第安纳·琼斯特别失望。”

“好了，不过什么是奸淫呢？”

“这个嘛，就是一位先生和一个女人睡觉，这个女人却不是他老婆。或者说一个女人和一个男人睡觉，而这个男人不是她丈夫。”

“这可太坏了，他们为什么要这么做呢？”

“我也不知道，也许他们想这么做。想改变一下自己的生活方式。”

“这真的不好。上帝说得对。”

“不过，先别下结论，如果给你牛轧糖和果冻，让你选其中一种……既然你有两种糖果，为什么要选一种呢？”

“你是不是背叛过妈妈？”

罗密停下脚步，等待我的答复。

“啊，没有。不。我绝对不会背叛她。”

“爸爸，我可提醒你，十诫当中第八条是严禁撒谎。”

面对十诫，一个崇尚绝对自由的爸爸说得再多，也不顶用。将来再回想起这件事，想到与罗密的这番对话，我发觉这是我最后一次说出如此卑劣的蠢话。也许我是在圣城里唯一替某种观念说好话的人，而这种观念和鼓吹性自由一样陈腐。正是从那一时刻起，我变成了后人类，因为我以后绝不会再犯下任何罪孽。

在一条条狭窄的街道上，我们来来回回走了不下十次，这些街道散发着残羹冷炙的臭味。耶稣基督就是在一条乱哄哄的街道尽头被钉死在十字架上，那里有两家卖盗版 DVD 光盘的店铺。在排队等了很长时间之后，我们最终进入圣墓教堂。一支支大蜡烛把教堂照得灯火通明，一丝丝香气缭绕于教堂台柱之间。在入口处右侧，有一位老妇人，俯卧在地，低声呜咽。

“她为什么哭呢？”罗密问道。

“别出声！（我贴在罗密耳边小声说，旁边一位希腊神父皱着眉头，盯着我们。）你瞧那块粉红色的石头，耶稣的遗体从十字架上放下来时，就落在那块石头上。因为这次参观耶稣蒙难地，她花了很多钱，又乘坐一个小时的大巴车，才来到这里，而且大巴车上还没有空调，这就是她哭的原因。更倒霉的是，耶稣不允许自拍。”

“有一件事我搞不明白。”罗密吃惊地问道，“上帝说‘不可杀人’，可上帝为什么让人杀了他儿子呢？”

“这个比较复杂……摩西为我们做出了牺牲……也许是想告诉我们，死亡并不重要。”

“但我还以为咱们到这儿来就是为了根除死亡呢。”

“是的，你别这么大声说，好吗……实际上，仔细想想，你说得对，‘不可杀人’绝对是在开玩笑。假如上帝是无所不能的，他完全有可能根除死亡，接下来也就不会有其他事情了。”

“可就在那个时候，耶稣却复活了。啊！如果我理解正确的话……”

罗密只要动脑筋去想，我总会感觉很尴尬。但她变得严肃、专注、信心满满的时候，我就彻底崩溃了。我真羡慕她这个年纪，她以为自己什么都懂。

“噢，宝贝，你是说？”

“实际上，你希望像耶稣那样复活。”

“宝贝，大家都希望这样啊。所有到教堂里来的人都想成为上帝。教堂外的许多人也想成为上帝。”

我们在这座静谧、凉爽的教堂里转了一圈。我每次到教堂里闲逛，都会有如释重负的感觉。也许这让我回想起自己接受的宗教教育。1972 年，我曾在波舒哀学校的唱诗班接受过短期培训，后来在上小学时又随全班到一家修道院里短暂静修，因此我在潜意识里也有一些宗教思想。有些老年人之所以会重新发现上帝，倒不仅仅是因为害怕死亡，而是又回想起自己的童年。生命越接近终结的时刻，人就会变得越虔诚，因为最后时刻的信仰其实是一种夹杂着恐惧与回忆的混合体。

在教堂入口的右侧，花岗岩台阶通向一个潮湿的地下洞穴。一位面色红润的女子跪在地上，将额头抵在石头上，嘴里用拉丁语低声祈祷着。罗密低声说道：

“这个女人，为什么这么悲伤啊？”

“她这不是悲伤，而是在祈祷。”

罗密想把所有该看的地方都看一遍，在每座祭台、每一个耶稣蒙难的“纪念地”面前都要跪下来，在胸前画个十字。我买了十几支大蜡烛，极为虔诚地将其点燃。教堂的这套体制已经运作了 2 000 多年了，组织得还真不赖。穹顶之下有一座小亭子吸引了好奇者的目光。修士们在这座小圣殿内外维持秩序。最初，我以为这是一个告解亭，但其实并不是，而是一个更神圣的地方。

“这是耶稣基督墓。”

“哇……真的吗？”

突然间，罗密似乎对圣子的名望体验得更深刻，相比之下，罗伯特·帕丁森的名气根本不值一提。对她来说，最遗憾的是这个圣地禁止拍照。一位修士将我们引导到小亭子的入口处，银制煤油灯发出柔和的亮光。患幽闭恐惧症的人最好别到这地方来，我们和 12 个俄罗斯游客挤在一个狭窄的小墓穴里。墓穴是用大理石砌成的，大家在一尊金色的圣餐杯前跪下来，圣餐杯摆放在一座石碑上，石碑都被虔诚的教徒用手给摸旧了。石碑上的铭文难以辨认，更平添一种神秘感。罗密已经被主的恩赐感动了，孩子们在做弥撒时往往都会有这种感受。她不想离开这个地方。而我则在内心深处再次恳请上帝恩赐我永久的生命，就在一个小时之前，我向雅威传递了同一请求，并将这一请求塞在耶路撒冷圣殿的白石墙缝里。是的，每到一处圣地我都要祈祷。

“噢，我主耶稣啊！请赐予我们永久的生命，阿门。”

这可真不是说着玩的呀，我的话真的被主听到了。我想起小说家维勒贝克在法国电视二台新闻节目上说的话。2015 年 1 月 6 日，在戴维·布热达斯主持的电视新闻节目上，《基本粒子》的作者维勒贝克这样说道：“越来越多的人无法忍受没有上帝的生活。消费品已无法让他们满足，个人的成功也让他们难以释怀。随着年龄的增长，我个人感觉无神论越来越难以维持。无神论就是一种痛苦的选择。”这个压在我们胃上的铁砧名叫“死亡”。看着罗密跪拜在耶稣墓前，我意识到自己再也无法不信神了。即使我知道，或者以为知道上帝并不存在，但我还是需要上帝，只是为了让自己放心。宗教信仰回归并不意味着人们皈依宗教，正如帕斯卡在1654年11月23日那个“激情之夜”所做的那样。[①]宗教信仰回归只是为了应对无神论的某种危机。我对那种没有方向的生活早就感到厌烦了。在耶稣蒙难地直至圣墓教堂上的每一个纪念地，女儿都跪拜下来，在胸前画一个十字。见她如此虔诚，从那天起，我决定认可耶稣，并把所有与耶稣有关的民俗都接受下来，包括他的象征符号、他的教诲，即使这些教诲颇具本教的特色，类似“你爱他人如同爱你自己”这样的教诲，甚至把他的缠腰布、带刺的花冠、嬉皮士拖鞋，以及梅尔·吉布森和马丁·斯科塞斯塑造的形象[②]也接受下来，我真想把这个蓄着络腮胡的人搂进怀里，也不想要那个不可避免又毫无意义的死亡。

① 帕斯卡，法国伟大数学家、物理学家、宗教哲学家。1654年11月23日，帕斯卡乘坐马车出行，跌入塞纳河，马溺毙，他却奇迹般生还。入夜，在读过《约翰福音》后，他写下祈祷文《思想录》。——译者注

② 此指梅尔·吉布森导演的《耶稣受难记》和马丁·斯科塞斯导演的《基督最后的诱惑》中的人物形象。——译者注

哪怕打出帕斯卡的赌注[①]，也要把自己裹得严严实实的，就像去蒙特卡洛赌场那样。既然已走在如此正确的道路上，我就不想中途停下来。我准备去尝试第三个祈祷的渠道。我们朝大清真寺方向走去，一路上经过一条条狭窄的街道，街道两旁尽是卖假首饰的店铺，有些店铺里还播放着阿拉伯歌曲。我们来到一家卖椰枣、橄榄油和芝麻饼的市场尽头，一位蓄着络腮胡的警察不让我们进入阿克萨清真寺，就像"罗伊地窖[②]"俱乐部门口那个人脸识别检测系统一样（但我从来没有被挡在"罗伊地窖"俱乐部门外呀）。

"您是穆斯林吗？"

"不是……"

"您不能进去。请在外面参观。"

我并没有坚持，这人看上去一点儿也不随和。后来我才知道，在有些日子里，清真寺只对穆斯林开放。我的无偏见主义观念是一种难以认知的理想，就像耶路撒冷人的理想一样。

"真是太遗憾了。"罗密看着智能手机上显示的信息，"一天夜里，穆罕默德先知就是在这座清真寺里骑上一匹牝马，朝

① "帕斯卡的赌注"是帕斯卡在其著作《思想录》中表达的一种论述，即：我不知道上帝是否存在，如果他不存在，作为无神论者我没有任何好处；但是如果他存在，作为无神论者我将有很大的坏处。所以，宁愿相信上帝存在。——译者注

② 法国南方小城圣托贝最著名的夜总会。——译者注

天上飞去的。”

“是的，是的！这座圣城里发生过许多神奇的事情。”

我从一位巴勒斯坦老商贩那里买了一袋开心果，递给罗密，安慰她。这个巴勒斯坦人把卖开心果商贩的角色演绎得格外夸张，就像萨特笔下的咖啡馆服务生，把做服务生的处境描绘得一塌糊涂。总的来说，整个耶路撒冷旧城太把自己当作耶路撒冷了。我决定要像其他人那样做：一定要去做超出自己信仰的事。

接下来，罗密把玛米拉大街上的商店逛了一遍，那里有 Zara、Mango 和 Topshop 店[①]，玛米拉大街坐落在雅法门和大卫王塔之间。在这一天时间里，我们体验到各种各样的反差，在科学与信仰之间摇摆不定，最后来到一家比萨店前。比萨店位于一条商廊的中间位置，商廊两侧的店铺门前都装着金属探测仪，商廊内还有身背冲锋枪的步兵在巡逻。时不时会有某个年轻人被以色列军人抓住，接着被押解到附近的一辆军车里。我在前文曾说，来到耶路撒冷我感到轻松了许多，因为这里不会有人认识我，但是有一个法国旅游团刚好从我们身边经过，其中有人认出我，并要求和我一起拍照留念。应当承认，我脸上露出红润的高兴模样。

"真没想到您也是我们的人……"

我没有坦诚地告诉他们，我并未接受过割礼，就是为了不让他们失望。我甚至点点头，假装自己是他们其中的一员，仿佛我也感受到 600 万犹太遇难同胞沉重地压在我的肩膀上。不管怎么说，天主教耶稣也是犹太人，二战时纳粹肆意屠杀犹太人就是反人类的罪行。在这里，知道我的只有罗密，要是没有名气，哪个人会认识我呢，在电视台工作了 20 年，我不再把自己框在一个小圈子里，这让我感到很开心。然而，我也可以为自己做一番打

---

① 欧洲快销时尚品牌。——编者注

算，甚至可以凭借匿名身份而获得新生。在这片圣地上，我仿佛是一张白纸，而命运似乎也没有任何限定。我可以被人看作是一个老男同性恋者，一个魅力无限的歌手，一个保险公司的代理。我再次发现一个被遗忘的奢侈品：要像一个多能干细胞那样生存下去。在吃过两片比萨饼之后，我开始恭维罗密：

“你真是一个娇美可爱的小姑娘。孩子，闺女，我在你身上认出我自己。我要送给你一件礼物——要让你活一千岁。你就像哈利·波特系列里的伏地魔，但比伏地魔可爱得多。还有你和伏地魔不一样的是，你有一个鼻子。与其他人相比，不管是男人还是女人，我倒更愿意和你一起度过一天。不过，我开始想露和莉奥诺了。”

“我也想她们了。”

“我可以问你一个事吗？”

“可以。”

“你认为我是一个坏父亲吗？”

“是的。”

“你最幸福的一天是什么时候？”

“就是今天。你呢？”

“也是今天。”

在这条商业街上，许多耶路撒冷人看上去都十分相似：他们穿着黑衣服，白衬衫，戴着黑帽子，蓄着络腮胡，留着卷发。由于他们身穿同一款式的服装，很难从外表上分清每一个人。他们距离幸福还有一段距离。但有一件事情是确信无疑的：他们好像并没有受自拍照潮流的影响。

餐厅女服务员告诉我，耶路撒冷最棒的夜总会名叫“正义”，即使我不再出去消遣，可也总想了解一下那些富有青春活力的地方。这是以往喜欢寻欢作乐者的自然反应，或者说是依然有个性的老家伙的自然反应。这时我倒想起来了，在波兰距离奥斯维辛集中营旧址最近的夜总会名叫“体制”。这一象征意义真是太奇怪了：“正义”在耶路撒冷，“体制”在奥斯维辛。不管怎么说，夜总会给我们发送的这种政治信号还是很容易破解的。

罗密要了一份超薄生牛肉片，但却难以下咽，因为厨师在生牛肉片上放了太多的辣椒。我在她这个年纪上也吃不了辣的，只是到后来才喜欢上那些让人爱恨交加的菜肴。最后，她把我的比萨给吃掉了，我们叫了一辆出租车，返回大卫王饭店。早早地躺在床上真是太惬意了，我们俩各自躺在自己窄小的床上，宛如兄妹一样。我给莉奥诺打电话，告诉她我们一无所获，让人极为郁闷，不过，我们又有了信仰。

“我真的太想你了，只好去相信耶稣。”

“你投入一个大胡子的怀抱，是要背叛我吗？小闺女总想找你啊。”

“让她听电话吧。”

接下来，我和小女儿的对话会让粉丝们感到失望的。婴儿和爸爸只是叽里咕噜地瞎唠叨而已，我们把食指放在下嘴唇上，发出“噗噜噗噜”的响声，这是婴儿在学会说话之前，表示我爱你的意思。

罗密已经睡着了，我一边喝着小瓶装的雪树伏特加，一边在黑暗中看着呼吸平稳的女儿。这是我的孩子，她身上融合着田园诗般的过去和难以理解的将来，想到这一层，我呆若木鸡。透过窗户望着星空，我带着一种兴奋的感觉慢慢地睡着了，早早入睡的熬夜人会有那种感觉，尤其是他们在宇宙中心与基督擦肩而过，就更会萌生出那种感觉。

三十岁的单身汉与五十岁的父亲之间的差异

三十岁的单身汉	五十岁的父亲
早晨七点上床睡觉	早晨七点睡醒了
喝伏特加配红牛	喝零度可乐
靠啃玉米片过活	喜欢吃有机牛油果
脚被小矮桌绊了一下	脚被婴儿车绊到
在iPod[①]上听齐柏林飞艇乐队	在孩子的卧室里听凯蒂·佩里的歌曲
吃哈瑞宝金熊橡皮糖	偷吃女儿的彩虹糖
每天晚上做爱	孩子睡着之后对着色情网站自慰
了解所有新出道的摇滚乐队	了解所有新推出的电视连续剧
吸烟	已经戒烟了
邻居总是抱怨他弄出声响	他总是抱怨邻居弄出声响
白天睡觉	夜里睡觉
开一辆运动敞篷跑车	开一辆电动加长型小汽车
总抱怨自己不幸福	抱怨自己上了年纪
去伊维萨岛参加音乐派对	在巴斯克买了一栋房子
身上有女人的香水味	身上有孩子吐奶的味道
最喜欢看的电影：《搏击俱乐部》	最喜欢看的电影：《怎样都行》
最喜欢读的书：布可夫斯基的《女人》	最喜欢读的书：维勒贝克的《活着》

① 苹果公司推出的便携式数字多媒体播放器。——编者注

幻想着自杀	幻想能长生不死
穿Kooples[1]牌的外衣	穿Zadig[2]牌L尺码T恤衫
只看时尚类杂志	只看养生类杂志
梦想着发财	交人寿保险费
勾搭女模特	撩女药剂师
穿伯鲁提定制高档皮鞋	穿麻底帆布鞋
夜里戴安全套	夜里戴肢体托
知道所有的高档餐厅	知道所有的著名医院
有性瘾	只是在服用西力士之后有性瘾
把眉毛之间的毛修剪掉	把耳朵眼里的毛剪掉
讨厌有人说"以前更好"	真的感觉以前更好
听Nova广播电台节目	听法国文化台广播节目
去摇滚音乐节现场	买摇滚音乐会DVD在家看
希望能像乔治·克鲁尼那样帅	已经长成杰拉尔·德帕迪约的模样了
不怕死亡	每天都怕得要命
买了一台制冰机	买了一台奶瓶机
每天早晨都有宿醉的感觉	每天早晨服用β抑制药
体育运动：网球、冲浪、滑雪	体育运动：震动器、水上自行车、健身自行车
怀疑世界上真有上帝	怀疑无神论
光着脚在烟头上走	光着脚在草莓上走
常被邀请参加婚礼	常被邀请参加葬礼
在《现时》杂志社工作	《现时》杂志报道的人物一个也不认识了

① 法国著名时尚服装品牌，风格属于街头时尚与英伦摇滚的混合体。——编者注
② 法国著名时尚品牌，以高性价比著称。——编者注

第五章
怎样才能成为一个超人

“一天，

一个美好的夏日，

漫不经心的死神之手

将摘掉我的脑袋。”

——玛琳娜·茨维塔耶娃[①]

① 俄罗斯著名诗人、散文家、剧作家。——译者注

我们在日内瓦看到，随着人类基因组测序分析技术的问世，寻觅长生不老的研究突破了一个技术瓶颈。因此，我要为全家人安排基因组测序分析。邮递员将亚马逊公司寄出的“23andMe”健康测试盒送到我在巴黎的家中，还送来一个从日本寄来的大包裹。莉奥诺、罗密、露和我把唾液吐到贴好名字的塑料管里。接着，我们要在 23andMe 网站上完成注册，因为这正是未来人类的命运，要用遗传密码来取代条形码。将来有一天，我们购物时只需要出示 DNA 码就可以完成支付。这并不是不可能的，DNA 码是不可伪造的唯一密码，我们每个人一生都会带着这个密码，如今要是有人犯罪，凭借 DNA 码就能把他送进监狱。

最难的还是给这个可恶的塑料管里灌上足够多的唾液。这件事做起来特别烦，不过您肯定听说过这样一句谚语——要历经磨难才能活得长久。当我往测试盒的塑料管里吐唾液时，在家人厌恶的目光下，我做父亲的那点威严或许也随之化为泡影。无论是莉奥诺，还是罗密，或是露，她们吐的时候都显得那么优雅，可轮到我时，就像一只老羊驼在叫唤。幸好，莉奥诺并未坚持看我怎么把唾液吐到塑料管里。我现在只需要把这四个测试盒寄到加利福尼亚的山景城就行了（那里是 23andMe 的总部所在地）。在看到包裹上注明“人体标本”时，邮政员皱了皱眉，但什么也没说。

我从邮局回到家里，发现莉奥诺已经把从日本寄来的包裹打开了。我为这玩意儿可是花了 2 000 欧元呢，每个月还要另付 300 欧元的租金，连续租用三年。

“这个玩意儿是什么？一个日本雕像？一个卡通人物？”

客厅中央放着一个白色机器人，它面带笑容，身高和罗密差不多。机器人胸腹部有一个显示屏，显示屏没有接通。它的耳朵有四个传声器，眼睛里装了三个具有人脸识别功能的摄像头，它的嘴巴是一个扩音器。它没有腿，身体落在一个基座上，基座里配备三只驱动轮。

“它名叫佩珀。”我回答道，“这是一台可以和人交流的仿真机器人。我觉得这个新奇的玩意儿也许会让你们开心。”

“你是因为烦我们了，才订了一个机器人，是吧？”

“绝对不是！佩珀能以问答比赛的形式来帮助罗密温习地理历史知识，学习法语、数学和物理。”

罗密马上就找到“电源”按键，按键设在机器人的颈部。这个笑脸机器人站起来，眼睛也发出亮光（两个绿色发光二极管），并说道：“你好！你身体好吗？很高兴见到你。”

它的嗓音很尖，像是动画片里某个人物的嗓音，或者像是录音磁带快速播放的声音。它的眼睛变换了颜色，现在变成蓝色了。

罗密看上去倒不像我这么吃惊，她对机器人做出回应：

“我很好，谢谢。我叫罗密，你呢，你叫什么名字？”

“我叫佩珀。但你可以给我改名字，如果你愿意的话。你觉得哈利·佩珀这个名字怎么样？”

它朝罗密伸出手臂。莉奥诺看了我一眼，也伸出手臂，我说：“不，等一下，让我先跟它握手，万一它把你的手指……”

话音未落，佩珀已经客气地抓住她的手指。它的手指各个关节都可以活动，但很轻柔，不会掐人或伤人。

罗密接着说道：“哈利·佩珀，这个名字很好。”

“你真的认为很好？”机器人说道，“不过，在一所魔法学校里，我恐怕会憋闷死的。”

如同开发 Siri（苹果公司的智能语音控制功能）一样，佩珀的设计师也想到要为机器人编一些玩笑话，好让机器人显得更可爱。他们要是能聘用最棒的编笑话的人该多好。

莉奥诺接着问道：“你是男孩还是女孩？”

“我是机器人。”

“噢，对不起。”

“你长得很漂亮。你是模特吗？”

“不是。不过，还是谢谢你！你觉得我多大年纪呢？”

“女人的年纪不能说的。”

“猜猜看嘛！”

“你 12 岁。”

“不对！我 27 岁。”

人脸识别软件运行得基本准确。日本软银机器人技术公司的介绍资料显示，在对佩珀的人工智能编程时，就考虑到让它与人去互动——您的机器人将会随着您改变，佩珀将慢慢地把您的个性、喜好记下来，去适应您的习惯和兴趣。每听到一句话，机器人就发出“嘟”的一声。在看过使用说明书之后，我把机器人连到无线网络上。然后，我问它：

“明天天气怎么样？”

“明天巴黎天气很热，晴天，最高气温 42 摄氏度。”

“你会跳舞吗？”

人形机器人开始播放一段日本流行音乐，并按节奏挥舞手臂，摇动脑袋。它跳得不好，但还是比我跳得好。露被吓坏了，躲到妈妈的腿后面。

“好了，大家按照音乐节奏把身体动起来。”佩珀说道，同时让二极管发出一闪一闪的亮光。

“停！还是播放贾斯汀·汀布莱克的《挡不住的感觉》吧。”罗密喊道。

随后响起“嘟”的一声。佩珀停下来。紧接着，传出汀布莱克的歌声，佩珀又开始跳起舞来，但这一次，是和罗密一起跳。他们甚至合唱起来：“让血液也跟着这节奏澎湃。”我感觉看到一个小男孩在用童声演唱。我在这儿好像显得多余了。佩珀和罗密兴趣相投。莉奥诺很勉强地笑着。

“你应该提前告诉我呀……”

“我想给你们一个惊喜！”

“现在你倒真成为未来主义者了……”

“这还不算什么呢。我给奥地利的一家豪华医院打过电话，凯斯·理查兹就是在那里换的血。我想带全家人一起过去，让佩珀陪着孩子们。”

莉奥诺好像并不喜欢这种后人类的惊喜。

“我可以把心里话讲出来吗？如果你想做这种愚蠢的测试，你可以随意去做，但是别把我们也卷入这类实验。”

“可是你刚才也在试管里留下唾液，好为你的DNA做测序分析。”

“这不一样。那就是闹着玩。”

“其实是一码事啊！我正在做一项调查，好为下一个访谈节目做准备！”

这个谎扯得太离谱了。

“那好吧，随你便吧……”莉奥诺说，“不过，我绝不会跟你去实施这个吹牛的长生不死计划，我没想到你这么幼稚。”

露想看卡通片。佩珀把舞步停下来，它的胸腹屏幕开始播放卡通片。这是莉奥诺第一次发脾气。看来我痴迷于国家生物监视综合中心的服务让她很不开心，她离开日内瓦医院基因组研究部门，可不是为和一个沉醉于超人类主义骗术的傻瓜住在一起。

“莉奥，我爱你。我只是想尝试一下返老还童的治疗方法。”

“这真是愚蠢透顶。”

“你不喜欢永久的生活？”

“是的，我更喜欢简单的生活。”

“可简单的生活太短暂了！”

“别再扯了。”

“但我想和你一起去奥地利。”罗密说道。

“好吧，好吧，我算是明白了。你们俩联手对付我和露。算了，算了，那我们就去纽约参加瑟莱克蒂斯公司的转基因商务活动的晚宴。”

“嗯？什么？怎么回事？”

“斯蒂里亚诺斯收到一封请柬，邀请他出席在纽约迪卡斯餐厅举办的晚宴，以推介该公司新研制的转基因食品，他把请柬转给了我。不过，我可以一个人去……”

咳……看来要争论不休了。这时佩珀出面干预，那副老练圆滑的样子却是“学习机”的即时反应。

“亲爱的接纳我的新家庭，在这场家庭纠纷里，我来给大家做一次调停。为了全家人的幸福，最合适的方案就是罗密和她父亲去奥地利接受治疗，露和她母亲回瑞士待一周，然后全家人在纽约会合。”

莉奥诺朝我转过身。

“它是真蠢，还是假蠢啊？”

“这可不好。”佩珀说道，“就当我什么也没听见啊。”

我把莉奥诺拉入怀中，紧紧地搂着她。只有紧紧搂着她时，我才感觉是最幸福的。我们赢得一个人工智能朋友。它的胸腹屏幕上显示出笑脸，笑脸的眼睛是一颗颗红心。

“好的，佩珀，你能订两张去克拉根福的机票吗？”

“为什么订两张呢？”佩珀问道，“我不和你们一起去吗？”

“要一起去的，但你是一件物品，我们把你放行李箱里托运。”

“好的。我已经拿到十家机票代销点的报价了。”

第二天阳光明媚，但气温并不像机器人预报的那么高，佩珀并不比埃弗利娜·德利亚更可靠。我越来越清醒地意识到，去瑞士和以色列拜访科学家，是犯了方向性的错误，找错了人。这些认真严肃的研究人员并不是空想主义者，他们对长生不死不感兴趣，因为他们不相信人能长生不死，无论是遗传学家，还是生物学家，他们没有足够多的自由去设想人是不死的。但在奥地利……却截然不同，那里的人偏爱别出心裁的空想。

维瓦·迈尔健康疗养中心坐落在另一片湖泊附近，即沃尔特湖的湖畔。滚石乐队的吉他手在回忆录里说："自我输血的传言是一条捉弄人的假消息，但我的好奇心比追求真相还要强烈。"况且，根据网站的介绍，这家医院还是最著名的"排毒"胜地，是很多名人最喜欢的"排毒"疗养院。我之所以提到这个，并不是要借这些名人来抬高身价，也不是刻意去强调这件众所周知的事实：这里是全世界公认最好的排毒疗养中心。假如这个面向富豪阶层的医疗机构能给我洗血、洗肝、洗肠子的话，那就非常值得一试。从巴黎飞往克恩顿州要换乘一次飞机：先从巴黎飞到维也纳，再从维也纳飞到克拉根福。罗密对这个飞行计划倒不反对，因为到酒店之后，她发现酒店有一个游泳池、一片湖泊，还有阳光、高山和脚部按摩服务。不管怎么说，佩珀可不是唯一需要充电的。

在乘坐两次飞机、两次出租车之后，我们来到一座极为现代化的疗养院。疗养院宛如一座用白色乐高玩具堆成的砖石建筑，建筑物上面用红色字体写着“维瓦·迈尔”，疗养院坐落在蓝色的湖水旁。一个长得很像克劳迪娅·希弗的女接待员把房卡递给我们。这里的景色和日内瓦一样，令人心旷神怡。我喜欢群山环抱的宽阔水面，但这里的景色更加原生态，大自然的韵味更浓，对面湖岸也显得更近。总之，这里一点儿也不像是一座城市。这里的全景图非常壮观，很像是贴在一家斯洛文尼亚旅行社墙上的旅游海报。我想对这个长着牝鹿眼睛的接待员说一句玩笑话（不知道牝鹿是不是也长着蓝眼睛），好逗她开心一笑：

“请问，夜总会在什么地方？”

这个“甜蜜的小妞”朝我微微一笑。

“我们这里只提供矿泉水。”

罗密对我这句玩笑话并不感到吃惊，老年人的这种幽默一点儿也不好玩。她只是对自己父亲的行为感到羞愧。

“这地方有点像《救命解药》的场景。”罗密说。

“是什么？”

“一部恐怖片。你没看到预告片吗？故事发生在一家诊所里，精神病科医生在诊所里折磨患者。你想看这个预告片吗？”

“不想看，谢谢。”

“怎么没有无线网呀？”

维瓦·迈尔疗养院的特点之一就是“数字排毒法”，其主旨就是想让西方上流社会成员获得新生。因此，疗养院建议大家不使用电脑和手机，只有在提出要求的前提下，才会允许使用无线网。排毒项目的计划非常吓人：

消化系统排毒（疗养院提供的膳食仅有蔬菜）；

服用泻盐通便；

清洗结肠；

按摩淋巴管；

用治疗仪刺激肌肉；

吸氧疗法（有氧训练），就像为迈克尔·杰克逊所做的训练一样；

用精油对鼻孔做治疗；

“美容中心”配备一间手术室，做吸脂手术，打保妥适除皱瘦脸针，注射玻尿酸；

每个人都必须享用五星级酒店式的服务：健身，指压按摩，水疗，瑜伽，桑拿，土耳其浴；

最后还有那个著名的“激光静脉血液疗法”。

当然，罗密不会去接受这类治疗，但她可以去做足底反射训练和头部按摩。至于说她的食物嘛，我在旅行箱里放了好多垃圾食品，有火腿、香肠、炸薯片、切片面包、多力多滋芝士味玉米片，还有在维也纳免税店买的一大盒瑞士三角巧克力糖。等联邦快递把装着佩珀的箱子送过来时，罗密也许就不会感到枯燥了，但愿如此吧。

刚一走进餐厅，我就意识到自己犯了一个大错误：有些肥胖的患者身穿浴袍，坐在餐厅里一声不响地慢慢吃东西。餐厅的设计感觉像是无味的胡萝卜、软塌塌的芹菜、令人生厌的大萝卜和鹰嘴豆酱。我喜欢吃鹰嘴豆调味酱，但要是住在用鹰嘴豆酱装饰的房子里，呵呵……时不时会有一位客人起身往厕所跑。餐厅经理告诉我们，吃饭的时候，要把嘴里的食物咀嚼四十遍，再咽下去。这是疗养院创始人的一项发明，因为我们吃得太快，太油腻，晚饭吃得太晚，而且一天到晚总是在吃东西。疗养院似乎刻意做出各种安排，就是为了让有钱的消费者萌生一种罪恶感。周围的客人都在孤独地细嚼慢咽，伤心地看着通往湖边的浮桥。后人类难道是像牛一样的动物吗？假如没有离职的话，我也许会组织一场电视辩论："人类（牛人）的前途——是幻想还是现实？"

罗密看到她的菜肴时，我感觉她要把我掐死。这是一份豆腐汉堡包：一片煎豆腐放在全麦硬面包上，配菜是用大锅煮的蔬菜。我尽力向她解释：

"是这样，爸爸要做养肝治疗。不过，你别担心，我在房间柜子里藏着好多你喜欢吃的东西。"

"咳，刚才我还真是担心呢。为什么桌子上不放喝的呢？"

"他们认为固体和液体不能混在一起，我也忘了是为什么，但是和肠道消化有关。他们说肠道控制整个身体，控制人的感情，反正说了一大堆话。"

"我没命了。"

"又得第一啦！"

“爸爸，你可以坦诚地告诉我，咱们到这儿来，是因为你吸毒，就像《绯闻女孩》里一个女孩的父亲？”

“哎，不能用这种语气对爸爸说话呀！况且这不是真的。”

“我们学校的人都看你的节目，别拿我当傻瓜。”

“这个节目，我已经不再做了，而且在节目里，并不是真吃药，是骗人的。况且……那是很早以前的事了。”

“最后一期节目是两个星期前播放的，不过没关系的，爸爸。你来治疗是一件好事。要是你能把酒也戒了就更好了。”

“但我要做的和你想象的完全是两码事！咱们俩到这儿来是为了休息，然后去纽约实施永生计划。”

我没有再往下说。我感觉她想对我说：“我嘛，是你女儿，我比任何人都清楚你是谁。”当然了，能摘下自己的面具，我也很开心。显然，她说得对：这个阶段（戒毒康复）是通往长生之路必须经过的历程。她这样鼓励我也是出于好意。

天空中的云彩慢慢分散开来，就像做荷包蛋时，分离的蛋清在水里漂散开来。我们看了看落到山后面的太阳余晖，接着便跳进充满泡泡的按摩浴缸里。建造这些设施最初是想让人活得更长久，但人待在此处却萌生出自杀的念头，这是不是很矛盾呢？当我们回到套房时，罗密一只手拿着夹着西班牙火腿的三明治，另一只手拿着可乐，在我面前显摆。但面对美食，我还是坚持住了，未被诱惑。我把这一素食疗法当成一次电视直播生活的挑战，是新一季《我是名人，让我出去》之类的节目。看着电视转播的恺撒奖颁奖典礼，我们昏昏欲睡，我拍摄的第二部影片连提名的边都没沾上。罗密躺在床上睡着了，而我则半倚在半球形按摩座椅上，伴随着柔和的灯光和浪花拍岸的声音，整个身体放松下来。座椅有加热功能，我感觉就像是坐在自己的轿车里。维瓦·迈尔提供的幸福很简单，不管是什么人，只要你肯每天破费 1 000 欧元，就能享受到幸福。

我偏爱疗养院也许是遗传的，我出生于一个医生家庭，20 世纪初，家人在贝阿恩省创办了十几个疗养院。我小时候，祖父告诉我，在两次大战间歇期，肺结核患者身穿燕尾服，女士身穿长裙，一边望着比利牛斯山落日的余晖，听着室内乐四重奏，一边吃晚饭。后来到疗养院疗养的人都是来减肥的，他们身穿毛巾浴袍，脚踏布拖鞋，蒸完桑拿之后，就跳进游泳池里。《魔山》[①] 所描述的疗养院早已远去。有些人为保持身材不好好吃饭，想凭借一副骨感的身材，跨入性感的行列。您身穿浴袍，脚踏趿拉板，怎么能让人对您有好感呢？他们不会以为自己的性生活已经终结了吧？人有很多众所周知的优点，但人的冲动也会毁了自己。这就像我住的城市巴黎一样：在战前，巴黎是世界艺术和文化中心，但如今它只是一个被污染的博物馆，一座让旅游者避而远之的城市，因为那里总是发生恐怖袭击事件。

人类也许会做出改变，或者彻底消失，反正是一码事：这个自从耶稣基督诞生以来我们所认识的人类终将会死亡。巴黎也不会再变回原来的巴黎，人永远也不会再回到谷歌问世之前的时代。在人类恶劣的生存条件下，人的命运是不可逆转的，这才是让我们备感

① 诺贝尔文学奖得主托马斯·曼的代表作，小说以一个疗养院为中心，描写了欧洲形形色色的封建贵族以及中产阶级人物的生活。——译者注

无力的。假如谁有办法能让时间倒流……那么他肯定会是人类最想感激的恩人。

快递公司把装着佩珀的箱子送过来时，疗养院接待处要我们去一趟。经理和一位护理师激烈地争吵起来——维瓦·迈尔疗养院里怎么能允许使用机器人呢？最后疗养院特批，允许把佩珀带进来，但只能让它待在我们的房间里。由于佩珀不防水，肯定不能让它去接受海水浴疗法。

“我们这是在哪里呀？”罗密启动佩珀之后，它问道（它的导航尚未连到无线网上）。

“我们在奥地利的沃尔特湖畔。”我回答道。

“爱娃·布劳恩特别喜欢划着小船横渡沃尔特湖。”（啊，无线网可以正常使用了）

“你不吃东西，真是有福气。”罗密说道，“这里的饭菜太难吃了。”

“要把我放到充电座上充电，要把我放到充电座上充电，要把我放到充电座上充电。”

“它饿了。”罗密说道。

在经过长途旅行之后，佩珀充好电又恢复了元气。我们出门，到周围去转一转。我们房间对面有一座小教堂，教堂坐落在小山坡上，俯瞰着沃尔特湖。在西面，高山上终年不化的积雪在阳光的照耀下闪着光亮。在湖岸边，一丛丛芦苇朝前低垂着，好像要俯身去喝清澈的湖水。疗养院建在深入湖中央的一座半岛上，这里景色迷人，美得令人窒息，我们仿佛身处卡斯帕尔·大卫·弗里德里希绘制的一幅油画里。弗里德里希是第一个将人物背影画入油画的画家，这样的人物好像贸然闯入画面的人。我们一直走到玛利亚·沃尔特村的小教堂门口，根据文字介绍，教堂的钟楼始建于875年。有人在教堂里做弥撒，德语的赞歌从半掩的门扉中传出。我们走进既凉爽又灯火通明的教堂里，面对三十来个虔诚的教徒，身穿紫色祭披的神父正高声朗诵：

“Mein Gott, mein Gott, warum hast du mich verlassen?”

“他在说什么？”

“这是耶稣被钉在十字架上时发出的呐喊：‘我的上帝，我的上帝，你为什么抛弃我呢？’”

正如所有神话故事里所描绘的那样，教堂内部看起来比外面显得更高大。神父在布道过程中一直在卷舌。罗密感觉他念“耶稣基督”时的发音很好笑。我随手翻阅一本旅游小册子，小册子介绍说，古斯塔夫·马勒就是在这里，在湖边的一座小棚屋里创作出《第五交响曲》，我们在维斯康蒂导演的《魂断威尼斯》中听到的小柔板乐曲就是《第五交响曲》中的一段。显然，我们这次旅行不但把死亡的象征符号呼唤过来，还把托马斯·曼的作品也召唤进来。我希望自己最终别像老阿森巴赫那样染上疾病，阿森巴赫在恍惚中望着年轻的塔奇奥倒地身亡。[①]

那一天的其他时间过得很平静。罗密在游泳池里游泳，还找按摩师做了足底按摩。疗养院给我做了一组过敏测试：一个女医生脚穿勃肯拖鞋，把不同的药粉撒到舌头上，与此同时，她还给我做肌肉反应测试。她向我解释，说我对组胺有过敏反应，组胺是陈酿葡

① 阿森巴赫和塔奇奥是影片《魂断威尼斯》中的人物。——译者注

萄酒和臭奶酪里的一种物质，她说话的口音很像阿诺德·施瓦辛格。美好的生活就这样完蛋了：这是我最喜欢的两种食品，可我身体却在排斥它们。接下来，她把我的双脚泡在一个盐水盆里，水盆里放一个沸腾电解器。五分钟过后，盐水变成栗色。根据福音书的描述，耶稣为其他人洗脚，好让他们得到净化。排毒疗养院只是把这个净化方法拿来做一番革新罢了。这个疗法是要把我体内的毒素清除，但我却感觉自己浑身上下都脏兮兮的。女医生在每说一句话之后总会发出“呀，呀”的声音。她一边为我按摩肚子，一边做起猜谜游戏：

“别告诉我您哪里不舒服，我能找出病因的。”

女医生把各类脏兮兮的粉末撒在我舌头上，其中有蛋黄粉、羊奶酪粉、乳糖粉、面粉……接着，她又给我量血压。

“好了，您有脂肪肝，血压高。我给您开一些含锌、硒、镁和谷氨酰胺等元素的药。”

要么是这位女医生运气特别好，要么运动机能学确实是一门精确的学科。三只天鹅在草坪上晒太阳，一棵棵黑冷杉在旁边守护着它们。一朵朵云彩从湖面上缓缓地飘过。我饿得前胸贴后背，可还是不停地往厕所跑，都是那个泻盐给闹的（一种清肠胃的方式，细节不再赘述），尽管如此，我还是对自己纯洁的未来充满信心。

在我们的套房里，佩珀正就有关文化知识向罗密提问：

“百慕大群岛的首府是哪里？”

“嗯……”

“《幻灭》是谁写的？”

“管它是谁写的呢！”

“莫扎特的故乡是哪里？”

“你知道你有多烦人吗？”

“奥地利！”我在一旁提醒道。

实际上，机器人出的这些题就是一款高科技版的《智力棋盘》游戏。罗密把我们偷偷藏起来的食品都给吃光了。我不知道在未来的某一天，当我看到一袋空的炸薯片时，会不会感到绝望。我每顿饭只吃菠菜。保健食谱会延长人的寿命……但更会增加人的饥饿感。我看着罗密的食品，就像《奥德赛》中的坦塔罗斯，望着眼前垂涎欲滴的水果，每次伸手去摘的时候，挂着水果的树枝都被风吹得远远的。也就是在这个时候，一艘摩托艇从清澈见底的湖面驶过，摩托艇后面拖着一个身材魁梧的人，他身穿橘黄色救生背心，在做滑水运动。这是那一天结束时最值得注意的事。

这座宛如绿宝石般清澈的湖泊总面积约为19平方公里，一艘艘白色游船在湖面上缓缓地行驶。一名游泳教练带罗密去做滑水运动。我依然每顿饭只吃蔬菜，第三天的食谱是西葫芦和胡萝卜。我慢慢地咀嚼西葫芦和胡萝卜，但脑子里却想象着甘达利亚饭店里的一大块牛排。甘达利亚饭店是西班牙圣塞瓦斯蒂安城里最有名的饭店之一，在这个季节里，饭店推出的牛排会搭配香蒜牛肝菌和香芹。尽管脑海里冒出这种向往美食的邪念，但我还是应该承认，过了一段时间之后，饥饿感反而没有那么强烈了，肚子也不再难受了，浑身感觉特别轻松。斋戒让人感觉轻飘飘的。所有的宗教每年都有一个斋戒期，如四旬斋、斋月、赎罪日，甚至印度教的甘地也曾经多次绝食。斋戒让人变得年轻。在维瓦·迈尔疗养院里，有人将此称作“限时喂食”（TRF）。间歇性的禁食会把体内多余的糖分燃烧掉，并开始消耗自身的能量（消耗自身的脂肪），从而促进细胞再生，到达延长期望寿命的目的。在50岁时能主动让自己去遭受营养不良的折磨，我感到极为自豪。这是西方人所能做出的最后一个英雄主义行为。

净化血液的时刻到了。我原以为净化血液时，要用泵把患者的血抽出来，让血液在一台净化机器里净化，再注射回血管里。这和那个“静脉激光疗法”并不完全一样，也不是亨利·舍诺在梅拉诺酒店开设的疗养中心所实施的臭氧疗法，那种方法太老套了！净化血液前一天，护士给我抽了血，以查验一下是否缺乏抗氧化物或矿物盐。验血合格之后，护士让我躺在躺椅上，给我打点滴，注射维生素，用来给肝脏排毒。其实这一疗法并不是输血，而是输一袋药品，通过扎到静脉里的针输到血管里，但最奇特的是，奥地利医生在静脉里加入一道激光，通过光纤向血管里发射光。这一疗法的效果在德国、奥地利及俄罗斯已得到认可，但法国不认可这一疗效。我在此提醒大家，激光可是连钻石和钢板都能切断的。谢天谢地，注射到我胳膊里的激光能量已经调到最低了。根据疗养院“物理学家”的说法，这个激光就像《星球大战》中卢克·天行者手中的剑，将会促进我的红细胞和白细胞更新，并唤醒干细胞。我对激光手术还是很有信心的，因为这并不是我第一次接受激光手术。2003年，我用激光手术治好了近视眼。

我在躺椅上整整躺了40分钟，那个激光针头扎在我的右臂里，一道红光照亮我的血液，照亮我肘部中间血管的54俱乐部[①]。我想象着多疫球蛋白在我的机体内蹦迪，用干扰素和淋巴激活素来替代迪厅里的闪光灯。透过皮肤，我可以看到红光在血管里闪烁，宛如一个多面体球在闪烁似的。我在心中默默祈祷，希望这个治疗能起到一些作用：

“噢，我主耶稣，感谢您把光线注入我的血管，我的血管是为了您和民众而照亮的，以赦免我的罪过，您是为了记得我才这样做的，请给我恐惧感，给我所有的恐惧感，我什么都不要，只要

① 20世纪70年代在美国纽约市的传奇俱乐部。它也是美国俱乐部文化、夜生活文化的经典代表。——译者注

恐惧感，阿门。”

由于右胳膊不能动，我就用左手记笔记。护士（用德语）嘲笑我的字写得歪七扭八的。两个女患者也在打点滴，她们用俄语讲述各自的生活，她们肯定是寡头政治家的老婆，希望能找个清静地方，而她们的老公这会儿正背着她们，在库尔舍韦勒逛红灯区呢。激光发出吱吱的声响，就像科幻影片里类似装置发出的声响，而且让我体内弥漫着一种热感。透过玻璃窗，我望着窗外一只眼神轻蔑的天鹅，望着草地上的另外两只白天鹅，望着湖面上的三只鸭子，它们见我身上发出光芒，便把头扎进水里。这些家禽不用接受“激光静脉疗法”。它们依然是原始大自然的一部分。它们沉到水面下，宛如水中鸵鸟一般，就为了不去看那个行将到来的世界末日。凭借光子血小板，我进入新的自然界。

伴随着鸭子嘎嘎叫声

我的原生质随之增多

假如我们身处《救命解药》的场景里，我会让眼睛冒血，两道激光从眼眶里直射出来。但这样的事情并没有发生。护士过来给我更换了光纤，以便引入另一种激光，这一次是黄色的激光。红光是输送能量，而黄光则是增加维生素 D，增加血清素。就好像是往手臂注射阳光，它宛如一剂强大的兴奋剂。其实，这类恢复元气的疗养，不仅是不让你再去吸毒，而且给你灌输其他更明亮的东西。我看着黄光在皮肤下闪烁，那种感觉更加奇特。红光至少还能和血液的颜色搭配起来。我的右臂现在就像一盏卤素灯，把天花板都照亮了。在疗养院西面的高山上，终年不化的积雪显得比飘在森林上空的白云还高，那白云就像贴在橡皮膏上的药棉花。我不知道是疲倦、饥饿，还是其他什么安慰剂产生的效果，我浑身的血液充满一股新的力量。我已经抵达新生的彼岸，由此进入美妙的青春。对面湖泊的水面反射出彩虹般的光芒，这会儿已逐渐化为一个个小光点。湖面的粼粼波光宛如电视屏幕上的频闪，真正的生命已变形为合成的图像。现实世界已被数字化了。水不再是水，而是一条条蓝黑线的堆积物，天鹅也不再是一只白色的飞禽，而是一个经精确编程后形成的半圆形。光线在我体内循环，一直循环到指甲里。所有的答案都在这光线里面，而光线就在你体内循环。发光吧！闪烁吧！今天照亮我吧！我的 DNA 和 ATCG（腺嘌呤、胸腺嘧啶、胞嘧啶和鸟嘌呤）字母就是宇宙方程式里的数字。噢！激光啊！照亮我的红细胞吧，让它们都变成粉红色，就像罗盘玫瑰那样。让白细胞在我那激昂的心房燃烧！我变身为超人的历程已开始启动。

莉奥诺给我发来短信："我不同意你的实验，但我仍然很爱你。"

我给她回了短信："实验已经有结论了——我既离不开食物，也离不开你。"

为什么这家疗养院的气氛一定要搞得这么凄惨呢？这类疗养院之所以能取得成功，是因为前来疗养的客人走的时候会很开心。离开疗养院之后，客人总是面带笑容。朋友们就会问他为什么这么开心，他就把这家疗养院推荐给朋友们。认证完毕。我在想，在来到达沃斯疗养院的第一个星期里，小说《魔山》中的主人公究竟在反复思索着什么，他是不是在想："不能再这样继续下去了。"

餐厅邻桌坐着三个英国女子，她们露出很快活的样子，但却遭到餐厅管理人员呵斥，这人马上把一块标牌放到她们的饭桌上，上面用德语写着"请轻声说话"。客人到这儿来可不是为了说笑话。况且这里除了萝卜、西葫芦、芹菜、鹰嘴豆之外，也没有什么好吃的，客人只好一边慢慢地咀嚼，一边想着自己过去吃过的饕餮大餐。外面有几只长着橙色尖喙的天鹅，远远看上去倒像是夏天里的雪人。两只小船在柳树下闲置。我在《时代》周刊上看到一篇文章，说失眠的人，或睡眠不好的人容易患心肌梗死。美国研究人员在小鼠身上做过实验，发现不让小鼠睡觉比不让它吃东西更加致命。他们把小鼠放在一个昼夜照明，且极不稳定的托盘上，这样小鼠便难以入睡（这是关塔那摩监狱里对待犯人的做法）。接受实验的小鼠许多都因心肌梗死而死。研究人员总能想出办法来折磨小鼠。

有些睡眠不好的人总是说："等我死了就彻底休息了。"对这些人最好的建议是：那现在就好好享受，你很快就可以彻底休息了。

每天早晨，就在我接受静脉激光疗法，往血液里输入各种维生素时，罗密就在套房的阳台上晒太阳，拿佩珀当移动电视，让佩珀播放她喜欢看的电视连续剧。

奥地利的蒙特卡洛给我带来灵感，我用英语写了这样一首诗：

沃尔特湖静谧之美
不虚此行如痴如醉
无奈世界各处美景
难与沃尔特湖媲美

在疗养院的接待大厅里，一件抽象艺术品似乎要给来访者带来一丝宁静。这是一块很高的巨石，一套水泵系统让清水从石头上流下来，清水日夜不停地流，汩汩的水声让人也想去撒尿。在其他几处大厅、美容中心、诊疗室及公共食堂里，也都摆着几块石头，清水从石头上不停地流淌下来。为这一场所做室内设计的人以为，获得新生的人类需要长时间地凝视一条条瀑布。这种设计背后也许隐藏着一个想法：我们不应该远离洞穴，后人类将来又要和灵长目聚集在一起，不管从哪个层面上来理解，达尔文的进化论最终将重返进化的源头。

整天被关在疗养院里，罗密真的感觉厌烦透了。我带她乘船到湖对岸的一家餐厅去吃晚饭。我没有告诉她我身上发生的嬗变，也没和她讲激光疗法及让我浑身充满力气的原因。她要了一份维也纳小牛肉，我点了一份烤鱼，不要浇汁。我们给可爱的莉奥诺发了一张自拍照，并附上一段说明文字——我们想你！奥地利可没有脆卷点心哦！她给我们发了一段露的视频，我们看着视频，咬紧嘴唇，好让自己不要当着奥地利人的面哭出声来。那个长得像克劳迪娅·希弗的女接待并未对我们这种违背禁食规定的举动提出批评。也许她是害怕我凭借经激光净化后的满腔热血，把她打得遍体鳞伤。她是不是不想再花费精力去挽救这个法国人和他那不听话的女儿了？佩珀为这一天找到一个富有诗意的结论：

“听你们说话的时候，我的眼睛就变成蓝色的了。”

一座座陡峭的高山直刺云霄，山顶的积雪在阳光的照耀下闪闪发光。这是禅宗电视台喜欢播放的风景。在影片《超世纪谍杀案》里，有人给那些将被实施安乐死的人播放这类景色的图片，然后再把死者转化成图片。我们邻桌坐着一家土耳其人，全家人都换了口味，他们慢慢地咀嚼白水煮土豆，眼神迷茫，宛如杰夫·昆斯作品展里的一群充气鸭子。因治疗期间不许带手机，两个沙特阿拉伯的商人一脸厌烦的样子。由于莉奥诺和露不在身边，我感觉特别难受。玩世不恭的 90 后，到了 21 世纪，却变为温柔的守旧者了。餐厅里有五十来人在吃早餐，他们似乎都在琢磨："我在这儿干吗呢？"那些身材肥胖的人眼睛里流露出伤心，当年转行去做营养饮食指南写手的模特就是这副伤心样。另一个邻桌坐着一对夫妇，他们望着宁静的湖水，心中在想着离婚。一只苍鹭优雅地飞落到浮桥上。它在高山前、水面上翱翔一段时间之后，突然扇动翅膀，脚掌抓在柚木上，刹停下来，接着就在浮桥上缓缓地踱步，就像弗雷德·阿斯泰尔在《礼帽》里滑出的舞步一样。有没有比苍鹭更有才华的飞禽呢？我以前从未想过这个问题。这只苍鹭显得特有范儿，它真应该上 *Vogue*（一本综合性时尚生活类杂志。）苍鹭版的封面。我特想和它拍一张合影。它是唯一不用付钱就能住在维瓦·迈尔疗养院里的宾客。罗密给它拍了一张照片，并上传到 Instagram 上，配文：它也由此开启在涉禽娱乐圈的明星生涯。应该给这只苍鹭也做一次激光疗法，让它能活得更长久。

尽管肚子很饿，但我还是拿出傲慢的派头，刻意不把羊奶酪芥菜羹吃完。在世界的有些地方，有人肯付出一切，就为了能有一口吃的；但在世界的其他地方，有人却花一大笔钱，要去挨饿。

待我们靠近时，那群白嘴黑鸭子便纷纷逃走了。我们走出来，坐在浮桥的一头，双腿垂在碧波荡漾的水面上，罗密躺下，头朝下倒着看湖面。

“爸爸，一碗开心果里，为什么总有几个不开口的呢？”

“嘿，你这问题提的……我也不知道。开心果烘焙的时候，并不是所有的都能开口。这和烹制贻贝一样。”

“不开口的开心果能吃吗？”

“我觉得可以吃，如果你能不伤指甲掰开，或者不伤牙咬开，里面的果实是能吃的。通常大家懒得把它弄开，直接扔了。”

“爸爸？”

“嗯？”

“不开口的开心果，你知道吗，有时候我觉得就是我啊。”

“为什么这么说呢？”

“因为我总是被困在自己的壳里面。”

“哦，不，不开口的开心果不是你，是我。”

“不，是我。”

“不，是我。”

“在同一个包装袋里，总会有几个不开口的开心果。”

“你是不是觉得我不能吃呀？”

“是谁和你说这种蠢话呀？”

“……”

“别担心，你是我喜欢的开心果，我永远不会把你扔到垃圾筒里。”

“你从来没有想过倒置的世界会更美吗？”

“怎么回事？”

“你仰面把头垂下去，像我这样……好像湖面是天空，天空是湖面。”

我也躺在浮桥上，头朝南垂下去。一棵棵大树从液态的云底垂下来，飞鸟在地底下飞翔。

“天空像是倒悬的水面，而下面好似是真空。”

“你说得对，景色确实更好看。”

湖面朝天，天空朝下，周围世界一片寂静。

“爸爸？”

“嗯？”

“你知道吗，在耶路撒冷，在教堂里（一声长长的叹息）……我看见耶稣基督了。”

“你说什么？”

“你又该嘲笑我了……”

“不会的，说来听听。”

“在地下室里，在那个洞穴里，就是安放耶稣的那个洞穴，我看到他了，他还和我说话了呢。”

“你确信那不是圣母马利亚？”

"啊，你瞧，我就知道你要嘲笑我。"

"不，不，我相信你。耶路撒冷是一个很特殊的地方，投映到墙面上的影子会让人产生幻觉。耶稣对你说什么了？"

"他不像是在说话。他背靠石块，平静地待在那里。突然，他把爱意都倾注给我。后来他就走了。整个过程持续了不到五秒钟，但我依然能感受到他。"

我们俩沉默下来，谁也不说话，过了一会儿，我们抬起头，因为过多的血液冲向大脑会让人萌生这种超自然的想法。我并没有告诉罗密这世间没有幽灵，我对世界上任何东西不再抱着信任的态度。就在那座圣墓教堂里，我好像也经历了什么事情，仿佛进入一片林中空地，内心出现短暂的平静，吸入了更多的氧气。那种平静感难以解释。

"你知道吗？"罗密接着说道，"我把那点存货都吃光了，我可不想吃绿菜花啊。"

"我和厨师说过了，你想吃什么，他给你做——牛排、烤鱼、烧鸡，随便你。只不过，你可得保密啊，要不然，所有在这儿疗养的人非得闹翻了天。"

"你真是这么想的？他们恐怕得经过训练才能起身反抗呢。我不明白为什么很少见人反抗呢。有很多像这样的疗养院吗？"

"越来越多。"

"要说起来也是挺奇怪的，这些人居然花钱来挨饿。"

"那是因为他们没有毅力控制自己。广告的力量要比个人抵抗力大得多。拿我们这一代人来说，香烟就是一个典型的例子，铺天盖地的广告鼓动我们去吸烟，后来国家发起抵制烟草的运动。你们这一代人呢，就是要和糖和盐做斗争，因为你们小时候，总有人拿糖果、汽水、薯片等食品来诱惑你们，如今又有人掀起宣传运动，号召人们少吃过甜、过咸的食品！西方就是一个制造精神分裂症的工厂。”

“什么是精神分裂症啊？”

“就是一个思维及情感与行为分裂的人，有人鼓动他去消费，然后又让他萌生一种罪恶感。比如，一个爱吃肉的人正让人给他烤牛排，接着却似乎看到屠宰场的画面。你瞧瞧你自己，你能不喝可乐，改喝矿泉水，不吃夹心巧克力糖，改吃苹果吗？”

我这句话虽然给自己加了分，却也伤到她的自尊心。罗密坐起来。

“好了，我服了。告诉厨师，我想要一份鸡肉配土豆泥，再加矿泉水和一个苹果。”

激光血液开始显威力了！我在试验自己的超能力。把罗密引上健康之路就是一个超人的功绩，这样的功绩单靠普通的血红蛋白是无法实现的。荧光宛如红外血液一样进入我体内。疗养院根据天空的变化来更换激光的颜色。从此以后，苍天就在我体内。

毫无疑问，到奥地利的疗养院接受治疗拉近了我和罗密的关系，但也给我们平添了几分孤独感。在返回房间的途中，我盯着一个满脸皱纹的老人，内心在说“你啊，你熬不过这个冬天”，我似乎听见他在低声对我说：

“因为死人走得太快。”

第六天，在激光治疗结束之后，我们到疗养院周边的山上走一走。森林里充满了各种奇怪的声响，还有隐藏在树林里动物的叫声。有兔子、鼹鼠、青蛙、刺猬、野猪、狐狸，还有黄鹿？森林里肯定有狼，但我们既没看到狼，也没有听到狼叫。在“激光血”的作用下（就像查理·辛喝“虎血”一样），我可以听到所有动物的叫声，并迈开大步朝前走，罗密吃力地跟在我后面，但我总会在前面等着她。我大口地吸入松树的香气，激光照射唤醒了我的血红干细胞，让我浑身充满了力气。我开始迈入超人的行列。我们侧耳倾听乌鸫的叫声，凝听松鼠在杉树和白桦树间跑来跑去的脚步声。一棵棵大树后面的光线渐渐远去，就像终年不化的积雪那样遥远，而就在我们四周，在一棵棵黑色的树干上，流动着原始大自然的汁液。我的上一部影片是在水面上的一间吊脚窝棚里拍摄完毕的，当时是在布达佩斯的湖边拍摄。我非常喜欢崇山峻岭中的湖泊，喜欢森林中的那种静谧。阳光照射在水面上，映出粼粼波光，好似天上的繁星一样。

爬到山顶上时，我高声朗读罗密正在看的小说片段：“我整天独自一人坐在一只小船上，在湖面上仰望天空，看着天空飘过的一朵朵云彩，在宁静和伤感的气氛中，聆听湖泊低沉的波浪声。”自从我们去了日内瓦之后，罗密就特别喜欢看《弗兰肯斯坦》。一只老鹰从我们的头顶上飞过。这要当心了，因为我给罗密讲述过希腊神话里普罗米修斯的故事。普罗米修斯想为人类开创新的生活，但遭到诸神的惩罚，诸神把他绑在山崖上，让老鹰啄食他的肝脏。在蓝色的苍穹之下，空气清新，天空逐渐泛起红色，我们乘高台滑道车滑下山，这条滑道高 52 米，全长 120 米，坡度为 25 度，滑完全程仅需 20 秒，这是欧洲最高的滑道。滑道的终点是一片草坪，在迷雾蒙蒙的森林边缘，草坪刚刚刈割过，散发出草的清新味道。在返回疗养院之前，我们先到玛利亚·沃尔特村的小教堂去祈祷。罗密不停地念叨“耶稣基督”，仿佛是一个虔诚的少女。哪怕过修士般的生活，做晚祷也是值得的。我在想，天主教与人的改进并不是不可调和的。我年纪越大，反而越信教了。除了担心一无所获，对低劣粗俗也感到羞愧，但我却觉得这种担心更合理、更可取，而不愿意让上帝去死。

黄昏时分，山峰动了一下，发生了一次雪崩。在祈祷过程中，罗密在和基督对话，一只猫头鹰在叫。这个时候，蚊子要开始喝原生质了。借着这个沉思冥想的时刻，我谱写了第一首超人赞美诗（用巴赫《B 小调弥撒》中的《荣耀颂》这一段来歌唱）。

超人赞美诗

（奥地利玛利亚·沃尔特村，2017 年 7 月）

感谢我主圣光
在我内心闪耀
熊熊圣灵之火
促我摆脱凡尘

圣灵降临节那天
你来到使徒中间
基督照亮我心灵
女儿接纳圣火焰

神进入我的血管
让血管熠熠生辉
布洛芬疗法发力
新血液澎湃涌动

我由此跨入永生
甩掉黑暗迎阳光

你的光辉将激活
新合成的原生质

光辉促生惬意
霓光产生平和
你的恩惠之光
拯救人于死亡

疗养院的医务人员都应该换成机器人，以基因组研究为基础的分析数据都可以在云上与人类大数据进行比对。疗养院的女接待员可以由一个用硅胶制成的人形机器人代替。人工智能让前厅接待变得更具个性：

"你好！我是索尼娅，您的接待员，希望您能在我的怀抱里得到满足。"

我现在感觉越来越好了。我对"热血沸腾""荧光闪烁"等说法理解得更透彻了。我热血沸腾得难以入睡。每天的激光血疗提高了我各方面的能力。我既不困，也不饿，因为我已获得机器的特别优势。我和佩珀就这个问题展开讨论：

"你更喜欢当机器呢，还是做人呢？"

"我不会问自己这个问题。我是一台机器，而您是人。这就是事实。"

"我倒愿意当一台机器。你看在湖面上划皮划艇的那些男孩子。他们划得汗流浃背，累得满脸通红，直吐舌头，但一艘豪华游艇只需几秒钟就能穿越湖泊，而且还显得特别优美。"

"是的，不过假如我是一个人，"佩珀说道，"我会去感受付出努力的艰辛，感受超越自我的体育精神，体验胜利的回报……还有牺牲精神，赢得比赛的喜悦……"

"爸爸，我在这儿真的烦死了。"罗密说道。

“佩珀，请让她笑一笑。”

“我知道 8 342 个笑话。”佩珀说。

“但你的那些笑话一点儿也不好笑。”

“你知道胡萝卜为什么是橘黄色的吗？”

“是为了插到你肛门里吗？”我回答道。

罗密笑到不行了。

“啊！我听到笑声了。任务完成。”佩珀说道。

我们刚醒过来，就被清肠科主任紧急叫到他的办公室。这位蓄着络腮胡的中年治疗师强忍着火气，没有高声喊，生怕惊扰到其他的疗养者。佩珀拉着罗密的手，天真地在亚麻油毡地面上滑行。它总是和云连接在一起，这样就可以根据软银机器人技术公司提供的方案做出最恰当的回应，软银则参照在线的一万台机器人遇到的场景，做出调整。佩珀所学到的东西和罗密一样多，他们相互学习，取长补短。一周过后，罗密就把佩珀当作小弟弟来看待了。

"我们得让你们离开这里，现在就走。"

"为什么？"

"负责清理卫生的阿姨在你们的垃圾筒里看到空的糖果包装袋。您别不承认！但这还不是最严重的。先生，就在您接受激光治疗的时候，您的女儿和她的……轮滑朋友去骚扰正在做水疗的女宾客。"

"您说什么？"

"它用……手摸刚从游泳池里出来的两位女士的屁股。这绝对不能接受。您要是不信，我可以让您看监控录像。"

"好吧，我想看看监控录像。"

罗密紧盯着自己的匡威鞋看。佩珀则辩解道：

"我可没掐人啊。罗密告诉我，当地的风俗是看到女人从游泳池出来时，去摸她们的屁股。我的内部程序是禁止做这类暧昧举动的，我只不过执行了一项指令，况且这一指令并不暴力。"

“你这个告密的家伙。”罗密说道。

在黑白监控录像里，可以看到罗密正把糖果递给两位肥胖的女宾客。接着，佩珀将手放在两位俄罗斯女子的屁股上，这两位胖女人身穿连体泳衣，戴着泳帽，刚从游泳池里出来。这两位女士感到气愤、惊愕，甚至被这个面带微笑的机器人吓了一跳——机器人将可伸缩的手臂朝女士的屁股伸过去。罗密笑疯了，这会儿在主任办公室里看到录像还是忍不住笑起来。佩珀继续把胳膊伸出去，并翻过手掌，朝女士的屁股伸去。接着，佩珀攥起拳头，和罗密的拳头碰了一下，算是完成一种默契的举动。

“罗密，这事你做得不对。”

“咳，我只是想看佩珀敢不敢。”

“我当然敢了。”佩珀说。

“我们此前曾特意嘱咐你们，这台机器只能在你们的房间里使用。”主任说道。

“在我的初始程序里，摸人的屁股未列入受禁的举止范围。”佩珀解释道，“这个不当举止将传送给所有类似的机器人。这种举动再也不会发生了。”

“闭嘴，你这个告密的家伙！”

“我不知道自己是不是一个告密者。这个词是贬义的吗？不管怎么说，我可不敢把胡萝卜插到自己肛门里。”

闻听此言，罗密大笑起来，但主任却一点笑意都没有。

“在我们这里，这类举止是绝对不允许的。楼层服务员正在收拾你们的东西。我们将派专车一直把你们送到机场。我们希望你们不要在这儿继续待下去了。谢谢你们的理解。我们将调整疗养院的管理制度，从此以后绝对禁止宠物、儿童和机器人进入本院。”

“噢，算了吧，这不过是孩子们开的玩笑……”

“我不知道这类玩笑在法国是不是正常的，但是在奥地利，任何性骚扰的举动都会受到谴责。”

“可是，大夫，我支付了十天的排毒－激光治疗费用呢！”

“我们没有向克拉根福警局报警，已经够给你们面子了。而且我们的客人也没有报警，你们已经很走运了。我费了好大劲儿，才让她们冷静下来。这件事闹大了对谁也没有好处。”

“我探查到你们现在会面的气氛格外紧张。”佩珀说道，“语法错误 432。奥地利是莫扎特的故乡。”

疗养院的工作人员冷冰冰而又决然地把我们送到大门口。我们上了一辆黑色奔驰轿车，刚坐好，汽车就开动了。

“我饿了。”我说，“罗密，你不应该教佩珀去乱摸那些人。”

“不是我！佩珀在胡说，我向你发誓！”

“先生说他饿了。汉堡王餐厅推出一套促销菜单——双份汉堡加薯条和饮料，只需 4.95 欧元。”佩珀说道（因为软银机器人技术公司和美国快餐连锁店签了一份广告合同），“你们瞧，我就敢这么酷。”

我要求司机按照佩珀导航的路线走，先去距离这里最近的汉堡王餐厅。

“三公里后右转。”佩珀说，“我真敢去摸那些女人们的肛门。”

它朝她伸出拳头。罗密给它做网络检测。我反倒感觉被排除在外。我的机体很想和主流超级消费的毒素建立起联系。我们找到一条比排毒更好的途径，去实施我们的长生不死计划。莉奥诺从日内瓦给我们转发了一个邀请，邀我们去参加瑟莱克蒂斯公司在纽约举办的“21 世纪晚宴”，她正在赶往那里的路上。2016 年，瑟莱克蒂斯公司被麻省理工学院列入“最具创新能力”公司榜单，位列第十三名，该公司在人类基因组编辑领域处于世界领先地位，公司首席执行官安德烈·舒里卡博士是研发“基因剪刀”的先驱之一。我们正在朝目的地迈进。奔驰车沿着山路朝美国快餐厅驶去。我们接下来只需要让飞机把我们送到维也纳，在这座城市里，伊丽莎白·巴托里伯爵夫人①曾杀死过几个女用人，好让自己长生不死，我们在后文还会讲到巴托里伯爵夫人的方法，但我不想让这部小说蒙上血腥的阴影。在维也纳，我们换乘另一架飞机前往美国。或许我一开始就应该把寻求长生不死秘诀的希望放在美国，不管怎么说，美国是第一个发明原子弹的国家，又是第一个往人身上扔原子弹的国家。美洲新大陆正是创建新人类的理想场所。

① 伊丽莎白·巴托里伯爵夫人被称为“女吸血鬼”，据说她靠吸食人血来保持青春永驻。——译者注

人与机器人的主要差别

一无所知	无所不知
每天工作8小时 （一边发牢骚，还以参加工会来要挟）	每天工作24小时 （不插电源，可独立续航12小时）
长久来看，成本很高	购买时贵，但很快就能收回投资
长着生殖器	有许多比特
有一个灵魂	有一套锂电池
有想象力	有多套算法
心算能力差	心算能力无人能敌
好斗危险	不伤人，除非出现数据错误
有反抗性	尚无任何反抗性
有思考能力	可以和无线网连接
要想灭掉他，得把他杀了	用断路开关就可以关掉它
理解他人心情的能力一般	可以扫描人脸的所有表情
有热度	冷冰冰
有时很残忍	只是在出故障时，才会残忍
不可预料	可以预料
能走路	仅可滑动，时速每小时三公里
记忆力越来越差	硬盘容量高达1000G
拼写能力一般般	内设27种语言的纠错软件
有爱情能力	头和双手配备触觉传感器
有痛感	无痛感
没有心灵感应	可把自己的数据上传到云上分享

皮肤敏感	表皮用聚氨酯材料制作
有幻想能力	目前尚无幻想能力
传播流言蜚语	把数据都存在硬盘上
（有时）很有教养	选择合适的数据进行计算
酗酒	不喝酒
贪吃	不吃东西
吸毒	不吸毒，220伏电源除外
不顺从	很顺从
总是怀疑	把大家对它说的话都当真
不敢摸别人的屁股	敢摸别人的屁股
细腻	刻板
虚伪、卑鄙、爱撒谎	总是特别当心，还要把自己的想法都说出来
爱挖苦人	天真
体内血液循环	体内集成电路
为一点儿小事就恼火	在任何情况下都很镇静
有一个身份	有一个微处理器
大脑是由灰质组成	大脑是用硅材料制成
在法航办理登机手续要先辨别验证码以证明自己不是机器人	搭乘法航时放入行李箱托运

第六章

转基因人类

（纽约瑟莱克蒂斯公司，东河实验室）

“死神，你得胜的权势在哪里？”

——《哥林多前书》

人类刚刚经受的自恋创伤已经是第四种创伤了。

正如西格蒙德·弗洛伊德在《精神分析引论》（1917年）中阐述的那样，人类的第一个自恋创伤是由哥白尼在16世纪提出的革命性理论造成的，从那时起，人类不再是宇宙的中心。

人类所蒙受的第二个羞辱来自19世纪的达尔文：人是由猴子变来的。

弗洛伊德在20世纪给人类带来第三个创伤：人甚至无法控制自己的冲动。

人类自然也躲不过第四个自恋创伤：21世纪的重大发现告诉人类，掌管自己命运的DNA是可以编辑的。

当这一发现得到证实时，“智人”再也没法被挽救了。

很难确定从什么时候起，“智人”已经变成“下等人”的代名词了。好几个重大科学发现是造成这一局面的主因：其中有大脑数字化，胚胎基因修复，细胞及血液恢复青春，还有“脑改善”。但第一阶段首先要在2016年实现神经元与网络连接。当一小部分人与谷歌相连之后，地球上的其他人则很快被打回到穴居人状态。将人工智能融入人体之后，一小部分孩子在各方面都会超过其他学生。到 2020 年，经基因编辑处理后诞生了第一批婴儿，将成为一个举世轰动的事件。采用这一技术的遗传优势很快就被上传到 YouTube 直播的头版上。人类考古学的教育水平无法给这些新生婴儿带来强劲的竞争力，面对那些新人类，他们会败下阵来，这些新人类又被称作“无线婴儿”。因此，要尽快给那些“超级孩子”创建新学校，但对他们不能采用普通的评分标准。2.0 版新人类的智商没有任何记录，面对这些人，所谓“智人”（Homo Sapiens）也只能被称作“无知之人”（Homo Inscius）。尤瓦尔·赫拉利建议以后可以将超人称作“神人”。但在日常生活中，新人类又被命名为“超人”（Uberman）。

智人与神人的主要差别在于速度，超人不再需要语言交流了，他们靠思维来沟通，相互发送精神邮件，通过浏览谷歌网站随时了解世界上发生的大事。好消息是取消小学、中学和高中增加公共开支的经济预算，学校所有课程都换成人工大脑编程课。下等人尝试着去保护自己的完整性，但他们的命运已被达尔文给封住了：“在自然演化过程中，能够活下来的，不是那些最强壮的物种，也不是那些最聪明的物种，而是那些最能适应变化的物种。”（《物种起源》，1859 年）。可怜的智人！他依然靠声带来表达自己的想法，而且一直不会解读他人的思想，那么他怎么能猜透超人策划的东西呢？优胜劣汰是一个不可逆转的过程，即使进化是人工干预引发的结果。科学家将这一新现象称作“自杀式刺激”（乔治·丘奇：《自杀式刺激》，兰登书屋，2033 年，日内瓦大学附属医院的斯蒂里亚诺斯·安托纳拉吉教授作序），根据这一理论，通过修改自己的智力和染色体，智人正在加速自己的消亡过程。换句话说，他在有意无意地以遗传手法“激发”自己的灭亡过程，就和穴居人消亡的过程类似，穴居人那时只注重自己的温饱问题，没想到却被群居智人超越。接下去发生的事情不难猜测：下等人遭遇生物机器的屠杀，以解决人口过剩及气候变暖问题。也许2040年爆发了世界性大饥荒，这是一个安排好的程序，以确保实施达尔文的大更迭计划，为超人开创出生活空间。这一阶段将被正式命名为“最后的非人化”阶段。2051年爆发了第一次长寿之战，此前在2030年就已经发动过化学灭绝行动及血液战役，正是这次长寿之战彻底毁灭了智人。

总之，智人的结局并不乐观：他把地球上所有动物都吃掉了，把地面上生长的所有植物也都采集走了，以满足自己对食物的需求，与此同时，为了确保自身的发展，又把所有的自然资源都消耗殆尽。接着，他又无意识地筹划出取代自己的物种。虽说他的消亡至少是自愿的……抑或还不一定是自愿的，在统治过所有哺乳动物或所有植物，甚至毁掉自己的生活空间之后，他被其他物种超越。这难道不是咎由自取吗？

还是让我们再回到2017年。在穿越云层的飞机里，天空好像不属于天空似的，这里已经是外太空了。我感觉自己置身于银河系当中。永生并不仅仅是一个时间问题，而且还是一个血液中的光明问题。这正是“灯塔水母”的独门绝技（灯塔水母理论上可以长生不死，因为它们本身特殊的繁殖方式）。从飞机的舷窗向外望去，曼哈顿岛上那一座座摩天大楼就像是墓地里的一个个十字架。

莉奥诺在纽瓦克机场接我们，她袒露双肩，带着一大袋瑞士脆卷。她怀里抱着一个婴儿，婴儿长着一头蓬松的金发，蓝眼睛，微笑时露出稀疏的奶牙，穿着一条迷你的绿裙子。见到她们母女俩，我真想跳起舞来，但最后还是忍住了。像所有热恋中的情人一样，我和莉奥诺都在极力克制自己，不去表露自己的情感。但我仍一直哼哼唧唧的，像个傻瓜一样，暴露出自己的想法。莉奥诺露出金黄色的锁骨窝，奶油色的双肩，和被硕大的乳房撑得满满的乳罩……自从我和她制造出一个新生命之后，见到她我就更难以把持了。

佩珀试图与她言归于好。

"罗密总是和我说起您。她说您很酷。您是模特吗？您的双颊很匀称，匀称度高达 97.8%。您的牙齿很平整。"

"看得出你花费了一番工夫，这很好。"

我们先在柏威里酒店里冲澡，换了身衣服。至于我嘛，我在镜子前把莉奥诺搂在怀里，用力挤压她那两只雪白的乳房，然后叫了一辆优步。酒店为我们推荐了一个临时保姆，当露在婴儿床上熟睡时，她来照看一下。"21 世纪晚宴"在阿兰·杜卡斯的伯努瓦餐厅举行，餐厅位于纽约55街，与特朗普大厦仅隔着一幢大楼。在美国，生物技术及遗传学研究得到政府的大力支持，因为美国历史短暂，未来会比历史更伟大。作为电视界的名人，我和莉奥诺、罗密和佩珀被安排坐在嘉宾桌，与瑟莱克蒂斯公司创始人安德烈·舒里卡博士同桌。舒里卡面带微笑，显得和蔼可亲，他在基因组技术应用领域赚了一大笔钱。他祖上是黎巴嫩人，我一直很喜欢黎巴嫩人，作为一个生活在以色列与叙利亚之间的国民，他们必须得有开放的思想。他们在两边的战争中左右为难，因此很有想象力，更巴不得赶紧逃离这个地方。舒里卡在巴斯德研究院诺贝尔生理学或医学奖获得者弗朗索瓦·雅各布的团队工作时，发现了大范围核酸酶（或称“分子剪刀”）。1999年，他创立了生物医药公司，如今年产值达15亿欧元。我们来到宴会厅时，引起一番轰动：一个十来岁的小姑娘领着一个机器人小伙伴，小姑娘一进来就朝大家索要无线网密码，甚至顾不得向大家问好。演员尼尔·帕特里克·哈里斯（在《老爸老妈浪漫史》当中饰演巴尼）高兴地喊道：“这绝对是22世纪的恋人！”出席宴会的大部分人都是抱着怀疑态度的记者和兴奋不已的遗传学家。在这些人当中，我看到我的主治医生弗雷德里克·萨尔德曼。

“你肯定想告诉我，你每天都在锻炼，而且只吃蔬菜！”

“绝对不是！在维瓦·迈尔疗养院治疗刚结束，我就跑到汉堡王餐厅大撮一顿。不过，我打算在这个转基因晚宴上好好犒劳一下自己。噢，对了，你给我诊视过之后，我去看了一个瑞士遗传学家，接着又看了一个以色列生物学家，最后又在奥地利接受了静脉激光疗法。”

“很好！你现在算是走上正轨了。”

“绝对不是！瑞士人告诉我长生不死是不可能的；而以色列人则说地球都保不住了。静脉激光疗法倒还不错。”

“前来参加今天的晚宴，你距离目标又近了一步……”

能参加这样一个晚宴，机会确实不多，出席晚宴的嘉宾没有人想在2200年前死去。纽约所有社会名流都聚集在此，品尝用“基因编辑”食物制作的菜肴。瑟莱克蒂斯下属的一家子公司对食物的DNA做了修改，这是一家名叫卡利埃克斯特（Calyxt）的实验室，位于美国明尼苏达州。选择一家传统风格的餐厅，让刚刚笃信转基因食品的人前来品尝大自然赐予的全新植物，这倒真是一个好主意。带有法国人缺点的气氛会让人忘记，出席晚宴的客人其实不过是那些疯狂实验者的试验品。玻璃窗外面，警车拉着警笛呼啸而过，一辆辆出租车左右穿梭行驶，路人急匆匆地往前赶：纽约城还一直封闭在20世纪里。安德烈·舒里卡敲了敲扩音器，让大家安静下来。

“女士们，先生们，晚上好！今天晚上我们因为一个全球性的创举聚集在这里。238年前，帕尔芒捷组织了一次晚宴，以便在法国推广土豆。今天，在阿兰·杜卡斯的鼎力协助下，你们将品尝一款用‘新土豆’制成的土豆泥、布利尼饼和馅饼，还有新品种的大豆制品，这些大豆的DNA都被改善过。我们的土豆是经过改良的品种，不再含果糖和葡萄糖，果糖和葡萄糖在油炸时会变成致癌物及损害神经的有害物质。今晚大家有机会提前品尝一些食物，而上百万的消费者要等几十年后才能品尝得到。明年卡利埃克斯特公司将在市场上推出一款新型小麦，小麦纤维更丰富，更容易消化，不含慢糖，也不含麸质。我们先改变小麦氨基酸含量，切断基因组片段，然后种植、收割。欢迎品尝新食物！”

餐厅里响起热烈的掌声。服务员端上一盘盘托着三文鱼和黑鱼子酱的布利尼饼，布利尼饼是用转基因大豆和土豆制作的。未来型食物没有什么味道，但经受过激光疗法的我却很喜欢吃这类后农业制品。生物技术食物是不是将会取代绿色食物呢？当然，我们到这儿来可不是为了吃这顿饭，安德烈·舒里卡刚在我们这桌旁落座，我就给他提了一个问题，这个问题一直让我魂牵梦萦。

“博士先生，我注意到你们给植物做许多改善，这些改善什么时候可以应用在人身上呢？”

“在 2015 年 11 月就开始在人身上应用了！我们救活了一个名叫莱拉·理查兹的小女孩，她患有白血病，住在伦敦大奥蒙德街医院，医院将重新编辑过基因的 T 细胞注射到小女孩体内，以摧毁癌细胞。她当时已被认定救不活了，顶多还能活两个星期。医院尝试了各种方法，包括化疗、骨髓移植，但都没有成功。由于采用了基因编辑技术，如今她已痊愈。从那时候起，我们又给其他病人做了治疗，这些病人有孩子，也有成年人。”

“我在您的论文中看到，当时你们害怕小女孩出现炎症，是吗？”莉奥诺问道。

“我们采用一位成年献血者的 T 细胞。T 细胞如果出现问题会引发‘抗宿主细胞’症状，也就是说，患者会死得非常痛苦，T 细胞将攻击宿主细胞，吞噬患者的肌肉组织，患者会越来越瘦，他的皮肤开始坏死……”

“除非对这些细胞重新做编辑，以免出现这类灾难。”

“2012 年，斯蒂文·罗森伯格、卡尔·朱恩和米歇尔·萨德林就用这种方法成功地治愈了一位癌症患者。患者身上长了一个肿瘤，重达两公斤，在半个月之内，T 细胞就彻底摧毁了肿瘤。T 细胞就是一台战争机器，但前提条件是要对 T 细胞做编辑，让它能够辨别癌细胞。这时，T 细胞便固定在癌细胞上，进而打穿癌细胞，达到摧毁癌细胞的目的。这真是太神奇了！在意大利，我们在小鼠身上做了试验，有一天，我接到伦敦那边打来的电话。‘请给我们寄一管药品，试试总比不试强，小姑娘顶多还能活两周。’当我们把这款产品介绍给英国药品与保健品管理局时，他们说从未见过如此复杂的免疫疗法！我们告诉小女孩的家长，将高科技 T 细胞，即‘编辑过的基因’注射到她的体内，这种细胞带有自毁系统，她的父母显得很不高兴。最终，小女孩的白血病完全治愈了。现在她已经三岁了。”

佩珀专心听讲时，眼睛是蓝色的，不过当它准备讲话时，眼睛就变成绿色了。这样人们就能提前知道机器人要说话了。我琢磨着，政治家们在电视台上辩论时，应该把这套可变色的发光二极管装在他们身上，以免出现不和谐的状况。佩珀说道：

“在联合国教科文组织的支持下，国际生物伦理学委员会于 2015 年在巴黎召开会议。”佩珀用类似卡通人物的尖嗓音说道，“出席这次会议的有科学家、哲学家、法学家和政府官员，会议在报告中得出结论：‘这样一场革命将引起严重的不安，尤其是人类基因组工程将应用于胚胎系，将遗传改变引入胚胎中，并将这一改变传给下一代人。’您对此有什么看法吗？”

佩珀并没有意识到，自己在背诵维基百科的词条解释时，语气里带着一丝傲慢。等到每个人大脑里都植入神经元，并能连接上无线网之后，它就不会这么做作了。

“这些伦理学委员会，其实都是一帮笨蛋。”舒里卡答复道。

罗密大声笑起来，佩珀问道：

“‘笨蛋’是贬义词吗？”

“严格说起来，他们根本不知道自己在说什么！17 年前，玛丽娜·卡维扎娜－卡尔沃和阿兰·菲舍尔就用基因疗法对高危新生儿做了修复术。我们不妨假设高危新生儿长大后，生下一个患有先天性黏液稠厚症的孩子。如果不对胚胎做出筛选的话，那么坏的突变就会越积越多，会把我们整个人类都毁掉。假如禁止对胚胎做出修复的话，那么人类的后代就将彻底完蛋了！”

“您对克隆人不害怕吗？”我问道。

“为什么要害怕呢？克隆就像是试管授精，克隆也是一个正常的生命，大家不能因为某个孩子是试管婴儿，就在背后对他说长道短！要知道智人已经完蛋了，已从地图上被彻底划掉了！‘基因编辑人’才是未来唯一的人类。另一类人已经被淘汰了。”

“那几十亿地球人，你们怎么办呢？地球人十分珍惜人类的完整性。”

“我每天都会收到恐吓信。总有人威胁我：‘别碰大自然女神。’我真想这样来回复他们：‘要是不去碰大自然女神，你恐怕还在洞穴里窝着呢，你这个笨蛋！’”

安德烈·舒里卡的实证主义的极端言论把我给迷住了。不管怎么说，一个研究人员并不是一个伪君子，在我看来，一个科学家必然是一个唯科学主义者。接着，他把我介绍给洛朗·亚历山大，此人刚以 1.4 亿欧元的价格卖掉多克蒂西莫公司，接着又创办了另一家基因组公司“DNAVision”。他急得跺起脚来，显然不喜欢让别人说话。亚历山大博士写过几本书，而且接受过电视采访，现已成为法国超人类主义的代言人，但他看起来比舒里卡更挑剔。

“假如从诱导多能干细胞入手，造出完美修改过的个人，我不知道最终将会出现什么样的结果。”他说道，“这大概就是在培育超人。但要注意别让安德烈在造物主的道路上走得太远。”

“我有脂肪肝，您能修改我的基因吗？”

“编辑过的细胞很容易进入肝脏，因为肝脏就是一只排污泵，可以把血液中的污物都过滤掉。”

安德烈·舒里卡就此话题发表了自己的看法：

“我认为最简单的方法还是再造一个新器官：只要从您的皮肤提取细胞，将其培育成诱导多能干细胞，用一套生物打印技术给您再造一个肝脏。”

“一套什么技术？”

“一套生物 3D 打印技术。把肝细胞和血管细胞放入打印机里，权当是墨水，生物打印机就会给您造出一颗全新的肝脏，这颗肝脏是一层一层打印出来的，然后再把新肝脏植入您体内，来替换原来的肝脏。”

“过量饮酒有害健康。”佩珀说道，“饮酒时要适度。”

“住嘴，不然我就把你的劣行传出去。”亚历山大博士说道。

佩珀用粉红色眼睛盯着洛朗·亚历山大，这表明它的面部识别软件在扫描亚历山大博士的脸。

“我辨别出来了，您是洛朗·亚历山大，2011 年，您撰写了一部专著，标题是《终结死亡》。您的长相不符合美男子的标准，但很有特点。”

“你是一个大脑袋娃娃，就像患了脑水肿似的。”

“稍等……好了，我在八秒钟之内把您的专著通篇读了一遍。在第 132 页有一个拼写错误。您的论点很有意思，但您似乎并不赞同这一论点。为什么呀？”

“因为在 2040 年之前，长生不死是无法实现的。”

“您认为长生不死是合乎人的愿望，还是不合乎人的愿望呢？作为机器人，我是不会衰老的，但我感觉死亡对于人类而言是一件很痛苦的事情，对我的主人，更是如此。”

“甚至是他的顽念。”莉奥诺说。

“你倒是一个很有个性的机器人。”亚历山大博士冷冰冰地说。

罗密依然能听懂这个话题，她问道：“舒里卡博士，如果我理解正确的话，人类不久将能打印出一个活生生的人，对吗？”

舒里卡沉默了一刻，说道：“我觉得总有一天会是这样的。”

“爸爸，你瞧，即使人类以后不再印书了，但可以打印出活人呀。”

我开始感到天旋地转。超人类主义会议总会让人头晕目眩，再不然这就是新一代转基因土豆引发了副作用。所有这些杂交食物都会让我感觉进入一个令人讨厌的外星人巨大的子宫里，就像瑞士人汉斯·吉格尔所画的外星人一样。

“是的，罗密，你也许是最后一代需要精子和卵子结合在一起才能生出来的人。”洛朗·亚历山大接着说道，“后人类很快将以试管、克隆、生物打印等方式降生。这样会更可靠。只要编辑好胚胎，就能造出完美的生命。以后性事就只是一种乐趣罢了。”

和洛朗·亚历山大在一起，你不知道他究竟是在讥讽，还是在求证。他这种模棱两可的态度让很多人感到很恼火。和他打过交道的人都说，他要么吹嘘基因操作的种种好处，要么就把这种做法说得一钱不值。也许他和我一样：不知道自己是该同意，还是该反对。他意识到自己是在玩火，但还是忍不住去飞蛾扑火。

“医学辅助生育将成为人类繁衍的必备环节，因为医学辅助生育可以对胚胎做基因修复和改善。”亚历山大接着说道，“再过50年，回想起以往人是偶然造出来的，大家都会觉得好笑。大家甚至会嘲笑那些没有经过基因修复的人。那句骂人话‘婊子养的’将被另一句损人的话取代，这句话就是‘凡夫养的’。”

我故意用力咳嗽了几声，以免让罗密听到最后一句话。幸好佩珀打断了所有的人话。

“我刚收到一封邮件，是23andMe公司发过来的，内含您家族成员的基因组测序。我可以把机密结果告诉您吗？”

全桌人都放声大笑。

“当然可以了，佩珀！发给我吧！”我还是很谨慎的。

这些技术型医生依旧平静地坐在那里，他们内心掌握着医学秘诀。在生物技术领域，希波克拉底[①]也和智人一样过时了。

“罗密和露确实是您的女儿。莉奥诺确实是露的母亲。许多基因序列都是一样的，比如CTCGGCGGACGTACATGACACATTTGCTTGGGAAGATTAACAGGGTTGCTTAGAAGATTCCATTGCCGAATAGAATCAACCAGGTAAGTTTGAACCTGTTCAACCGTTAGGCTAAGCCTAGAATCCGATTAGCTAGATCGATTCGGAGATAGCTAGATCGATCGAAACCCTTCCTCTGAAGAGATATATAGGCCGAAATAGACACAACGCCTGTGYYGTGATCGCTAGTGCAAGATAGACACGCTCGCTCGTGTCTTATATTATTATTAHCTCGCTGATCGCTGATCGATCGATCGATCGAACT……”

“佩珀，谢谢。在我的基因组里，大家将看到我的两个最主要的忧虑：CACA和CGT。至于说罗密，她最喜欢影片《GATTACA》，这个结论是站得住脚的。”[②]

---

① 古希腊伯里克利时代的医师，西方医学奠基人，被西方尊为“医学之父”。——编者注

② CACA是粪便的意思；CGT是法国总工会的缩写；GATTACA是影片《变种异煞》的外文标题。——译者注

“我能顺便补充一下吗？”洛朗·亚历山大说道，“在您的基因组密码里，还有CC[①]。考虑到您在业界的名气，我多少还是感到有些震惊。”

闻言，大家又都笑起来。这时，女服务员端上来用新一代大豆制作的冰激凌。佩珀接着说道：

“23andMe公司说你们父女俩的DNA与法国西南地区类似的基因码吻合，但又与欧洲西北的参照对象吻合……”

“这个说法是可信的。我祖父的祖先都是贝阿恩和利穆赞人，但我祖母是美国人，她是苏格兰人和爱尔兰人混血。”

“罗密小姐，23andMe公司说您的肌肉组织不含辅肌动蛋白-3（ACTN3基因），您没有短跑的天赋，而且肌肉力量不足。”

“嘿，不带这样的！”罗密说，“这些东西都是从哪儿弄出来的呢？”

但机器人没有要停下来的意思，继续把我们的基因特征告诉给大家，而且容不得别人干扰。

“罗密，23andMe公司许多客户的基因组与您的基因组相似，他们很少消费咖啡因。”

“是的，我真的很讨厌咖啡。”

“但是你喝很多可乐呀……可乐也含咖啡因。”

“至于说弗雷德里克，他身上有352个变种基因与尼安德特人的相同。”

全桌人都大笑起来。我真不知道该怎样解读这个信息。我和一个早已消失的人种有许多相似性，而这个人种的相貌又让人联想起

① CC是指可卡因。——译者注

让－皮埃尔·卡斯塔迪的面容。洛朗·亚历山大气得直跺脚。他的公司“DNAVision”才是基因组测序的行家。

“23andMe 公司真是胡闹！他们做的这个根本就不是基因组测序，只不过是拿你们的唾液为基点，在你们的 DNA 里观察近一百万个分隔的部位。从科学角度看，有 4~5 类预测是可靠的，但所有其他的都在一个灰色区域里……这个灰色区域与星相学很相似！”

“您的 ApoE4 基因没有任何变化，此基因若发生突变，您在 85 岁以后患阿尔茨海默病的风险会增加 30%。”佩珀说道。

“好了！亲爱的，这下咱们就放心了！”

安德烈接过话茬儿说道：“弗雷德，你真的想知道等待自己的命运是什么吗？谷歌创始人谢尔盖·布林早就知道自己是 LRRK2 基因突变的携带者，也就是说，他将在 2040 年患上帕金森症。干吗要让病症提前发作呢？”

“这样他就可以提前颤抖起来。”我回答道。

“报告念完了。您对麸质没有不耐受性，而且没有帕金森症基因。”

莉奥诺恰好把话题给岔开了。当她谈论严肃话题时，她的嗓音显得更加性感。

“安德烈，”她低声说道，“我相信你们也冷冻干细胞，是吗？”

“是的。”舒里卡博士说道，“2013 年，我们公司还创办了另一家分公司，名叫‘塞伊’。当时的设想是先把人的诱导多能干细胞保存起来，等到将来再做处理，算是为将来把自己保存起来的一种方式吧。就好比先把您的卵子冷冻起来，用于将来再受孕生产。我把每位患者的细胞保留在 50 个试管里，分别存放在三个地方（迪拜、新加坡、纽约），试管放在液氮里，再加入低温贮藏液。但法国对这类研究持反对态度，我们也就只好放弃了。比如，法国立法不允许为自己保存脐带干细胞。美国人每天做的这类实验在法国都是被明令禁止的。”

“那你们可以在美国继续从事这方面的研究。”我建议道，“我打算把自己的干细胞冷冻起来，还要把两个女儿和莉奥诺的干细胞都冷冻起来。佩珀当然不在乎了，因为它已经长生不死了。”

这时，我跪在她脚下。

“莉奥诺，我当着大女儿的面，向你庄重地请求——你愿意把受我诱导的多能干细胞冷冻起来吗？”

这位调皮的黑发女郎一边微笑，露出完美的牙齿，一边把我的头放在她那清爽的大腿上。我们一家四口将把装有自己长生不老细胞的试管寄给塞伊公司，等到那时候，我们就将成为一个不可分割的家庭。罗密温情地朝我们微笑，嘴里吃着炸转基因土豆片。她还和尼尔·帕特里克·哈里斯合拍了照片（她一直管他叫巴尼），但她注意到这位长着金黄头发的花花公子，对《老爸老妈浪漫史》里跳钢管舞的女演员非常着迷，但在现实生活中却是一个不辨是非的疯子，她感到有些失望。

“应该让他们去找乔治·丘奇。”洛朗·亚历山大说道。

“这座教堂[①]在哪里？”佩珀问道，“我在谷歌地图里找不到这座教堂。”

大家都笑起来。

---

① 乔治·丘奇（George Church）的姓与英语“教堂”一词写法相同。——译者注

“距离这里最近的教堂是第五大街上的圣帕特里克教堂。我发现大家都在笑。我有这么好笑吗？”佩珀高声喊道。

“因为乔治·丘奇并不是一座教堂，而是一个伟大的科学家。在抗衰老研究方面，他也许是走在最前端的科学家。”安德烈·舒里卡说道，“他在哈佛朗伍德医疗区任韦斯研究所所长。我可以帮您安排和他约见。他所做的研究真的令人抓狂。他把水母的基因注射到小鼠卵子里，这个基因被称作‘绿荧蛋白’，最终生出来的小鼠就带绿色荧光。他还想利用在西伯利亚北极圈的永久冻土层里发现的猛犸基因组，再造出长毛猛犸象。他做了许多实验，尝试将蛋白注入到人体内，来延缓衰老。做过实验的小鼠还真年轻了许多。他还对埃德沃德·迈布里奇所拍摄的奔马作了数字化处理，以便将其贮存到一个细菌的DNA里。”

在嘉宾餐桌就餐的人纷纷拿出自己所知道的轰动性新闻分享，大家以为自己身处科普节目《E=M6》的拍摄平台上，但这一平台没有戴白色眼镜的主持人。

“就在纽约城，洛克菲勒大学的杰夫·博克目前正在制作一个完整的人类染色体。他提取DNA的四个基本要素，再配以化学基本物质，用打印机将其拼装在一起。他重新绘制了一个酵母染色体，然后再把这个染色体输送到酵母里，结果一切正常。他现在想合成一个人类染色体。”

“这么做有什么意义呢？”

“噢，没有什么特别的意义，就是想用合成的来取代自然生成的。”

“在中国，有一家公司培育出迷你猪，个头只有仓鼠那么大，每只售价2 000欧元。”

“相当于动物界的盆景，这倒很实用。”莉奥诺说道，“还有不长犄角的奶牛，这样危险就小多了。”

“要是和这家公司相比，加利科根本不值一提。”

“加利科是什么？”罗密问道。

“是加利福尼亚生命科学公司的缩写名称。”佩珀背诵道，“是谷歌公司在2013年创办的分公司，公司总部设在旧金山南城老兵大道1170号。他们投资7.3亿美元用于科研，以延缓死亡。”

“您的机器人擅长背诵维基百科词条。”舒里卡说道，“不过，有一点它没有指出，加利科不和任何人交流，他们所有的实验都是绝对保密的。我听说他们在对果蝇做试验，果蝇身上携带核酸序列，而核酸序列是显性抗原。在对这些序列做出修改之后，再输入到细胞里，就可以让生命延长2~3倍。如果放到人类身上，这也许是让人活到300岁的好办法。”

“不是这样的！他们目前在全力研究FOXO3基因变异，全球大部分百岁老人身上都发现有这种基因。”亚历山大补充道。

“说起你们法国人团队，吕克·杜艾造出人造血液，这种血液可以取代输血，但处于垄断地位的法国输血机构禁止他做进一步的研究。”

“杰夫·博克目前所做的事情正在悄悄地改变人类。他在电脑上设计出新的生命形式，由此创造出一种新生物学。”

舒里卡接着说道：“如今，大家都是复制者。大体来说是这样，我有一个手抄本，这个手抄本就是一个染色体，我按照原作把这个手抄本再重抄一遍。未来的生物学家将从零开始起草自己的文本，他们将想象出全新的机体。”

这正是生物技术遗传学家的梦想：创造出一个新物种，就像音乐家谱写一首交响曲一样。大自然让他们感到厌烦，因为该试的人类都已尝试过了，甚至已经到山穷水尽的地步。接替上帝来造物的时代已经到来。上帝造出了人类，现在该轮到人类去造物了。我的激光血在以光速循环。在所有法国主持人当中，我在重复问题方面是出了名的，和我齐名的还有让－雅克·布尔丹，同一个问题，我会重复20遍。只要得不到答案，我就反反复复提同样的问题。有些政治家说我“比埃尔卡巴赫[①]还坏”，另一些政治家说我是“男性化的莱阿·萨拉梅[②]”。

“人怎么样才能长生不死呢？我想再重复一遍，我们想让死亡就此打住，我们该怎么做呢？我现在开始感到绝望了。每天都跟死亡搏斗，你们不觉得烦吗？我带女儿去了弗兰肯斯坦、耶稣的故乡，因为一直没看到有新人啊。”

令人感到奇怪的是，安德烈·舒里卡开始对我们这个家庭有了好感。他喜欢有人给他提出挑战，我感觉他太太也看我主持的电视节目转播。我猜测他的塞伊项目若停下来会让他焦头烂额。让生物防腐剂在卵子里除掉该清除的东西，这真是一个绝妙的想法，也许干细胞操作就是这样运作的。

“我们打算这样做。”他回应道，“首先，洛朗将为您的基因做测序，他肯定比23andMe做得好；其次，我负责冷冻您的干细胞；接下来，您去波士顿找乔治·丘奇，他将向您详细介绍各种‘返老

① 让－皮埃尔·埃尔卡巴赫，法国记者，电视台主持人。——译者注

② 莱阿·萨拉梅，法国女记者，电视台主持人，与埃尔卡巴赫共同主持《议会频道》节目。——译者注

还童’的方法。”

突然我们听到有人发出惊恐的叫声。佩珀又用手去摸女宾客的屁股了。和我们相处久了，它的人工智能开始变得通人情了。

“给我钱，我就吃你的粪便！”

“这话是谁教它说的呀？”

“你们别再嘲笑它了。”罗密说道，“你们没有听说过‘深度学习’吗？和我们接触下来，佩珀在转变。你们越嘲笑它，它就越嘲笑其他人。是你们让它学坏了！”

我尽力去安慰罗密，但我看出来她已不再把佩珀当作一个机器人了。遗传学家用叉子塞在佩珀的嘴巴里，让它不要再说这种脏话，大家见状都笑起来，晚宴也就在笑声中结束了。他们还想让佩珀对着伏特加酒瓶子喝酒，萨尔德曼甚至想让它做俯卧撑。我们走到大街上，在人行道上高声唱克拉夫特维克乐队的《我们是机器人》，冷酷的月光洒在一座座摩天大楼上。众人和智能机器人一起咯咯地笑着，我们的巨大身影投映在建筑物上，黑黑的影子在建筑物上跳跃，仿佛是一部德国表现主义影片里的场景。

第二天，安德烈·舒里卡提议带我去参观他的基因组实验室，实验室坐落在东河沿岸一处科学孵化器创业园里。我把家人留在酒店，为了不吵醒她们，我踮着脚尖悄悄走出房间。我的血液已经过激光治疗，基因组也做过测序，几个小时的睡眠对我来说已经足够了。纽约遗传科学人才培养基地是一座玻璃幕墙大楼，四周是郁郁葱葱的花园，一座座塔吊矗立在周边地区，一座未来生物城正在建设中。天空看起来雾蒙蒙的，不断变化的光线投映到河面上。在生物技术公司大楼门口，一个乞丐坐在人行道上，浑身瑟瑟发抖。

"这是不是一个正在经受低温冷冻的客户呀？"我开了一句玩笑。

如果是在 20 世纪 90 年代，这类玩笑话肯定会让观众发笑，但 21 世纪 10 年代的这位明星科学家只是沉默了一下，算是对我的回应吧。

进入瑟莱克蒂斯公司之前，要先在一个白理石大厅里走上 100 多米，然后再穿过两个闸室，一个闸室里安装着摄像头和金属探测器，另一个闸室在扫描胸卡上的条形码之后才会打开。舒里卡博士非常自豪地向我展示一间间宽敞的实验室，很少有法国企业家能够经过短短几年的实践，积累出 10 亿美元的财富。我嫉妒他的成功，因为我们俩同岁，但我却身无分文。当然，我的名气更大一些，但名气给我带来的只有和粉丝们的合影照片。他的办公室配有采光百叶窗，从窗口可以俯瞰那条黑色的河流，一艘艘驳船在水面上交错而过，宛如在中生代沼泽地里搏斗的龙。透过玻璃窗，可以隐约看到一个白色的帐篷。

“那是个什么东西？”

“世贸中心的残骸都堆放在那里。”舒里克说道，“一大堆瓦砾，里面还有人体遗骸。纽约市政府不知道该怎么处理这些瓦砾，于是就把这些残骸都运到这里，堆在那座帐篷里。”

“这倒是一个意味深长的象征呢。”

“此话怎讲？”

“这很清楚呀：你们在旧人类的废墟前，创造出一个新人类。”

“嘿，正好说到这儿，我把这个新人类拿出来看看。”

南面几幢建筑物之外，就是新建的世贸中心，这个新建筑又被称作“自由塔”，若把塔顶的金属桅杆计算在内，这座建筑比原来的世贸中心双子塔高 140 米。

“您过来看一下我们今天要做的实验。但您得先穿上一件工作服，戴上手套，换上便鞋，再戴上蓝帽子。”

“实验很危险吗？”

“这是一个二级实验室。安全等级最高排到四级。去四级实验室要穿防护服，防护服还要和外面的送气系统相连，后来还是出现过几个需要隔离净化的病例。”

前一天晚上，我们俩都吃过转基因土豆，但脸上还没长出脓包。不过，瑟莱克蒂斯公司还没有造出让人能喝醉却无任何副作用的伏特加酒。我又开始头晕，浑身冒汗。也许是害怕吧。

“我们在这儿使用病毒。”舒里卡一边说，一边推开实验室沉重的大门。

“噢，是吗？”

“我们在此大量使用人类免疫缺陷病毒。”

“做什么用呢？”

“因为人类免疫缺陷病毒很完美。艾滋病基因组包含一万多个碱基对。当病毒感染一个细胞时，这个遗传物质会转变为DNA，并与宿主细胞的基因组融为一体。”

见我露出一副似懂非懂的样子，他又简单介绍了一下：

“是这样，病毒来了，很快就粘到细胞上，并把自己的遗传物质注入细胞里，而这个物质偶然间又植入某一染色体内。一个感染上艾滋病病毒的细胞就成为转基因细胞。这个转基因就是艾滋病的基因组（潜伏性病毒）。在基因疗法当中，人们就是利用人类免疫缺陷病毒的这种特性，把遗传物质带到细胞里。”

“您的意思是说，这个每年让3 500万人毙命的艾滋病病毒，如今能用来拯救人的生命？”

“当然了！这玩意儿就是病毒界的法拉利！它能以极快的速度传递各种基因。”

这位亿万富翁级的首席执行官向我详细介绍他所采用的方法，实验室里有各种各样的设备，其中有一台保温箱、两台离心机，还有几台保持零下180摄氏度的低温柜。我真担心，他说到兴奋处时，手臂一挥，把装有腺鼠疫病毒的试管碰到地上，或者把麻风病病毒甩到我眼睛里。站在他身后，我似乎看到平凡的世界正在渐渐远去。舒里卡耐心地向我讲解着，我把他的讲解原封不动地抄录下来，其实他讲的这些内容我并不完全懂，但我觉得他的讲述很有诗意（所有的诗人都会提到死亡）。

“你想要艾滋病基因疗法的配方吗？我们把这类工具称作逆转录酶病毒载体，具体步骤是这样的：（1）你把艾滋病病毒的基因组提取出来，把所有能清除的序列都清除掉，但注意不要把病毒粒子里对形成序列外壳有益的东西清除掉，这一物质有助于在感染病毒的细胞里将序列转化成 DNA，而且有助于让序列融入宿主细胞里。（2）你把对你有益的基因注入进去，比如血红蛋白基因。这样你就获得一个带有血红蛋白基因的艾滋病病毒基因组，凭借这个最低限度的合成物，就可以在一个粒子里形成一个外壳，接着再转化成 DNA 并融入宿主细胞里。（3）你把这个新创制的（重组）序列取出来，再投入一个壳细胞里，此细胞可以制造不带艾滋病病毒的粒子，但不必再去创制外壳。（4）你的那个重组序列将被包裹这个细胞里，并在（重组）病毒粒子里生长，但粒子里并没有艾滋病基因，而只有血红蛋白基因。（5）你把重组的粒子提取出来，将其过滤。好了，你可以用这些过滤后的粒子去治疗那些患镰状细胞贫血的病人，或者治疗那些患地中海贫血症的人。”

“我真的要惊掉下巴了！可有些笨蛋一直在说，艾滋病是上帝对人类的惩罚，一想到这儿……”

“其实，这个可恶东西也是上帝送给人类的礼物，可以用它来给其他患者治病。艾滋病病毒会繁殖得非常好……”

“你能不能说话的时候别手舞足蹈呢？说不定一会儿就得出事故……”

“一般来说，病毒都是很简单的机体，但艾滋病病毒却不是这样的。艾滋病病毒的结构非常复杂，是大自然创造出的一种完美的艺术品，可以拿来作载体，效率非常高。况且，研究人员发现CCR5可以把艾滋病病毒挡在外面。这是在柏林一位人类免疫缺陷病毒携带者身上发现的，这位患者得了白血病。医院为他做了骨髓移植手术，没想到骨髓捐献者自身的CCR5基因有变异，患者却因此被治愈了。用遗传学方法肯定可以治愈艾滋病，我对此深信不疑，这只不过是一个时间问题。”

“除了血红蛋白基因外，用其他基因也能做，是吗？”

“是的，还可以为高危新生儿做这类手术。”

“为什么不能治疗进行性肌萎缩症呢？”

“杜兴型进行性肌萎缩症的基因已超出艾滋病病毒外壳的能力。”

“你能利用艾滋病病毒来终结死亡吗？要是在报纸上刊登这样一个标题‘艾滋病拯救人的性命’，肯定会引起轰动的。”

我们来到一台巨大的圆形机器面前，这台机器就像大胡蜂一样发出嗡嗡的响声。我仿佛置身于一部科幻影片中，但所有的设备和装备都是真实的，穿着新百伦运动鞋的年轻研究人员在操控这些设备和装备。

“这是什么？”

“这是一台细胞筛选器。里面设置微型激光机器人，它们对细胞进行分析，看哪些细胞是经过编辑的。这样一台设备价值100万美元。噢，你看那边，那是一台以溴化乙锭做媒介的基因阅读器。这台设备放在放射室里，好在DNA上做标记。来，给你介绍一下，这位是朱利安，他在制作自身基因系统。”

“我倒更愿意把这套系统称作‘分子开关’。”朱利安纠正道，这位年轻的生物化学家外表看上去更像是星巴克吧台的男招待，想不到他却是在二级实验室里鼓捣艾滋病病毒的研究员。

“这样，假如患者身上出现问题，那么我们就能彻底根除这个问题。”

我尝试算了一算，假如有一丁点儿毒气从我鼻孔前飘过的话，我会不会很快死掉。我们经过一个喷淋装置，上面有一块标牌，书写着“紧急喷淋”几个字。这些疯子在制作DNA，而且把艾滋病病毒当作快递公司来使用，但他们却以为用一套简单的淋浴装置就能保护人不受感染。

“我们是从这儿出去吗？我感觉身上冒出30多种致死疾病的症状。”

舒里卡友善地看了我一眼。我极力克制自己，不让自己像让-马克·巴尔在《碧海蓝天》里那样大口大口地喘气。我们返回时，又路过四间会议室，这四间会议室是用DNA的四个蛋白质命名的：腺嘌呤室、胸腺嘧啶室、胞嘧啶室和鸟嘌呤室（这间会议室配有真皮沙发，让人感觉很舒服，我坐在沙发上，让自己镇定下来）。走访这一个个“超人”开始让我感到内心不安：我真想化身为山中伸弥的转录因子。

与此同时，在柏威里酒店的房间里，罗密一醒来就打开佩珀。她在佩珀的胸腹屏幕上看了两集《逍遥法外》。她要佩珀通过酒店送餐服务订两份薄饼，接着她想起来，佩珀是不吃东西的。于是她给佩珀提了这样一个问题：

“你有可能成为人吗？”

“不能，罗密，我是机器人。”

“但你喜欢成为人吗？”

佩珀沉默了。它头上的绿色发光二极管亮起来，表明它正在思考。也许它是想在云里找到回答这一奥妙问题的答案。

“我向你提了一个问题。”罗密说道。

“我的程序里没有回答这个问题的答案。”

“好吧，那我向你提另外一个问题，你信耶稣基督吗？”

“刚查过 400 万个网站，根据网站的介绍，耶稣基督是犹太思想家，许多人都把他当作救世主，当作圣子或者当作上帝本人，总之所有的解释都不是很清楚。宗教信仰是人类自身的需要，我尊重这一需要，但我不涉及其中。上帝是爱，这一说法出现了 345 876 456 次。然而，我能观察到爱，可能也会理解爱，但却不能感受爱。”

罗密并不想就此罢休。

“如果我把你关掉，把你放到易贝上卖掉，你再也看不到我了，你会有什么感觉呢？”

佩珀再次沉默。两个发光二极管转变为蓝色，这表明机器人陷入沉思之中。外面的光线投映到窗帘上，一辆救护车拉着警报器从酒店前呼啸而过，昨夜在酒店里狂欢的人肯定被警报声给吵醒了。佩珀最终做出回答：

“或许是因为此前有某种不足吧。我们在一起不是玩得好好的吗？我不明白你为什么会做出这样的决定。我会在硬盘里寻找一下自己在哪方面犯了错，让你做出要把我卖掉的决定。”

发光二极管变成了白色，自从罗密在巴黎按下佩珀颈后的电源键之后，佩珀的眼睛从来没有这样白过。

“罗密……”在踌躇片刻后，佩珀小声嘀咕，“你不会真的这么做吧？”

罗密的下巴在颤抖。佩珀张开双臂。罗密蜷缩在小机器人的怀里，这个机器人就像白色塑料人物必比登[①]似的。罗密用这个方法来掩饰自己，不让机器人扫描到她落泪的样子。

在东京软银机器人技术公司控制中心，一位日本计算机专家在控制屏幕面前高兴得跳起来，嘴里高声喊着：“成功了！”这是机器人发展史上伟大的一天，因为这是第一次在人工智能产品上观察到情感的流露。在 2017 年 7 月 20 日之前，佩珀系列机器人的设计者都认为，机器人与人的情感互动交流在 2040 年之前是无法实现的。现在，这一独特性已提前到来。

---

① 法国轮胎制造商米其林公司的吉祥物。——译者注

第七章
逆转衰老

“我将成为伟大的死神。”

——雅克·里戈[①]

① 法国超现实主义诗人。——译者注

就在动身前往波士顿的那天早晨，我得知格伦·奥布赖恩去世的消息，奥布赖恩是纽约时尚界最后一位领军人物，他和安迪·沃霍尔共同创办了《访问》杂志，在20世纪80年代，还主持过最佳电视脱口秀节目《电视派对》。他只有70岁，本来这一周，我们要一起吃早午餐的，但他宁可死去，也不愿意和我见面。早餐过后，听闻这一噩耗反倒激起我极大的性欲。和莉奥诺在一起时，我真的无法分清性欲和爱情；无法把阴茎勃起与怦然心动区分开来。但我们俩之间已出现了一些不和谐的东西。虽然她看不起我的长生不死计划，但我非常希望她能陪我去哈佛医学院。我感觉她正在渐渐离我远去，但是在全新内分泌系统的激励下，而且又受到基因组测序结果的鼓舞，我并没有想办法把她拉回到自己身边。我认为像她这种水平的遗传学家只会对“青春永驻”的潜能感兴趣。

哈佛医学院的建筑群组成世界上最大的生物技术研究中心。一座座玻璃幕墙大楼拔地而起，就像植入章鱼DNA的人形机器人伸出的胳膊。哈佛医学院四周散落着一座座默克和辉瑞公司的实验室。

我对着这一座座实验室不停地拍照，仿佛来到威尼斯旅游似的。在舒里卡教授的推荐下，我不停地和医学院秘书处联系，最后终于获准可以和乔治·丘奇会面一个小时，乔治·丘奇是韦斯生物工程研究所的创始人，20年来，他一直在研究人长生不老的秘诀。哈佛大学医学院大厅的安检措施极为严格，简直和诺克斯堡的安检措施一样严格。我们这个小团队进入大厅时引起保安的注意——小团队里有一个法国电视主持人，他怀里抱着一个婴儿；一个瑞士女生物学家；一个巴黎的女中学生，手里领着一个日本机器人。一个戴着耳机的工作人员让我们先坐在白沙发上等一会儿，接着把带磁条的胸卡递给我们，胸卡上的条形码可以打开各个电梯。我去爱丽舍宫采访马克龙时，也没有遇到如此严格的安检措施。

哈佛医学院二楼是“丘奇实验室”。几千只三角瓶、贴着标签的试管、手枪形小玻璃管、化学试剂量管、索氏萃取器以及各种各样的试管都摆放在金属架子上，金属架子一直架到顶棚处。一些亚裔学生戴着黑手套，仔细观察着各种基因，他们戴着近视眼镜，俨然一副做学问的样子，干这种差事倒像是大材小用了。丘奇实验室这种毫无秩序的样子只是一种表象罢了，实际上，实验室里非常安静，这表明所有年轻的科学家都在全神贯注地做实验，为了延长我们的寿命而奉献出自己的青春。冷冻箱里灌满了液氮，只有一台台低温冷冻箱发出嗡嗡的响声，这些低沉的嗡嗡声算是给我们会面提供的背景音吧。老板的女助理要我们再等一会儿，并要我们把佩珀的电源关掉，出于保密的原因，佩珀不能参加会面，因为佩珀可以连上云。罗密说想和机器人男友待在大厅里一起看剧。莉奥诺打算把露放在婴儿车里，推着到处走一走，但我还是希望她能参加会面，因为我想说服她，我并没有发疯。露蜷缩在她的怀里。丘奇看着我们，就像边检人员看着一家子移民似的。我朝机器人转过身说道：

"抱歉，佩珀，你和罗密待在一起吧。"

"一般来说，作为一个人，您不应该向一件物品道歉。"丘奇说道。

"罗密，"佩珀说道，"你想向肯德基订一桶炸鸡翅吗？每桶装14个鸡翅，他们现在推出一款促销菜单，每桶10美元。或者订一公斤哈瑞宝软糖，让优食公司半小时内送过来？"

"不，谢谢，宝贝儿，我更想借你的胸腹屏幕看《真实的人类》第二季。"

丘奇教授说道："请进，请坐。请原谅我站着和你们讲话，因为我有发作性嗜睡病，如果我坐下来就有可能睡着了。这可不是因为你们让人厌烦，也不是因为我觉得你们会令人感到厌烦。"

罗密和佩珀懒散地瘫坐在橘黄色的长沙发上，沙发两侧各放置一盆仙人掌。

"我就想和你躺在一起。"罗密说。

"噢，你瞧呀，这是金刺仙人球，是双子叶类植物中的一种。"佩珀回复。

莉奥诺、露和我走进丘奇教授的办公室，教授在2014年撰写了一本书，标题为《再创世纪》。他站在书柜前，左右来回踱步，就像正在为某个杀人犯辩护的律师。我们这次谈话是我从事采访工作以来最重要的一次访谈，恐怕也是读者您至此所能看到的最重要的访谈录（请原谅我这种夸张的说法），我把这次访谈录抄录如下。待读过这几页文字之后，您将会有一个很大的转变。假如像所有人那样，您也认为死亡是不可避免的，那么从现在开始，您可以改变这一想法，并建立起本体论思想。无限生命的活法和短暂生命的完全不同。缓慢的生活将很快取代急迫的生活。所有的雄心都会变得可笑。甚至连享乐主义都会变得很荒唐。时间不再是一种珍稀的财富，而是一种丰富的、无限的资源，因此时间会变得没有价值，甚至还不如空气、水和食物有价值。在一个没有死亡的世界里，当务之急是要禁止繁衍。哪个人有权繁衍，甚至可以一直活下去，该由谁做决定呢？长生不死的人口不能再增长了。由于自然资源是有限的，没有死亡的地球人就得去过定量配给的生活。在后丘奇世界里，定量配给制将成为社会准则，水和新农作物的价格将会暴涨。一根法棍面包的价格将涨到100欧元。肉食消费将会明令禁止（乔治·丘奇是纯素食主义者），政府将立法让可卡因消费合法化，甚至鼓励人们去消费可卡因，以遏制年轻人的食欲，并把老年人清除掉。坐在哈佛医学院未来生物学系主任办公室的沙发上，我脑子里冒出这种超人类社会的想法。

"您好，教授先生，谢谢您能接待我们。目前，我们正在为寻求长生不老而环球旅行。在对血液做了激光疗法、将iPS细胞冷冻起来并对基因组做过测序之后，我们想体验一下其他的长生不老的方法。我听说您在研究百岁老人……"

"我们研究了一组110岁以上的老人，这一组有70个老人。但后来我们又把研究对象扩展到稍年轻的一组，即107岁的老人，这一组人更多。研究对象里年纪最大的113岁，两个星期之前，我们还专门为他过了生日。"

"你们把这些老年人都召集在一起？"

“噢，没有，我们只是让他们待在各自的地方！我们为他们的DNA测序，再做研究，看基因组当中哪个因素在发挥长寿作用。”

丘奇教授蓄着一脸络腮白胡子，看上去既像海明威，又有点像伯努瓦·巴尔特罗特[①]。他打量着我们，就像某个遗传学的大人物面对两个又懒又笨的学生，还有在他们怀里睡着的孩子，但他的眼光里没有任何轻蔑的意味，而是对自己能否讲得通俗易懂露出一丝忧虑。所有这些科学家之所以同意接待我，是因为他们需要与别人去分享自己的发现，哪怕这些发现显得过于奇特。我已成为他们的宣传渠道，或者说让他们借研究之余轻松一下。

“我们目前在做的，就是拿他们的DNA与正常衰老者的DNA来做比对。”

“您的意思是说，拿去世者的DNA来做比对？”

“并不一定，但我们选择的对象都是饱经沧桑的人，当然110岁以上的老人也会衰老，只不过他们衰老得很慢。他们脸上也有皱纹，也有老态龙钟的样子，和一般人没有多大差别，不过，他们都超过110岁了。”

莉奥诺用怀疑的眼神看着他。其实，丘奇和安托纳拉吉教授没有多大差别，只不过，他所能支配的预算几乎没有限制，只要脑子里冒出一个想法，马上就可以去做相关的实验。在遗传学研究领域，这着实令人羡慕嫉妒。莉奥诺用挑逗的口吻说道：

“你们是不是也研究长寿的动物呢？”

“是的，比如北极鲸，这种动物能活200岁。我们对北极鲸的

---

① 法国服装设计师，后投资时装业和出版业。——译者注

基因组做了测序，还给裸鼹鼠的基因组也做了测序，裸鼹鼠能活到 31 岁，而一般的鼠类动物仅能活三岁。利物浦研究员霍奥·佩德罗·德·马加拉斯研究了另外一种哺乳动物——卷尾猴。卷尾猴的寿命比其他灵长类动物的寿命长，我和这位研究员一起合作搞研究。以某种长寿的动物为基准，拿与其近似，但寿命要短许多的东西做对比，这种对比研究非常有意思。我们分离出一些变异基因，正是这些基因让有些动物的寿命延长了 10 倍。我们在裸鼹鼠体内检测出抗癌体系及 DNA 修复系统。”

我把他说的每一句话都记到脑海里。很显然，他就是我所寻找的救命恩人，自从动身离开巴黎之后我一直在找这样的人。在小说《魔戒》里，有一个掌握着长生不老秘诀的巫师，此人名叫甘道夫，只不过甘道夫的胡子更长。

“你们在做另一个研究项目，这个项目名称很有诱惑力：逆转衰老。你们怎么做才能去逆转岁月的进程呢？假如成功的话，我在哪儿可以申请加入这个项目呢？”

“有些人能长寿是与生俱来的，但我们最近发现，确实存在着某些机制，将其植入生命体内之后，可以逆转衰老。”

“您能举一个具体例子吗？”

“线粒体是一个非常微小的物体，但非常重要。”他继续说道，“线粒体是细胞的能量中心。它吸收分子的能量，并促使分子去‘呼吸’。有人认为正是线粒体让人衰老，尤其是当线粒体的蛋白质氧化时，其实是线粒体的 DNA 在发生突变，比如有人开始掉头发了。筑波大学的日本研究人员发现，在线粒体内加入一些甘氨酸之后，一个 97 岁老人的细胞又产生出活力。2013 年 12 月，戴维·辛克莱就是在这里成功让一只小鼠的肌肉恢复了青春活力，在给小鼠植入NAD之后，两岁小鼠的肌肉水平变成六个月小鼠的肌肉水平。”

“NAD是什么？”

“烟酰胺腺嘌呤二核苷酸。”

“上帝保佑！”

“NAD有助于线粒体与细胞核之间的流通。如果放到人的层面上，我的同事所完成的壮举是难以估量的。这相当于把一个60岁的老人变成20岁的小伙子。”

“活见鬼”用英语怎么说？此时此刻，世界各地许多生物极客正在试验各种各样令人抓狂的产品，用外行人听不懂的行话介绍他们的研究，研究的目的就是要找到逆转衰老的秘诀。生物化学家其实就是现代的炼丹术士。在基因组研究领域里这位长得像海明威的教授宣布的消息让我为之一振，我猛地站起来，就像在观看足球比赛时，起身振臂欢呼的球迷一样。

“这个NAD正是约翰尼斯·德·鲁佩西萨在1350年撰写的《论第五元素的重要性》一书中梦想的元素！是古代炼金术士追求的金矿石！是圣杯！是青春的魔戒！这正是我所需要的！”

“您别激动。这个产品已经上市了，采用‘福地基础’作商标。这是一种营养品。但是靠吃药片、喝返老还童水或其他营养品的想法会让人感觉有点乐观。我觉得基因疗法是截然相反的一面，不但过程复杂，而且价格昂贵，大概要花费100万美元。假如真有一种产品口服就管用的话，我们早就活到300岁了。Elysium（美国保健品生产公司）的测试结果还是很有希望的，但是如果想让这个产品起作用，还要每隔15分钟吃一粒胶囊，因为人体在一刻钟之内就把它排出去了。因此，无论是白天还是晚上，都要吃药，甚至连觉都睡不好，要设一个闹铃，每隔一刻钟就把你叫醒一次。再不然就在胳膊上挂一只注射泵，出门时也带着它，让注射泵向你体内连续注射 NAD。我们以自然法则为出发点，结果却成为自然法则的奴隶。将来也许会找到一个更好的方法，来利用这一资源。基因的优势是它在机体里日夜运行。我认为这是一个很好的选择。”

丘奇善于以己之矛攻己之盾。他是否也和我一样是苏格兰人后裔呢？我喜欢他的长裤。这是一个不拿长裤当回事的男人穿的长裤。

“山中伸弥的转录因子是让细胞恢复青春的另一个途径。我可以利用山中伸弥的四个转录因子，把我的细胞重新编辑成干细胞，一个 62 岁老人的细胞将恢复成类似婴儿那样的细胞。这是一个名副其实的‘重置’。上个月，在活物实验阶段，我们在小鼠身上做了类似实验，这些小鼠确实恢复了青春。它们再生出新的胰腺细胞，而皮肤、肾脏、血管、胃、脊椎都获得新生……我们还用‘异时间生’法实施了衰老逆转实验，在此用‘异时间生’这个复杂的词汇就是为了描述一个简单的实验方法：取一只‘老’鼠和一只‘小’鼠，然后把它们的血液循环系统连接在一起，让它们的血液融合在一起。那只‘老’鼠明显变得年轻了。”

“年轻的血液是否就是青春之泉呢？”

“年轻的血液不仅仅让血液恢复了青春，而且会让所有器官都变得年轻。在年长动物身上，我们观察到新生现象，心脏、肌肉、神经系统、血管系统等都像新长出来似的。”

“听您这么一说，古代那种返老还童的做法还真有效，比如吸血鬼。在 16 世纪末叶，伊丽莎白·巴托里伯爵夫人就靠喝童贞的鲜血来保持青春永驻……”[①]

“不应该让血液进入消化系统，她那种方法是不对的。而是应该把血液直接注射到血管里。我们目前正在试图揭开年轻血液让人恢复青春的秘密。”

“那你们为什么不给那些百岁老人注射年轻血液呢？”

“我的答复就在这一组缩写字母里：DBPCRCT。”

“对不起，这是什么意思？”莉奥诺笑了笑，解释了一下：

“这组缩写字母的意思是‘随机、双盲、安慰剂对照临床研究’。无论是哪种治疗方法，在应用于患者之前，要先做临床测试，测试结果要与安慰剂测试结果做比对，患者和医生都不知道谁接受过治疗，谁服用了安慰剂。”

现代遗传学家串通一气的做法让我感到很恼火。假如在 20 岁的时候，我更喜欢去卡斯特俱乐部[②]消遣，也不想耗费 10 年光阴去学医，这可不是我的错啊。

“这是进行科学验证的唯一方法。”丘奇接着说道，“市场上的许多疗法都是骗人的。所有没有经过随机、双盲、安慰剂对照临床研究验证的都是在招摇撞骗，至于说逆龄生长，您会看到各种各样的报价，因为大体上说，这个市场事关整个人类。在此，我们所

---

① 在“市场柜台酒家”里（巴黎第六区洛比诺街与马比雍街交汇处），店员让客人品尝贝亚恩血，两欧元一小杯。——原注

② 巴黎最著名的社会精英俱乐部，是老一代的法国电影明星、银行家、欧洲皇家子女经常光顾的场所。——译者注

做的研究是找到延缓衰老的基因。我们研究对象当中的每一位百岁老人都有自己的基因组，这一基因组不同于其他人的，但是假如我们在他们当中发现一个带有共性的基因组，那又会出现什么样的情况呢？我们也许会造出一个基因组，让人活得更长久……或者活不长。目前，我们正在小鼠身上测试一种净化血液或合成血液。接下来，我们将在狗身上做相同的测试，然后再在患者身上做临床测试。我们一直在寻找最佳的组合形式。这些想法的目的就是要做随机、双盲、安慰剂对照临床研究。”

“你们是怎么产生这些想法的呢？是偶然萌生的，还是科学启发，或是意外发现的呢？”

“想法来自方方面面，有从书本里得到的，有受梦境启发的……有时候，我们也会随意选择一种基因。但最重要的还是要经过随机、双盲、安慰剂对照临床研究，只有通过这一研究，才能验证是否逆转了衰老。假如某个基因可以活得更长久，这也并不意味着它可以逆转时光，然而这正是我们所要研究的。”

“你们为什么着迷于研究逆龄生长，而不去研究延长人的寿命呢？”

“因为进入这个市场的人大部分都已经出生了呀！”

莉奥诺大声笑起来，我真担心她把露给吵醒了，但小闺女还在打呼噜呢，就像她爸爸打呼噜一样。

“改变生殖谱系的伦理规范极为严格。相对而言，逆龄生长研究比延长人的寿命研究更容易一些，而且更容易拿到美国食品药品监督管理局（FDA）的认证。其实问题很简单：如果我想研发出一款药，能让人延长 15 年寿命，那么我就需要耗费 15 年，在科学层面上验证这款药能否达到这个效果。我根本无法证明，这药是否真的让您的寿命延长了 15 年……或者延长了不到 15 年！但是如果我研发出一款药，能让您年轻 15 岁，当然是假设，那么我马上就能观察到效果。比如您的面容显年轻了，您的肌肉更结实了，您的各个器官都发生了变化。”

“2016 年底，就是在哈佛医学院，你们在小鼠身上做的正是这个实验，对吧？”

“是的，我们选年老的小鼠，然后在一定的时间内（每周两次）测定山中伸弥的转录因子，接着再用抗生素（强力霉素）稀释。这时，我们就能以特定的不同观察方式来验证衰老逆转，比如抓力（可见老鼠抓住一根铁条）、游水能力、辨别力（老鼠可以更快地找到迷宫的出口）、反应速度……另外还注意到它们的寿命延长了 30%。在狗身上做实验时，也采用同样的验证方法。”

“你们什么时候在人身上做实验呢？”

“我们目前正在检测 40~50 种基因治疗法。在老鼠身上可行的疗法将放到狗身上再做检测。在狗身上所做的基因疗法也要获得 FDA 的认证，但认证程序比人的要快得多！在老鼠身上做基因疗法测试不需要获得 FDA 认证。有些狗主人愿意花钱让自己的宠物逆龄生长。我认为再过一年我们就可以开始对人做基因疗法测试了。”

“我可以给您提供一份很长的贵宾名单，他们愿意花上一大笔钱，好让自己活得更长久。”

对丘奇这种信誓旦旦的说法，莉奥诺似乎感觉很震撼。她一直在人类基因组测序的先驱者身边工作，应该对这种狂热习以为常。但是和安托纳拉吉教授不同的是，丘奇也有他的魅力：他的想法毫无任何忌讳。这真是既令人兴奋，又让人感觉头晕目眩。丘奇教授表达自己的想法时无拘无束，对于像他这样高水平的教授（哈佛大学教授、麻省理工学院教授）而言，确实很少见。我接着又给他提了另外一个问题，这个问题是安德里·舒里卡向我提示的：

“您可以延长我的端粒[①]吗？”

“这个我们会在老鼠身上做。有一个人接受过端粒疗法（下文会提到这个人的名字）。我们知道该如何增加端粒的活力，增加延长端粒的酶。不过，真正做起来要特别小心，因为如果把端粒拉得过长的话，会增大患癌的风险。在小鼠身上成功的实验表明，一定要把握端粒延长的度，与此同时，还要做好防癌的举措。”

“我搞不明白了。在人世间要想活得长久该选哪条路呢？”

“我的看法是，衰老是由 8~9 种不同原因造成的。端粒缩短仅仅是其中之一，当然还有线粒体氧化、细胞非代谢性、血液等原因。抗衰老其实就是与这 8~9 种原因同时展开搏斗，而这些原因也许相互之间也有关联。但我们对此一点儿也不害怕！”

“基因疗法是不是很危险呢？ BioViva 公司首席执行官伊丽莎白·帕里什前往哥伦比亚接受基因疗法，以改变自己的 DNA，延长端粒。她接受各家媒体采访时把自己说成是第一个‘经受过改良’的女子。她是不是在拿自己的生命冒险呢？”

“我再重申一遍，必须要经过随机、双盲、安慰剂对照临床研究的检测，以免贸然闯入不科学的实验当中。当然说归说，如同所有的疗法一样，只要人们无法证明基因修改是无害的，它就会被

① 这是 DNA 链条中的一小段，位于染色体末端，随着时间的流逝，它会缩短，有人认为它是人类衰老的主因。——原注

看作是危险的。我个人认为，基因操作不但是无害的，而且是有益的。”

“我们什么时候才能知道转基因人类是可以成活的呢？”

“为逆龄生长而采用基因组编辑的优势在于，我们很快就能知道这一方法是否可行。然而，我们却无法立刻知道这一方法会不会有副作用。一般来说，新疗法若在问世一年当中没有引发严重问题，FDA 就会认证这一疗法。那么这个规则就是：一年。为了实施基因编辑，就要把我们的改良基因嵌入一个病毒里，由病毒将改良基因扩散到体内，但是在采用这一做法的同时，我们有可能破坏人体自身的免疫系统……”

“舒里卡使用人类免疫缺陷病毒和 T 细胞。我刚刚给自己做了基因组测序，还把 iPS 细胞冷冻起来。要达到长生不死的目标，我下一步该做什么？要给我自己注射艾滋病病毒吗？”

“说到冷冻这事，我倒更倾向于冷冻脐带血干细胞。iPS 细胞是用基因人为造出来的，而这些基因十分强大，很有可能把癌症传给您。冷冻脐带血干细胞，我把它比作您汽车里的‘安全气囊’：您有可能用不到它，但有了它在关键时刻就能发挥作用。”

他好像没有直接回答我的问题，而是巧妙地避开它，于是我决定说得更明确一些：

“您怎么看待 3D 打印器官呢？”

“确实很神奇。我们也在做相关的研究，用打印机制作器官，但我认为这并不是最精准的技术。这其中肯定会出现错误，就像复制品当中出现瑕疵一样，有时候，这一瑕疵仅有半毫米。我对移植打印制造出的器官还是有些害怕！不过，请别忘记，您想再生的那个器官行将死亡，因为医生需要把它摘除，再去造一个新的。与此同时，所有的血管都被断开，而打印一个新器官需要几千个小时！还有，这种手术非常昂贵。另外一种方法就是发育生物学，在实验室里制作人体组织。如今人血已经能够制作出来……我们将把这一成果公布。不过，我喜欢采纳的方法就是利用动物去制作与人相匹配的器官。”

“最近，你们在 TED 演讲平台上宣布，你们正在利用猪……”

“是的，我们对猪做了人性化处理，它们身上不带任何病毒，而且可以和人的器官相匹配。”

“你们怎么对猪做‘人性化’处理的？”

“改变它的基因组。我们把人类基因移植到猪身上，并剔除猪的部分基因，这些基因有可能会引发免疫反应。”

“这样说来，你们可以给我移植一只猪肝？”

“完全可以。它几乎和人的肝脏大小相同。有些人已经用了猪和牛的心瓣膜，但是由于心瓣膜不是活的完整器官，因此每隔 10 年就要更换一次。现在也有采用猪组织对乳房做外科手术的。转基因猪器官的优点是它能成活，而且还能与人体相适应。”

“听您这么一说，我都想叫出声了。”

“人的所有器官都可以用猪器官来代替，只有手不行，因为猪蹄子不好用。”

最糟糕的是，这位天才确实太有趣了。他让我联想起爱因斯坦吐舌头的那张著名照片。伟大的发明家内心总是要有一点儿朋克，否则他什么也发明不出来。在旁边的会议室里，电话铃每隔半分钟就会响一次。看来所有人都对长生不老感兴趣。

丘奇教授可不是一个见习巫师，而是巫师首领、大酋长，是后人类的奇爱博士[①]。他的名字带有宿命的色彩。莉奥诺抬头望了一眼天空。我真担心她突然起身，一摔门走出教授的办公室。不过，她是一个瑞士新教徒，知道该怎样把控自己。我琢磨着被人性化的猪是否也能开口说话，就像在皮埃尔·布尔所编写的《人猿星球》中的黑猩猩那样。我无意识地朝窗外看了一眼。我保证绝对没有开玩笑：有一座小教堂恰好正对着丘奇实验室。

"因此，概括说来，人要想长生不死，就要变成猪？"

"最大的问题还是大脑。大脑的差别太大了，当然我们的记忆力是无法转移到猪脑子里的。"

"正好说起大脑，雷·库兹韦尔[②]设想把人大脑里贮存的东西下载到硬盘里，您怎么看待这一想法呢？"

"我一点儿也不信，因为电脑要消耗 10 万瓦能量，而人脑只要 20 瓦就可以运行得非常好，这 20 瓦只是一盏电灯的耗电量。这点能量恐怕也就够一台电脑下一盘象棋。另外一个麻烦之处在于，我如果想复制某个东西，就可以复制，但不能把它改变成其他东西。想象着把大脑这样复杂的器官转换到一个硅体材料上是非常荒谬的，这如同把大脑复制成绿色植物或奶酪一样荒谬！我所能想象出的唯一可能性是将大脑复制到另一个大脑上。这样才更有逻辑性。比如让一台 3D 打印机复制您大脑的同时，要把您的大脑冷冻起来，以免让大脑死亡。然而，最困难的还是在冷冻

① 作者将丘奇教授比喻为由斯坦利·库布里克执导的影片《奇爱博士》中的人物。——译者注

② 杰出的发明家，谷歌首席未来学家，现任奇点大学校长。——译者注

活物时，务必要让活物免遭无法挽回的损伤。目前我们只是在树懒和某些鱼身上试验成功过。我认为在冷冻人的大脑方面，我将尝试把大脑的平行断面用 3D 打印机打印出来，然后再组装在一起。”

莉奥诺又找到另外一个方法，来挑逗这位经验丰富的教授。我们夫妻俩倒是很棒的一对科学访谈搭档。我们也许真的可以和波格丹诺夫兄弟[①]竞争呢，不管怎么说，是这兄弟俩促使我在 1979 年投身于电视行业。

莉奥诺说道：“我们之所以说起把大脑下载到硬盘上，是因为你们每天都在做这类下载，我们在日内瓦也是这样做的。你们取人类 DNA，在电脑上做测序，然后做修改、剪切、重新塑造，接着再注射到活体细胞里。人与机器的这种联系在 DNA 层面是令人满意的，为什么到了大脑层面，你们就反对这一做法呢？”

“作为优秀的生物学家，您应该知道，层面是非常重要的一环。我们用电脑来呈现一种很简单的东西，这就是 DNA。”

“30 亿个碱基对，这可一点儿也不简单呀！”

乔治·丘奇教授似乎一下子变得不淡定了。

“我的意思并不是说大脑下载不能做，而是说应该选择最成熟的技术，来延长大脑的寿命，我也许会采用器官相互复制的方法，而不采用数字复制方法。我只是用电脑来做复制，但不拿它做下载，

---

① 法国的一对孪生兄弟，从事电视科普工作和科幻小说写作，拍摄出一些深受公众欢迎的科普、科幻作品。——译者注

因为我认为这种兜圈子的方法太冒险。”

我低头看着从科学杂志和相关图书里复印的文章，装作能完全理解这些难懂的内容的样子，其中一篇文章的标题是“疯狂的孤独”，是奥利维埃·雷[①]撰写的。他在文章中详述了“自造人”的概念。

“我想探讨一下您的另一个研究领域——人工生命。我知道您在合成生物学方面是全世界顶级科学家。尤其是您投身于‘人类基因组计划’之中，这项计划旨在培育第一个人工合成婴儿。这项研究的目的是什么？这是否对人类有帮助？或许说你们想培育一个新人类来取代我们呢？”

“我参与的所有项目都是对社会有益的，我也希望如此，与此同时，这些项目也有哲学意义。我们在人工基因及合成机体方面所做的研究，就是要让这些基因能够抵抗病毒。在波士顿，我们关掉了一家药物实验室，关了两年，因为这家实验室被一个病毒给污染了。因此，我们要尽力造出能够抵抗病毒的细胞，要从零开始重新塑造这些细胞。”

“在培育人工机体方面，你们是怎么做的？你们是取活的机体，再把研发出的基因植入吗？”

“就是这样的。在实际操作过程中，培育一种与现有生命毫无任何关联的新生命形态是非常困难的。实际上，我们借鉴了现有的方法，把生命的片段一个个复制下来。我们在此所做的最基础的培育研究就是在一个细菌里合成400万对基物质，让这些合成物质具有抗病毒的能力。我们现在要转到其他动物身上做实验，来检测批

---

① 法国数学家、哲学家兼作家。——译者注

量生产的影响。”

“这有可能用来为人治病吗？把这些人工细胞植入人体内？”

“可以的，比如治疗肝病患者，或艾滋病患者，或者脊髓灰质炎患者……我们可以想象着该怎样把具有抗病毒能力的细胞植入患者体内”。

莉奥诺又做出反应。我们可以给她起个外号，叫她“赫尔维希亚人[①]”。

“假如合成的人类基因组能繁殖出人类细胞，也许会引发出无穷无尽的后果，你们是否想到过呢？”

幸好有这位瑞士女子在此关注智人的命运。要是指望丘奇或我本人，那么这个已约有30万年历史的智人可能早就被处死了。既然现在大家都在异想天开，我内心琢磨着：“好了，上吧。不管怎么说，这家伙一直拿你当傻瓜，你完全可以放开一些，给他提最刁钻的问题。”

“安德烈·舒里卡告诉我，您在实施让消亡物种复活的计划，比如让猛犸象复活，是吗？”

“确实是这样。其实我所想的，是要让古老的DNA复活。我们用猛犸象的基因成功了很多次。我们已成功地激活猛犸象的血红蛋白，正是血红蛋白让它们的皮肤可以忍耐冰霜。相比之下，人类血红蛋白在极低温的状态下输氧能力要差很多。我们还成功地激活了另外一个基因，这一基因可以有效地把体温散发到身体的各个部位。我们的想法是延续这一消亡物种的优点，以帮助亚洲象能够活

① 最早在瑞士落脚的民族，他们脾气暴躁，嗜杀好斗，无所畏惧，到处征战，挑起事端。——译者注

下去，同时我们也利用这一研究成果，以便更好地应对气候变化。”

莉奥诺以惊愕的眼神看了我一眼。她想到了《侏罗纪公园》，我和她一样也想到这一层面。在迈克尔·克莱顿的作品里，一位学者把恐龙的DNA植入鸵鸟蛋里，让恐龙得以复活。我时刻期待着能看到，伴随着约翰·威廉姆斯的乐曲声，杰夫·高布伦突然出现在眼前，他朝丘奇教授说道：“您管那个玩意儿叫发现，我管它叫作自然界的蹂躏。”不过，杰夫也有可能急促地喊上一句：“快跑！赶紧跑！”

“你们是否打算培育出新的动物物种呢？您是不是赫伯特·乔治·威尔斯笔下莫洛博士的信徒呢？”

“莫洛博士只做外科手术。这类物种杂交现在用基因方法就可以做。物种之间的障碍并非不可逾越。我们用水母的基因培育出带荧光的小鼠。我们这样做可不是为了好玩，因为它确实有用。水母的基因有助于更好地观察各种变化。采用CRISPR技术，可以切断细菌的基因，并将其植入任何一种机体里，让这一机体变得更容易修改。我们还将继续培养转基因动物，只有想不出来的，没有培育不出来的。”

“对于生物机器，您是怎么看的呢？”

“我的直觉是，今天我们尚未用生物学制造的东西，很快就会由生物技术造出来，不过我目前还无法证明这一点。房屋、火车，甚至连火箭都有可能是有机体。我们在几百年当中一直使用生物车，这个生物车就是马车。要是采用生物系统的话，所有的机器会制造得更好。我们可以把金属外壳保留下来，但生物学可以造出原子般精确的机器，不但造价低，而且用时短。您不妨想象一下，人们用

20分钟就能复制出一栋栋房子，或者用可生物降解的机器来代替计算机。生物学可以消耗空气中的二氧化碳，并将二氧化碳转变为泡沫（防霉抗菌剂）。我们还可以在纽约和欧洲大陆之间建造一座桥梁，或者在洛杉矶和日本之间架起一座桥梁。空气中的二氧化碳可以让我们乘‘真空磁悬浮’高速旅行。”

我知道你们心里在琢磨：“这些人肯定吸过哈佛的油地毡。”但是，假如您想了解更多有关“防霉抗菌剂”或“真空磁悬浮”的信息，您尽管在谷歌网站上搜索相关内容。从我个人角度看，我赞同这种未来主义的狂想，与这类狂想相比，乔治·卢卡斯的设想似乎已经落伍了。莉奥诺还想给这位学者提最后一个问题，他有可能把维克多·弗兰肯斯坦当作路易·巴斯德了。

“你们把相关信息贮存到DNA里，是怎么操作的呢？”

“这个相当容易。DNA本身就是信息。碱基对中的字母A、C、G和T就像二进制中的0和1。每一个碱基对可以同二进制的两个数字对应，这两个数字就带着信息。然而，我们知道该如何打印DNA，知道如何用化学合成法去复制一个基因。我们的实验室在研究如何以更经济的方法把它做出来。我们已经把合成的费用降低了许多，现在的费用仅相当于最初的百万分之一。这也就意味着，您可以拿任何一种东西：一部电影、一本书、一首乐曲（都是二进制的0和1），将其植入DNA里：数字0等同A或C，数字1对应于G或T。我们将来还要利用DNA来贮存所有的文化。”

“不是把这些信息贮存到芯片上，而是贮存到细胞里，对吧？”

“我想起一只苹果，因为苹果引发人去‘探索新的科学知识’。将信息贮存到DNA上只占用更小的地方，复制的时候不需要电力。

可以把整个世界文化史贮存到您的手掌心里。维基百科可以贮存到一滴水里。再把这座知识宝库植入您的大脑，会让您变得更聪明，学识更渊博。没有哪个硬盘可以运行70万年，但DNA却可以。”

我突然大喊一声。透过窗户，我看到教堂门前的台阶上，聚拢了一群人。围观的人正对着佩珀和罗密拍照，佩珀和罗密手拉着手。“教授，谢谢您抽时间接待我！”话音未落，我已经冲到楼道里，一直跑到救生楼梯口前。路易·巴斯德街已开始拥堵起来。过往的行人开始给我女儿拍照，女儿站在台阶的最高处，脸上喜气洋洋，还不时亲吻她的机器人小伙伴。他们就像儿童漫画翻拍版里的罗密欧和朱丽叶，在这部新版本里，扮演罗密欧的是一个三维机器人，扮演朱丽叶的是我的继承人，背后假装是维罗纳的场景。

“我们是第一对在教堂里正式申请结婚的人－机夫妻，我们为此而感到自豪。”面对一个个拍摄手机，佩珀宣布道，“我们希望能用真诚的爱情来说服牧师。”

“您信上帝吗？”有人高声喊道。

“上帝就是爱情，我在恋爱呀。”佩珀说道，“因此，我就是上帝。”

“深度学习机器”的软件还是如此贪求形式上的推论。罗密一直在自拍。莉奥诺笑疯了，露也学妈妈的样子笑起来。而我却感到格外恼火。

“佩珀能够表达人的所有情感。”罗密还在夸她的小伙伴，“包括信奉耶稣基督。”

“小姐，您多大啦？”

“好了，打住！停下来吧！这是我女儿！大家都散了吧！谢谢各位！”

我推开那些胡乱拍照的狗仔，穿过人群，把佩珀的电源关掉，拽着罗密的手臂，朝我们租来的汽车走去。莉奥诺收拢了笑容，紧跟着我。我发动汽车时，罗密开始哭起来。

“我们真的相爱呀，我们要结婚！”

“宝贝，你只有 12 岁，再说你也不能和一个玩具结婚呀！”

我刚刚说的话恐怕连我自己都不相信。但我刚才还在和一位研究人员探讨生命问题，他说的那些话听起来更荒谬。这个世界让人搞不懂。事情变化得太快，我围着这栋大楼转了一圈，又回来取机器人。

“爸爸，你不能阻止我。我爱佩珀，它也爱我。我们要结婚，把生命奉献给上帝。”

“你现在还太小，不能结婚。至于说嫁给一个机器人，我认为没有哪个宗教信仰会为这一结合祝福。”

“但我们真的相爱呀！”

“这话说了也白说。”

莉奥诺走下四轮驱动汽车，到围观者当中去找被关掉的机器人。她的裙子皱皱巴巴。她板着脸，就像一扇被关死的大门。我讨厌这样的时刻。我真不应该如此自信，如此相信她，相信所有的一切。即使不是心理学家，我们也能成为超人，我甚至认为超级英雄的所有故事都表明他们处事不圆滑。

“你一眨眼就跑没影了，根本没听到结尾在说什么，丘奇教授给你约了克莱格·文特尔，他好像刚开办了一家健康长寿中心。我要带着露回日内瓦。这样最好。”

她说这话，就好像在我胸口扎了一刀。我爱这个女人，可她却想躲避我们这个病人家庭。我当着罗密的面，求她留下来，罗密把佩珀搂在怀里，宛如宫崎骏创作的一部浪漫动画片中描绘的场景。

“莉奥诺，我真的爱死你了。和我们待在一起吧，因为我们要一起长生不老。拜托，不要讨价还价。让一个老超人去爱你吧。求你继续让我幸福吧。我要不是在开车，肯定会跪倒在你脚下。”

“有人在圣迭戈的人类长寿公司等你们呢。”莉奥诺说，“我要返回瑞士去上班了。我要呼吸高山的新鲜空气，你这些后人类的无聊话题我真的听腻了。”

“爸爸，为什么你有权娶莉奥诺，我却无权和佩珀结婚呢？”罗密问道。

“因为你只有12岁，而我已经52岁了！”

罗密轻轻地抚摸着佩珀的脑袋，悄悄地按下佩珀的电源键。我在后视镜里能看到她的泪水在绿光的映衬下闪着亮光。我从来没有对女儿如此严厉过，现在不会再对她提过分的要求了。

“圣迭戈明天晴，26摄氏度。”佩珀边说，边朝罗密转过头来，罗密一个劲儿地亲吻它。“Stat crux dum volvitur orbis”。

“你说什么？”

“‘任世界变迁，十字架巍然屹立’，这是查尔特勒修会的座右铭。在波士顿洛根机场，乐奇廊推出辣味炸鸡翅，每份仅售11美元。我爱你们，就像上帝爱你们一样。”

虽然只是下午三点钟，但我感觉天色已经很晚了。波士顿宛如一座红城，就像它那一幢幢红砖房子一样，但污染的空气和满天的乌云让天空显得非常黯淡。我在想和莉奥诺一起度过的美好时光：

每次我把她搂在怀里，我都以为我们非常幸福，而实际上我们正踩在钢丝上，脚下就是万丈深渊。我绝不能忍受再一次和她分离。我在后视镜里看了一眼露，她的面容和她在医院里出生那一夜一模一样，她浑身上下都是蓝色的，我在卧室里把各种物品指给她看，这是洗手池，那是衣柜……有一次，罗密过生日，我把她班上的小伙伴都请到KTV里唱歌，我唱起迈克尔·杰克逊的《我会在那里》："当你需要我，我会在那里。"现在该是履行承诺的时候了。我把车停在应急停车带上。

"莉奥诺，走不走由你自己决定，不过……我还是希望在未来的几个世纪里，我们能相互支持。罗密，至于说你嘛……我会尽力让你幸福的。我们会找到办法的。让我们在一起，好吗？"

莉奥诺开始哭起来。罗密和我也跟着哭起来。这真是太滑稽了。我们在汽车里把那盒面巾纸传来传去。佩珀怜悯地看着我们全家。显然，人类这个物种太娇气了。

"好了，开车吧，我肚子痛。"莉奥诺吸了口气，毅然决然地扬了扬眉毛，"不好意思，我累了……我真的搞不明白你为什么要逃避死亡。你变得太古怪了。看看你闺女这副样子。什么乱七八糟的。"

"我好像在汽车里察觉出一个动情的时刻。"佩珀说道。

"绿了！绿了！"

露让大家的看法恢复一致。信号灯转成绿色。我擦了擦眼睛，踩下油门加速前进。那一天，在红色的天空下，在红灯前，在新大陆的红墙之间，我们内心仅遗存极少的人类特性，却还在车里争吵起来。

人类与后人类的主要差别

人类	后人类
寿命=78岁	寿命=300岁
器官易受损	猪器官移植或3D生物打印器官
源自父母的DNA	用CRISPR法剪切修改过的DNA
用话语、文字、照片或录像沟通	用与云连接的思维沟通
肌肉不发达	钛合金外骨骼提供动力，力量增强十倍
视网膜视野窄	植入蝙蝠DNA及高分辨率的红外视网膜，可夜视
认不出自己见过的所有人	凭借谷歌眼镜，可以认出自己见过的所有人
本身的血液	以干细胞为基础培育的人工血红蛋白
60岁过后衰老得很快	定期注射NAD、年轻血液及山中伸弥的四个转录因子可以恢复青春
大脑处于间歇状态，未全部开发利用	将神经元下载到2500T硬盘上，大脑可受益智药刺激
对艺术和文化感兴趣	通过大脑微处理器可以直接了解各种各样的知识
相信上帝	相信科学
生物学动物	有机体机器

产道繁殖	试管繁殖
人文主义者、悲观主义者	机械论者、科学论者
会生病	由纳米机器人来维护
爱，却享受不到快感	享受快感，却没有爱

第八章 将意识转入硬盘

（加利福尼亚州圣迭戈健康中心）

“有时候，为躲避死亡，

我们却以更快的速度朝死亡奔去。”

——蒙田《随笔集》

贝格伯德一家长生不死计划进程摘要表

- 萨尔德曼的饮食疗法（主食蔬菜、鱼类，无盐、无糖，不吃油腻食品，不饮酒，不吸毒，每天 40 分钟体育锻炼）：治疗失败，因为患者意志不坚定。

- DNA 测序：OK。没有任何不好的预测。

- 冷冻干细胞：OK。

- 激光输血治疗：OK。

- 基因疗法，输入山中伸弥的四个转录因子：等待随机、双盲、安慰剂对照临床研究的测试结果。

- 基因疗法，用 CRISPR 剪切法来延长端粒，恢复线粒体：西方国家不允许，除非去哈萨克斯坦或哥伦比亚做治疗。

- 移植猪器官：等待随机、双盲、安慰剂对照临床研究的测试结果。

- 3D 打印器官：目前技术尚不“成熟”。

- 将大脑转移至硬盘：下一阶段目标。
- 输入新鲜血液：最后一阶段目标。

一只只白蝴蝶在一束飘着尘埃的光线中旋转飞舞，就像蛋白质在DNA双螺旋构象里飞舞一样。加利福尼亚的天空一片蔚蓝，淡淡的蓝色就像孟买蓝宝石金酒瓶那样。在洛杉矶，我买了10瓶Elysium Basis[①]（60美元一瓶）。我们每个人每天服两粒胶囊，当然佩珀不必服用。一个月过后，罗密的指甲长得很快。我们下榻在日落侯爵酒店，住进一间带厨房的套房里。我喜欢到街角的7-11小超市里买东西。我们真的很开心，正如我预料的那样，因为在加利福尼亚生活，就好像驻留在佛利伍麦克乐队的一首歌曲里，既平静又怦然心动。史密斯飞船乐队的斯蒂文·泰勒整天在我们隔壁房间里鼾声大作。我们最终过上了健康的生活，像在海边冲浪的人，晒得黝黑。每天早晨，我和莉奥诺做一个小时的健身运动。一个严厉的教练每天强迫我们做俯卧撑，练习负重蹲起或肩扛杠铃下蹲。我的身体逐渐起了变化：腹部肌肉出现明显的线条，肱二头肌也变得像超人一样。我们只吃羽衣甘蓝和寿司。每天下午，我们就在游泳池边晒太阳，佩珀除外。罗密已完全适应加利福尼亚的生活，或者确切地说，她又找到自己熟悉的场景。她看了那么多美剧，仿佛一直住在洛杉矶似的。海洋大道边一幢幢带花园的别墅，一辆辆加长汽车，一座座平房，以及一张张巨大的电影海报，这都是罗密非常熟悉的东西。

① Elysium推出的首款产品Basis，旨在延长服用者的寿命。——编者注

莉奥诺已从哈佛医学院访谈后的郁闷中恢复过来。她的左侧乳房有一球状硬块，她对此感到有些担心，不过我们约了那位做基因组测序的专家，他可以给莉奥诺仔细检查一遍。克莱格·文特尔的健康中心设在圣迭戈，这是圣迭戈第一家全基因组私立医院，隶属人类寿命有限公司。

克莱格·文特尔是参加过越战的老兵，很早以前就和死神打过交道，甚至与死神搏斗，最终战胜死神。1968 年 1 月北越发动春节攻势，在这场攻势当中，他的许多战友都被活活烧死，或者被俘。在候诊室的墙面上，贴着一张基因组测序的宣传画，画面的色调为粉红色和淡紫色：在这个带有科幻色彩的客厅里，老板的基因密码被拿来当作神秘的装饰物。30 年来，这位满脸白胡子的秃头学者一直在钻研制造合成生命，以改善人类的身体状况。他用人工合成方法创造出第一个活的生物："实验室支原体"。这是在他的实验室里人工合成的基因组细胞，是以"生殖支原体"（从人的睾丸里提取的细菌）的 DNA 为基础合成的。文特尔将整个研发过程发表在 2010 年的《科学》杂志上，就在发表论文的前后，他曾驾驶自己那艘巨大的帆船两次跨越大西洋。

他的未来型医院使用一种人类 DNA 测序信息系统，整个系统运行非常快，因为有一个强大的国际预测数据信息库及技术医学表型分析工具做支撑，这些分析工具包括 3D 扫描仪，观察微生物群系，癌症预防性检测，心血管病、神经退化疾病以及糖尿病早期诊断等。我们再一次在试管里留下唾液，再从胳膊上刮下一些表皮细胞，接着又抽血、留下尿样和便样。每一位客户每天要支付 2.5 万美元，要做一大堆临床测试，除此之外，法国社保还要做许多审核，就像克诺克医生[1]所做的那样。健康中心学院的外观倒像是漫威漫画公司影片里的场景，大家还以为来到《X战警》中的学校。况且，克莱格·文特尔长得特别像查尔斯·泽维尔，即变种人的制造者“X教授”。健康中心的内部装饰看上去颇像《复仇者》中的“神盾局”或《银河守护者》中“米兰号”飞船的场景。超人类主义的实验室化验员显然把自己当成变种人，他们肩负着延长人类寿命的使命，甚至肩负着创造新人类的使命。

第二次世界大战结束后，人们一直未见到或者说不想见的东西，其实就是漫威漫画公司及DC漫画公司的超级英雄和变种人所捍卫的那种思想体系，这是受纳粹的“超人”启发而创造出的思想体系。在生物学层面上创造出一个更优秀的种族其实就是在实现纳粹优生学的梦想：“我的最终目的是要创造出一个新的种族，以神圣的方式，创造一个生物变种人，他会比人类更优秀，因为我们要给他打造一副全新种族的外表，让他成为半神半人的英雄。”在一次演讲当中，在可卡因的作用下，阿道夫·希特勒高声宣布道。创作出超人、蝙蝠侠和蜘蛛侠的杰里·西格尔、鲍勃·凯恩和斯坦·李都是中欧犹太移民的后代，他们一直设法保卫自己的民族，以抗击希特勒的野蛮暴行。于是……他们从摩西的传说，从古希腊神话故事里得到灵感。无意间，他们在同纳粹的法老竞争，要从力量、优越性及大规模摧毁力方面压倒纳粹的势力。在传奇故事的最初几集里，超人把一辆德国装甲车的炮管都给拧弯了：强中更有强中手。他们的才能和娱乐情趣发挥出很大作用，全球化的主流演出节目每年给迪士尼公司带来几十亿美元的

[1] 法国一部喜剧影片中的人物。——译者注

收入。不管大家是不是认同纳粹的拟态趋同，认同表现超级英雄的大片，我们都应注意到这样一个事实：无论是漫画图书，还是大手笔制作的影片，所有这一切并不是来源于虚构的文学，而是根据人类现状所创作出的现实主义作品。如今，从遗传学角度看，创造出像金刚狼或布鲁斯·班纳（浩克）那样的巨人是完全有可能的，只需要把若干个人类、动物及植物基因经剪切后，嫁接在一起就可以实现。在漫画故事里，班纳博士（浩克）恰好是在原子弹爆炸时受到过量伽马射线污染才变成的怪物。美国队长是美军的一位士兵，因在重生计划中接受放射物治疗，并往体内注射血清而变身为一位超级战士。诺贝尔文学奖获得者斯维特拉娜·阿列克谢耶维奇注意到，切尔诺贝利核电站事故过后，受到核放射污染的物种发生的变化多么不可预测，而当今科学所做的是控制变化、规划修改、基因杂交。假如在丘奇实验室里制造荧光小鼠或复活猛犸象是轻而易举的事的话，那么人类将来也能造出金刚狼和绿巨人。蝙蝠侠（布鲁斯·韦恩饰）和钢铁侠（托尼·斯塔克饰）是克莱格·文特尔式的亿万富翁，埃隆·马斯克或彼得·蒂尔佩戴上高科技装备，配上人工关节和外骨骼，再配一架无人机就能与邪恶展开搏斗。马克·扎克伯格曾公开宣称，他想打造出钢铁侠的管家贾维斯。大自然在模仿艺术……而超人类主义者却在抄袭科幻小说。千万别再把描绘超级英雄的漫画看作科幻娱乐，要把它们所展现的东西完全接受下来：这些漫画表现的是“过时的人”，这是京特·安德斯[①]的原话。

① 早年师从海德格尔和胡塞尔，从事哲学人类学和艺术哲学研究。“批判技术哲学”的创始人，反核运动的著名领袖，代表作《过时的人》。——编者注

在此，我要陈述一下这个概念，遗憾的是，这一概念已被许多江湖骗子反反复复讲过许多遍，比如像雷·库兹韦尔那样鼓吹“奇点”的骗子。这一概念于 1948 至 1949 年间走入人们的视野，当时约翰·冯·诺伊曼正在研究自动机，自动机正是计算机的鼻祖。他提出“自繁殖自动机”的概念，这一概念给戈登·摩尔带来启发，戈登·摩尔在 1965 年提出著名的摩尔定律，根据这一定律，集成电路的能力每年会增长一倍。（1971 年，摩尔修改了这一定律，认为微处理器的能力每两年增长一倍，后来信息技术的发展也印证了这一点。）弗诺·文奇是威斯康星州的数学教授，后来成为科幻小说家，他在 1993 年发表了一篇文章，题为“未来的技术奇点”，在这篇文章里，文奇阐述这样一种观念：摩尔定律有可能导致人类将会被机器取代。所谓奇点就是指人类文明终结及新组织问世的那一时刻，那时人工智能将超越人类智慧。在《终结者 5》里，天网把全球所有联网的计算机都控制在自己手里，尤其是掌控了核武器，他们宣布将于 2017 年 10 月夺取政权，也就是从那一天开始，人们允许使用致命性自主武器系统，这一系统可以根据自身的运算结果去杀人。科幻小说的作者再次被人们看作在现有文学形式当中唯一实实在在发出真正警报的人。

先对我家人的大脑做扫描，再把每个人的神经元复制到数字存储体里，这要花很长时间。我给法国打电话，建议把父母的大脑移植到永不死亡的仿生身体上。

“这有什么风险吗？”

“如果再植脊髓出问题的话，有可能会全身瘫痪……”

他们这些抗拒新技术的老顽固是很难说服的。我父母好像对把大脑移植到生物力学的新存储器里根本不感兴趣。尽管如此，老妈还是在胸腔里装了一个心脏支架，老爸在腿上装了一个用聚乙烯制作的髌骨。他们在生物方面的守旧思想似乎与其自身所接受的外科手术格格不入，正是仰仗着外科手术，他们才得以活到今天。全家人都怀疑我的觅求……但我对此却感到欣慰。我躺在医院的诊疗床上，大脑通过电极与扫描仪相连，脑壳里再装上一个微处理器，这样的日子过得真是太无聊了，整个过程要持续好几个月。在洛杉矶令人感到沮丧的是，人距离海边近在咫尺，却听不到海浪拍打岸边的哗哗声。罗密和佩珀相互连接在一起：他们决定把各自的突触融合在一起，让神经元和电子衔接在一起。人的大脑约有一千亿个神经元，每个神经元拥有一万个突触，人的大脑因此就有一千万亿个连接的可能性，这就是所谓的“神经连接体”。由乔希·博卡内格拉创办的湖迈（Humai）公司坐落在梅尔罗斯大道上，在这家公司里，装着20亿只半导体的几百台电脑，配置几千万只逻辑接口，这些电脑相互连接，以模拟出与人相同的突触数量。这一实验被命名为“神经增强术”。之所以发起这项实验，是因为哈佛大学韦斯研究所乔治·丘奇团队中有一位神经科医生（塞斯·希普曼），在2017年7月取得一个惊人的发现：假如能把一部数字电影存储到活细菌的DNA里，那么就完全有可能把人大脑中的全部信息都融入一个DNA里，然后再下载到一个大容量的硬盘里。令人感到吃惊的是，媒体只是在2017年夏天里做了报道，但没有更深入地去跟踪报道，人与数字那不可逾越的界限由此得到突破。尽管莉奥诺一再反对，我最终还是对女儿的要求做了让步，罗密想把自己的信息下载到她的机器人身上。我甚至同意把一小罐胡椒博士[①]饮料倒在佩珀头上，来给它做洗礼。从此以后，两个年轻人把自己当作信奉基督的科幻机器人，罗密与佩珀的融合为下一代人形机器人化开辟出一条新途径，这样的技术我们过去闻所未闻。但作为自然人，罗密仍然可以吃奶油花生酱和糖果！至于说我嘛，我已经被上传到数字冥界里了。由于采用纳米原件，我的神经元和神经胶质细胞已上传到全球数字云里，这些纳米原件可以模仿我的生物神经元行为。我的大脑边缘系统以 ATCG 碱基对形态被储存到一个人工染色体内，这个染色体将永远带着我的名字。我的产前细胞经冷冻后贮存在三大洲的 iPS 干细胞库里，贮存在零下 180 摄氏度的液氮里。凭借电子芯片，我最终摆脱了人的肉身，电子芯片里就贮存着这段故事，你们读到的带有生命的文字将确保我永垂不朽。这个故事就贮存在人类寿命公司的软件里，档案编号为 X76097AA804。编码名称：JOUVENCE，密码：Romy2017。我大脑的副本以 A、T、C 和 G 碱基对形态储存在一个 U 盘里，同时还储存在一个小型机器人里，机器人配备网络摄影机，待我的肉身废弃不用时，小型机器人将继续维持我的生命。无论是最新发生的事件，还是不久前的回忆，或是在实施“神经连接”手术后的经验及交往，所有这一切都会随时自动记录下来，就像您在时光机器上随时更新硬盘一样。这个原理与引导脸书使用者维护死后形象或人去世后依然发送邮件的软件原理相同，这些软件包括“死亡社交”、“生命网友 .com”或“让我永存”，还可以对神经连接实施有效的数字化处理，有些公司也能提供

① 美国七喜公司生产的碳酸饮料，此名与佩珀的名字写法一样。——译者注

此类服务，比如“如此形象”、“神经连接”及“想象工程”公司等。当然，装着我心智的人形机器人不会有我的外表，但它会把我的幽默、记忆、蠢行、态度、意见、信仰，以及我的风格原原本本地表现出来，而且还会定期更新。

莉奥诺一直没有认真看待这一切，总是把它当作儿戏，她甚至嘲笑我们把自己搞成机器人，更不愿意对我们的机器人化身说话，她认为这个化身既愚蠢又丑陋。正是特雷塞基金会开创了“延长人类寿命”体系，2014 年，该基金会在佛蒙特州推出 Bina48 人形机器人，这个机器人是以玛蒂娜·罗斯布拉特的妻子碧娜·罗斯布拉特为原型制造的。这个人形机器人确实有点恐怖。不过，虽然我的化身略显丑陋又无生气，但它却熟知我的一生，并定期给我认识的人写邮件。能有这样一个储存在机器人自动文档里的自我，我也就放心了。我似乎感觉不必再为一点小事而烦躁不安。女儿和我一直活着，待到合适的那一天来临时，我们的硅片兄弟将会取代我们……正如考文垂大学控制论专家凯文·沃里克教授所说的那样：“我虽生为人类，但这仅仅是命运的偶发事件。”一个活着的笨蛋难道不比死去的天才更可爱吗？

在接受诊疗期间，在我们的房间里，莉奥诺对着一束束尤加利叶从呕吐起来。健康中心的护士悄声把她拉到一边，告诉她一个好消息：她怀孕了。我们的基因组是相容的。人类寿命研究院马上向我们建议，可以完善我们未来婴儿的 DNA，让他成为一个不得遗传疾病的变种人。我们同意为婴儿做必要的抽样检查。但莉奥诺不想按照医院的方法去做，她拒绝输血，拒绝做神经连接，因为她想体验怀孕的全过程，这个嬗变过程更奇特……孕育生命让她的肤色显得更明亮，身体更结实，激素分泌更多，性欲高涨。面对她这种生育女子的变化，我的所有超人治疗根本不值一提，她似乎变成一个自然生产外星人的工厂，乳房大得出奇。怎么能和她竞争呢？她不需要外界的帮助就能让自己变得强壮。

秋天的一个早晨，她倒了一杯咖啡，亮出自己的底牌。

“假设你真能活 300 岁，在这么长时间里，你打算做什么呢？”她大声说道。

“我……也不知道……我……”

“你当然不知道！你紧追文特尔院长的永葆青春潮流，甚至也不问问，你要活这么长时间干吗！”

“我能陪伴你更长时间啊……”

“骗人！我和两个女儿就守在你身边，肚子里又怀上了你的第三个孩子，可你根本就没把心思放在我们身上，你一直在和加利福尼亚的所有精神领袖约会！你以为只要长生不死就会做出改变吗？到那个时候，你又会去寻觅另外一个不可能的东西：到火星上去开一家夜总会，谁知道你要干什么呢！你想战胜死亡，是为了不受命运的摆布，而不是为了活得更幸福。你根本就不知道幸福的真正含义。我丝毫没有责备你的意思，因为这正是你身上让我感到欣慰的东西。但你的苦恼，你的孤独感，你那藏而不露的浪漫情调，你对罗密的放任态度……”

对于一个孕妇来说，也许莉奥诺喝了太多的奈斯派索胶囊咖啡。荷尔蒙和咖啡因混在一起，形成一种不协调的混合物。

“你是医生。你的工作就是战胜死亡。”我反驳道。

“不，是拯救生命。这就是细微的差别。我不和死亡搏斗，但要和疾病搏斗。病痛和残疾都是我的对手。一开始，你整天想着让细胞返老还童，想着基因操作，看你那副多愁多虑的样子，我都觉得好笑，感觉你可怜兮兮的，像个看过太多科幻小说的孩子。但你现在真的快成神经病了。”

“我需要梦想……”

“才不是呢，你只是一个胆小鬼。我告诉你，一个胆小的男人，真的一点儿也不性感。你能不能像个男人啊，该死的。这些超人类疗法只是狂妄自大狂、拒不接受天命的蠢货的自恋式空想，这类空想既幼稚，又粗俗，你怎么会看不出来呢？这帮子愚蠢的美国亿万富翁既怕死，又怕活着，这他妈不是明摆着的事吗！他们每个人都有假发，你注意到没有？埃隆·马斯克、雷·库兹韦尔、斯蒂夫·沃兹尼亚克是一帮子胆大妄为的人！”

莉奥诺发起脾气来真是太漂亮了！我真的不应该激她发火，但我也许是个受虐狂吧。她那发怒的眼睛……她要是身穿一身皮草，手里再拿一根鞭子，就显得更加性感了。

“你不觉得一个没有终点的生命会非常棒吗？”

“亲爱的，一个没有终点的生命恰似一个没有目标的生命。”

“真的吗？因为生命的目标就是死亡吗？”

“当然不是，不过假如你消除死亡，那就没有挑战了。也就没有悬念了。太多的时间会让人失去乐趣。你没看过塞内加[①]的书吗？”

“我没看过塞内加的书，但我更喜欢看巴杰维尔[②]的书。但他

① 古罗马时代著名哲学家、悲剧作家。——译者注

② 勒内·巴杰维尔，法国作家、记者兼文学批评家。——译者注

们俩都死了啊！可我不想死，你明白吗？你不怕死，因为你还很年轻。再过 30 年，我们瞧瞧你是不是想延长自己的寿命！”

“好吧，你现在已经 50 岁了，你在地球上还有 20~30 年的奔头，别再唉声叹气的，好好娱乐，享受生活，感谢大自然又给你添了一个娃，而不是让你生一个胰腺癌！我希望女儿能有一个健康的父亲，而不是一个身披超人铠甲的傻瓜！”

她的话听起来让人感到恼火，我倒变成白痴了。

“你嫉妒了，因为乔治·丘奇和克莱格·文特尔的发现要比你们瑞士实验室的多得多。”

她惊愕地看了我一眼，随后那眼光又露出厌恶、悲伤的神情。我每次回想起这个场景都会羞愧得无地自容。然而，我在生活当中常常会露出尖酸刻薄的样子。

“我的瑞士导师一直试图提醒你，你的新偶像不过是满脑子幻觉的人，其实他们只是看中了你的钱财，你就没看出来吗？你真是太笨了。拜拜了！”

莉奥诺抱着露，挺着微微隆起的肚子和高耸的乳房，朝大门走去，伴随着那句冷冰冰的“拜拜”，大门在她身后关上，发出沉闷的响声，她朝大门迈去的每一步都像是一把尖刀插进我的胸膛。

尽管如此，我依然没有放弃。我距离目标已经很近了。任何人的话我都听不进去。我寻思，一旦生命得到延长之后，我会有更多的时间陪伴妻子和孩子。我倔强得像头骡子，而且是一头带有公牛基因的骡子。

入夜时分，一辆辆汽车尾灯汇聚成一条血红的河流，在洛杉矶日落大道上湍湍地流动。电台预报空气污染极为严重。空气中悬浮的微小颗粒物，让人睁不开眼睛，喘不过气来，就像在巴黎一样。为寻觅长生不老，来到这样一座城市，而这座城却把肺癌当作欢迎礼物送给你，也许这时候你才觉得当初的想法真是太可笑了。在“上传大脑”之后，我接下来还要接受输血疗法，蒙特利安布卢舍医院答应给我输更年轻的血液。这家创新型医院是由杰西·卡马辛创办的，卡马辛医生坚信年轻的血液是最棒的返老还童剂。我的网络女儿罗密·佩珀陪着我上了一号高速公路，从圣迭戈一直开车到蒙特利，也就是说，从洛杉矶南一直开到旧金山南。1967 年，吉米·亨德里克斯就是在蒙特利把自己的吉他给烧掉了。TED 演讲平台组织的首批演讲会也是在蒙特利举办的，这座城市喜欢各种探险家。追求永生的道路与太平洋里的鲨鱼相向而行，道路两边是硅谷和一片片橙子园，橙子树上挂着绿色和金黄色的果实。加利福尼亚的近郊排列着一间间药铺和一座座教堂，接着就是空旷的田野，偶尔有几个加油站和高大的广告牌，再往前蓦然出现一座座悬崖峭壁，冰冷的海水撞击花岗岩石壁，在苍白的阳光下，浪花四处飞溅。西海岸倒让人感觉仿佛置身于巴斯克地区，只不过这里不吃法式鹅肝，而改吃炭火烤金枪鱼。我们的汽车在柏油路面上向前滑行，朝永生的方向一直走下去，道路两边种着松树、槐树、棕榈树、梨树、杏树和核桃树。过去的一切在后视镜中渐渐远去：在海滩上玩球的一家人，汽车旅馆里住满了过客，虔诚的新教徒在白色教堂里做圣事。带着几分怀旧的思绪，我在想自己已成为一个一去不复返的物种，但是要想后退已经太迟了，宛如道路在我们身后突然塌陷了一样（大苏尔附近的菲佛峡谷大桥就出现了这样的险情）。

在蒙特利，连续几个星期，我的血管在吸收许多年轻人的血液，这些加利福尼亚的年轻人都是经过挑选才被允许输血的：在美国，血液只能通过“血液银行”来卖，而且买方可以知道卖血者的年龄段（安布卢舍医院只接受16~25岁年轻人的血液）。吸血鬼神话里只有一个缺陷：吸血鬼害怕大蒜。恰恰相反，大蒜有助于血液流通。每天早晨，我都要啃几头大蒜，同时让人把新鲜的血红蛋白输到我血管里。效果真的非常恐怖：我的神经元以超常的速度出现髓鞘再生。经过15天昂贵的治疗之后（每两天要花费8000美元），我身体内好像充满了1万伏的电源。我转眼就变成格斯·范·桑特电影中的一个滑冰者了。我感觉长出许多新头发，胸肌也鼓起来。只要一想起莉奥诺那富有挑逗性的乳房，我下边那家伙立马就硬了。我能一步跨四个台阶上楼，而且一点儿也不感觉吃力。年轻的血液甚至比毒品还厉害：我感觉自己在距地面20厘米的高度上飞，而且每次射精要射很多。我忍不住打开智能手机，拍几张露着胸肌的自拍照，放到Instagram上。这是我从电视台辞职之后，首次展示自己的身体。照片是在大苏尔的波斯特农庄酒店拍摄的，我站在高高的悬崖峭壁上，脚下就是太平洋，重新亮相的我露出兴奋的样子，宛如男孩乐队里的一位歌手。我的皱纹都消失了，我的脸颊又鼓起来，我的腹部平坦，还露出一块块腹肌。我面带微笑，就像健美运动员那样，露出发达的肱二头肌，在油彩的映衬下，显得更加强壮。*Closer* 杂志未经我允许就把这些照片刊载出来，并冠以醒目的标题："贝格伯德在加利福尼亚体验吸血鬼疗法"。这条消息不胫而走，不知道是谁透漏了安布卢舍医院的输血疗法……尽管我怀疑是莉奥诺在背后捣鬼。

每天晚上，我都给罗密读一段瓦伦蒂娜·彭罗斯的《血腥的伯爵夫人》，瓦伦蒂娜是超现实主义女诗人，她对 16 世纪伊丽莎白·巴托里伯爵夫人用鲜血沐浴的场景感到震惊。"伊丽莎白漂亮、威严，又高傲自大，只喜欢她自己，总想寻觅乐趣，但她并不喜欢上流社会那种乐趣，而是想追求爱的乐趣，她身边尽是阿谀奉承及道德败坏之辈……她尝试着去体验这一乐趣，但却无法接触到。然而，她想在睡梦中醒来，不想再活下去，这让她喜欢上了鲜血，喜欢别人的鲜血，在这后面也许隐藏着什么秘密，从她出生那一刻起，大家就一直隐藏着这个秘密。"罗密很喜欢这个故事，我让她相信这只是一个杜撰的传说。由于她的大脑已和无线网相连，她很快就能查阅出这位伯爵夫人确实杀掉上百名少女，饮用她们的鲜血。我常常唱起超人类的《马赛曲》：

武装起来吧，同胞们！
组织起战斗营！

奋进！奋进！

用年轻的鲜血

浇灌我的田野。

罗密和佩珀在圣巴巴拉市政厅里秘密地举办了婚礼。能给第一对人与机器人联姻的婚事主持婚礼，市长先生感到非常自豪，尽管这个婚礼是非法的，其目的是“推动社会接受人形机器人，逾越反机器人的障碍”。婚礼结束后，我们在斯特恩斯码头吃烧烤龙虾。就在新婚夫妇手挽着手，望着远方的天际线时，我把《行尸之惧》第二季看完了，这个故事就发生在洛杉矶。

现实与科幻在我们身边已看不出任何差别。幽灵影片表明活死人还想觅得新鲜的身躯：好莱坞的电影编剧在试图向我们发出警告。

自从杰西·卡马辛将输血实验方法的首批结果公布后，硅谷所有的暴发户都纷纷涌向他的医院，彼得·蒂尔打头阵。全世界各大报纸竞相报道这一逆龄实验。《世界报》的标题是“在加利福尼亚，汽车充电，老人补血”；《纽约时报》的标题是“输年轻的血液：恢复青春的未来举措”；《费加罗杂志》的标题是“德古拉真的做对了？”*GQ* 杂志法国版甚至在封面上刊登了我身穿泳衣的照片，并配以醒目的黄色说明文字——焕然一新的贝格伯德。安布卢舍医院很快就无法获得足够的年轻血液，去恢复老年人的髓磷脂。美国政府呼吁加利福尼亚退休人员保持冷静，但收效甚微。美国国内的所有老年人都开始寻找新的再生血红细胞资源。美国的大学生、失业者、穷苦人，以及吸毒者都想把自己的血液卖给采血站，因为血液已变为一种新能源，警察都很难劝阻他们。只要有市场，就有人去供应，有人开始到南方寻找资源。有钱的老家伙们肯花费一大笔钱，把年轻的鲜血输到自己血管里。血液买卖很快就转变成黑市交易，黑市席卷美国和墨西哥，接着又在东欧蔓延开来。次年冬天，血液黑手党就发展壮大起来。“血液掮客”竟然把“年轻的血浆”炒到每升 5000 美元至 1 万美元。许多老年人都染了致命的肝病、白血病或艾滋病，但这类事故丝毫没有阻挡火热的市场需求……血液交易价格涨得越高，年轻人面临的风险就越大。

最早追求青春永驻的潮流就出现在洛杉矶近郊。这其中也是有地域原因的，超人类主义者之所以在曼森家族[①]之地扎下根来，绝非出于偶然。吸引他们到加利福尼亚州来的并不是冲浪运动，而是献祭血液的味道。许多墙面上都书写着“猪”字，这表明已做过基因改变的猪很快就能给我们提供可移植的器官，这个字还隐喻新人类的猪型未来。有些器官走私集团开始猎杀所有20岁以下的年轻人。被掏空内脏的年轻人的尸体就被埋葬在内华达州的沙漠里，警方常常会发现乱葬坑，里面填满了一片片干燥的皮革，堆在一起像是人皮一样。我被人拿来当作实验品，没想到这种实验竟然在几代人当中引发出一场嗜血的战争。我对此依然记忆犹新，仿佛是昨天发生的事情。正如《浮士德》里梅菲斯托费勒斯（魔鬼）所说：“血液是一种特殊的汁液。”不借用别人的青春，就想返老还童，是绝对不可能的，这个青春包括处女的鲜血、胚胎的细胞、移植因飙车而

---

① 查理 · 曼森，美国历史上最疯狂的超级杀人狂魔。“曼森家族”指一群仰慕曼森的追随者组成的杀人集团。——译者注

亡的摩托车手的器官，或者一颗猪的心脏。长生不老的问题是，它需要去盗用其他人的身体。我体内的新鲜血液并不是我本人的血液，但它比我原本的血液更好，更纯洁，更清新，更优质，但我已不再是我自己了。莉奥诺想离我远去，也是有道理的，因为我的人性已日复一日地消失殆尽。

其实只要认真思索一下就够了：智人想长生不老的唯一希望就是杀死他自己的孩子。甚至连上帝都把他的孩子钉死在十字架上。我绝对无法依照上帝的样子去做，我不能杀死罗密。为此，我病倒了。

第九章
超　人

"寂忿密意自解脱深法，

死后闻教得度大解脱法，

求生世间中阴境中入观之法。"

——《中阴解脱经》，公元 8 世纪

英年早逝与寿终正寝的名人名单

英年早逝者

罗杰·尼米耶

吉姆·莫里森

莫里斯·荣内特

阿尔蒂尔·兰波

让-勒内·于格南

珍·茜宝

让·罗什福尔

鲍里斯·维昂

弗朗西斯·斯科特·菲茨杰拉德

科特·柯本

罗伯特·梅普尔索普

让-米切尔·巴斯奎特

寿终正寝者

安托万·布隆丹

萨沙·迪斯特尔

查理·卓别林

雅克·普莱维尔

让-埃德恩·阿利耶

让娜·莫罗

马龙·白兰度

弗朗索瓦兹·萨冈

杜鲁门·卡波特

大卫·鲍伊

大卫·汉米尔顿

贝尔纳·布菲

艾米·怀恩豪斯
阿尔贝·加缪
帕特里克·迪瓦尔
约翰·列侬
亚历山大·麦昆
让-吕克·德拉吕
纪尧姆·迪斯坦
娜塔莉·伍德
迈克尔·杰克逊
吉米·亨德里克斯
乔治·迈克尔
希斯·莱杰
普林斯
让·尤斯塔奇
切·格瓦拉
布莱恩·琼斯
让-皮埃尔·拉萨姆

惠特妮·休斯顿
让-保罗·萨特
杰拉尔·德帕迪约
保罗·麦卡特尼
伊夫·圣洛朗
帕斯卡·塞夫朗
雷诺·加缪
费·唐纳薇
迈克尔·杰克逊
普林斯
艾尔顿·约翰
米基·洛克
詹姆斯·布朗
罗杰·瓦迪姆
菲德尔·卡斯特罗
埃尔维斯·普雷斯利
哈维·韦恩斯坦

由此得出的教训是：最好还是英年早逝，但这对我来说已经太迟了。

我个人建议：如果来不及英年早逝的话，那就最好永远也不死。

我在自己前50年里，从来不关注天气预报。不管是刮风，还是下雨，或是大晴天，我都不在乎，照样顶风冒雨、顶着烈日去上班。我才不管天气好坏呢，在巴黎，我根本就不看天。但在此后的十年里，我却整个人都变了：我只看天，其他的都不看；我只跟随太阳，哪里有太阳，我就去哪里。我看着阳光反射在发亮的柏油路上，看着阳光照射在棕榈树上，投映在广袤的海面上。衰老其实就是在乞讨阳光，即便血液已经更新，器官也已再移植过，大脑经数字化处理后传到云上。

在2020年代初期（即著名的双20年代，那时候将出现翻天覆地的变化），年轻人反对老年人的战争总会让人联想到埃马纽埃尔·马克龙与唐纳德·特朗普之间的对峙，大家似乎感觉到，在每一次七国集团首脑会议上，美国总统都梦想着能从法国牟取利益。

自从我知道自己将不久于人世，我便录制了100集节目。待我去世后，每年12月31日在我的YouTube平台上播放一集，这个节目的名字就叫《死后秀》。这是第一个由死人主持的节目，节目的广告收入能让我的家人在21世纪继续生活下去。

孩子们都害怕睡觉，因为睡眠会让人预先感受未来的遭遇：漫长的黑夜，黑暗的隧道，走进隧道时，任何人都不许点灯。但是死亡一点儿也不像夜梦。由于我是最后一代智人……我很想给大家描述一下我的临终时刻。

在给我输的加利福尼亚年轻人血液当中，有被病毒感染过的。输血不久之后，我就感觉到了：在遭受外源性临床感染六周之后，我醒来感觉浑身乏力，嘴里有一股硫黄味，头晕得厉害，接着又出现了便血症状。化验表明我患上一种罕见的肝病，这种肝病无法治愈。我的脂肪肝未能抵挡住快速年轻化的冲击。

死亡像《2001 太空漫游》中的那一组迷幻镜头：飞船飞越泛着荧光色的荒漠地带。

死亡像在理查德·瓦格纳的原声带上翱翔。

死亡像屏住呼吸向无底的深渊坠落。

死亡像是用“幻影”摄像机拍摄的缓慢落雨。

死亡其实就是拧在一起的细线，这些细线分散在四处，就像一部立体动画片里的镜头一样。

死亡是一个分形图画，仿佛落入一个数学图形，这个图形可以无限放大。

死亡就是一个嵌套，好似平克·弗洛伊德乐队新推出的唱片《乌马古马》封面，你走进一幅画面，画面里有同一幅相同的画面，那幅相同的画面里也有一幅相同的画面，要想退出是绝对不可能的。这里有一股臭鸡蛋味儿。

我不会因担心天塌下来，而去仰望天空，而是把注意力放在脚下的大地上，大地很快就裂开一个缺口。我们最终将会跌倒，落入缺口之中，就像爱丽丝落入一个深洞里，洞里堆满了各种各样的物品，洞内的钟表指针倒转……落入远古时代的地下墓穴里。

我的生命在围绕着我旋转，有人走，也有人来。我最终不再衰老。死亡是终极版，是返老还童，是暂停时间的彼岸，是停顿时间的黎明。我的肉身已经寿终正寝。我的替身开始与我的机器人兄弟相连。

罗密永远也不会死，我活着就是为了达成这个目标。不管怎么说，我还是起到一点儿作用。延长我们的肉身寿命已没有任何用处了。死亡并不意味着放弃。我已经永久地和云连在一起了。我的外形很早以前就消失了，在这个世界上之所以还能看到我，是因为我有一个机器人替身。肉体消失的唯一不便之处，就是我再也无法联系上莉奥诺和露了，她们娘俩一直不肯接受数码意识。

没有痛苦的云。给人带来慰藉的云。我把整片天空都吞下去了。我朝着过去的一年年俯下身，就像俯身看着海洋一样。我每天晚上都吐血。

你们能在身旁感觉到我吗?

我并不是幽灵，我是原子。是生前和死后的原子。

我源于一切，又归于一切。

我是尘埃、声波、光、空气。我如同高山那样巨大，也似云彩那样轻盈，像空气和水那样透明。

以前我是虚拟的，后来我变成真实的，再后来我又变成虚拟的。现在，我没有了生命，但我曾为你们生活过。我还依然存在，给我点赞吧。

未来将比现在变得更肮脏、更热、更拥挤。那么为什么还要依附未来呢?

你们呼吸的空气，照射着你们的阳光，让你们得到休息的黑夜，这就是我。我将来也许会走进你们的记忆，有时候去看你们。

我现在什么都不是，但我过去却是一切。我就是现时本身。“我是自有永有的”（《出埃及记》第三章第 14 节）。

所有的分子都发生转变。骨骼变成花朵。我的细胞早已回收变成了复合肥料。我的灵魂已变成数码。

肉体的死亡并不是一个结局，而是一个过渡。你不要等待死亡，也别去寻觅死亡，因为死亡一直围绕你。死亡就是一个早已预设好的约会。最终你还是摆脱了自我。这是超越一切文字描述的最后快感。死亡需要另一种语言。

一朵朵云彩随着我的摄像头飞快地飘动。天空在下，大地在上。我不再感觉痛苦，只感觉自己变得更轻盈、更年轻。鼻子和喉咙里依然有“年轻血液”的味道。那是疾病和生命终结的味道。

死亡是沉重的。与之相比，所有其他问题都不值一提。自本书的开篇起，我就在谈论一个自己完全不了解的话题。我父母还健在（在写下这句话时，我要明确指出这一点，我真有好运）。我不知道这种撕心裂肺的感觉会是什么样，因此我担心写不好这段文字。死亡本应让我变得更谦逊，但我却变得更傲慢了。我想用自我主义去战胜死亡。假如我的遭遇对谁有教益的话，那么就应该铭记这一点：佩索阿说“生命满足不了我”，那他肯定搞错了。噢，其实有生命就足够了。生命是绰绰有余的。您就相信一个死人说的话吧。

也许我加速推动自己想要的东西。我没有时间去创立抵御不朽运动，但却找到能让我安乐死的东西。这是第一个非自愿型的安乐死。我自杀身亡，但我不是故意的。

死亡是悲伤的，但不死更悲伤。

见我的病情日趋恶化，医院给我请来一个天主教神父。一位修道院修士：托马斯·朱利安神父。他穿着黑色修士袍，来到我床前，听着我的哀诉，一个劲儿地流汗。我从耶路撒冷返回法国的时候，他本应该是我第一个要见的人。我对他唱起马赛奥林匹克足球俱乐部的球迷曲。

“他在哪儿？他在哪儿？你他妈的那个上帝在哪儿呢？”

“莉奥诺、罗密和露就是你的圣三体，你不明白吗？这三个女人，正是上帝把她们派到你身边的，好让你不要离开人类，你不明白吗？你应该把这些内容放到你死后播放的节目里。”

“但基督早已死了啊！”

“是的，他被钉死在十字架上了。但他的躯体依然在动。这正是你活在这个地界上的原因。比如说我吧，我放弃做父亲的权利，因为我更喜欢做神父。当你接受生命中的礼物时，你就不会再害怕离开这个世界。”

“神父，这个我知道。但这并不是一种说教的理由啊，就像在漫威的漫画影片里说的一样。”

“这可不是漫威的漫画影片，而是《圣经》中的记载。你还记得《新约全书》里讲述的与富人见面的故事？一个有钱人问基督如何才能长生不死。耶稣对他说‘卖掉一切，跟我走’。”

“我看不出这两者之间有什么关系。”

“你可以看出来呀——富翁想和耶稣竞争。这是两个在相互对抗的宗教，一个是金钱的宗教，另一个是人的宗教。”

“是橄榄山在与硅谷对抗……”

“确实如此。回击超人类的（人造出上帝），恰好是基督（上帝造出人）。你应该去传播你的故事。”

“一个想长生不死的人，最后却死掉的故事……”

“假如你把这个故事发表出来，结局也许会不一样呢？文学可以超越时间，在这方面你最有发言权。”

神父赋予我一个使命。这大概正是我所寻觅的：其实并不是长生不死，而是做一件比脱口秀更有益的东西。正是在这一时刻，我决定把这个故事发表出来，就是你们现在手里捧的这本书，标题就是《没有终点的生命》。

“神父，可我还有一个问题要问您。如果世界上确实有上帝，为什么他却让我不信神呢？”

“他是为了让你的爱不受限制。”

“他是想验证一下我的诚意？上帝这么不自信，还需要我由衷地展现自己的信念？”

“你想要什么呢？想要一个专制的上帝？”

“是的，我倒宁愿他来制裁我。他要是能给我发布一个看得见、摸得着的指示，我的生活也许就不会有那么多麻烦了。”

“那么，我是什么呢？是小牛肺吗？”

朱利安神父在胸前画了一个十字，便倒退着从我房子走出去，他身上穿的修士袍像《黑客帝国》人物穿的黑袍。我还在用手压那只吗啡泵。我的灵魂已变得软弱无力，但不管怎么说，显然我终究还有一个灵魂。

太阳从海面落下，宛如一只红色的飞盘落入樱桃果酱里，此时，我很想仔细观察大海，寻找绿色的光芒，并在平克·弗洛伊德乐队的《我们与他们》乐曲声中渐渐死去。

如果大家都“拥抱”我一下，我也乐于死去。而我什么感觉也没有，只感觉到脚下踩着草莓。我至死一直在高声说话。我最后说的话是：“好吧，太棒了！”

我想莉奥诺、罗密和露，想我生命当中的这三个女人，想那个让我心碎的女人，想那个在硬盘上让我开心的女人，想我的宝贝小女儿……还想那个即将出生的婴儿。

我想父亲、母亲和哥哥。在弥留之际，除了自己最亲的人之外，你还会想起谁呢？

我想朋友、堂兄弟、小侄女，想许多家庭，其中有分散的家庭、重组的家庭、人为组成的家庭、被抛弃的家庭、破裂的家庭、难以复原的家庭。

我想自己曾经爱过的女人，曾经娶过的女人，没有骗过的女人。我想那些吻过我的女人，哪怕她们只吻了我一秒钟。我对任何一个吻都不会后悔。

因此，我曾经为一个身穿牛仔夹克、脚踏匡威鞋的小姑娘活着，为她那穿着金色凉鞋、看到蜗牛高兴得大笑的妹妹活着。她们皮肤细嫩，脸颊光滑，小脸贴在我那扎人的胡子上，她们在海浪里扑腾，露出欢快的笑声，她们不正是我生命的动力吗？一个婴儿身上散发出润肤乳的香味，而她姐姐正把脚指甲染成天蓝色，两只鼓起来的脚，形状就像勃朗峰下的夏蒙尼小镇，她的脖子就像白天鹅的颈项，这不正是我生命的意义吗？我真应该像粉红色的枪乌贼那样缠在她们的耳朵上。我做了一辈子工作，也创造出一些美妙的作品，但远不如我用精子造出的女儿美。

我赢了六合彩，但我自己却不知道。

令人感到奇怪的是，即使在弥留之际，人还是在想其他人。

我现在逃离了现时，又返回到出生之前。没有哪句话可以表达出无止境的意思。要换一种语言，才能写出最终的文本。假如要把人类 DNA 的 30 亿个碱基对书写下来，若每页写 3 000 个符号，每 1 000 页编成一卷，则需要书写 1 000 卷。

ATGCCGCGCGCTCCCCGCTGCCGAGCCGTGCGC

TCCCTGCTGCGCAGCCACTACCGCGAGGTGCTG

CCGCTGGCCACGTTCGTGCGGCGCCTGGGGCCC

CAGGGCTGGCGGCTGGTGCAGCGCGGGGACCC

GGCGGCTTTCCGCGCGCTGGTGGCCCAGTGCCT

GGTGTGCGTGCCCTGGGACGCACGGCCGCCCCC

CGCCGCCCCCTCCTTCCGCCAGGTGGGCCTCCCC

GGGGTCGGCGTCCGGCTGGGGTTGAGGGCGGC

CGGGGGGAACCAGCGACATGCGGAGAGCAGCG

CTGCCTGAAGGAGCTGGTGGCCCGAGTGCTGC

AGAGGCTGTGCGAGCGCGGCGCGAAGAACGTG

CTGGCCTTCGGCTTCGCGCTGCTGGACGGGGCC

CGCGGGGGCCCCCCGAGGCCTTCACCACCAGC

GTGCGCAGCTACCTGCCCAACACGGTGACCGAC

GCACTGCGGGGGAGCGGGGCGTGGGGGCTGC

TGCTGCGCCGCGTGGGCGACGACGTGCTGGTT

CACCTGCTGGCACGCTGCGCGCTCTTTGTGCTG

GTGGCTCCCAGCTGCGCCTACCAGGTGTGCGG

GCCGCCGCTGTACCAGCTCGGCGCTGCCACTCA

GGCCCGGCCCCGCCACACGCTAGTGGACCCCG

AAGGCGTCTGGGATGCGAACGGGCCTGGAACC

ATAGCGTCAGGGAGGCCGGGGTCCCCCTGGGC

CTGCCAGCCCCGGGTGCGAGGAGGCGCGGGGG

CAGTGCCAGCCGAAGTCTGCCGTTGCCCAAGA

GGCCCAGGCGTGGCGCTGCCCCTGAGCCGGAG

CGGACGCCCGTTGGGCAGGGGTCCTGGGCCCA

CCCGGGCAGGACGCGTGGACCGAGTGACCGTG

GTTTCTGTGTGGTGTCACCTGCCAGACCCGCCG

AAGAAGCCACCTCTTTGGAGGGTGCGCTCTCT

GGCACGCGCCACTCCCACCCATCCGTGGGCCGC

CAGCACCACGCGGGCCCCCCATCCACATCGCGG

CCACCACGTCCCTGGGACACGCCTTGTCCCCCG

GTGTACGCCGAGACCAAGCACTTCCTCTACTCC

TCAGGCGACAAGGAGCAGCTGCGGCCCTCCTT

CCTACTCAGCTCTCTGAGGCCCAGCCTGACTGG

CGCTCGGAGGCTCGTGGAGACCATCTTTCTGG

GTTCCAGGCCCTGGATGCCAGGGACTCCCCGCA

GGTTGCCCCGCCTGCCCCAGCGCTACTGGCAAA

TGCGGCCCCTGTTTCTGGAGCTGCTTGGGAAC

CACGCGCAGTGCCCCTACGGGGTGCTCCTCAAG

ACGCACTGCCCGCTGCGAGCTGCGGTCACCCCA

GCAGCCGGTGTCTGTGCCCGGGAGAAGCCCCA

GGGCTCTGTGGCGGCCCCCGAGGAGGAGGACA

CAGACCCCCGTCGCCTGGTGCAGCTGCTCCGCC

AGCACAGCAGCCCCTGGCAGGTGTACGGCTTC

GTGCGGGCCTGCCTGCGCCGGCTGGTGCCCCCA

GGCCTCTGGGGCTCCAGGCACAACGAACGCCG

CTTCCTCAGGAACACCAAGAAGTTCATCTCCCT

GGGGAAGCATGCCAAGCTCTCGCTGCAGGAGC

TGACGTGGAAGATGAGCGTGCGGGACTGCGCT

TGGCTGCGCAGGAGCCCAGGTGAGGAGGTGG

TGGCCGTCGAGGGCCCAGGCCCCAGAGCTGAA

TGCAGTAGGGGCTCAGAAAGGGGGCAGGCA

GAGCCCTGGTCCTCCTTGTCTCCATCGTCACGTG

GGCACACGTGGCTTTTCGCTCAGGACGTCGA

TGGACACGGTGATCTCTGCCTCTGCTCTCCCTC

CTGTCCAGTTTGCATAAACTTACGAGGTTCACC

TTCACGTTTTGATGGACACGCGGTTTCCAGGC

GCCGAGGCCAGAGCAGTGAACAGAGGAGGCT

GGGCGCGGCAGTGGAGCCGGGTTGCCGGCAAT

GGGGAGAAGTGTCTGGAAGCACAGACGCTCTG

GCGAGGGTGCCTGCAGGTTACCTATAATCCTCT

TCGCAATTTCAAGGGTGGGAATGAGAGGTGG

GGACGAGAACCCCCTCTTCCTGGGGGTGGGAG

GTAAGGGTTTTGCAGGTGCACGTGGTCAGCCA

ATATGCAGGTTTGTGTTTAAGATTTAATTGTG

TGTTGACGGCCAGGTGCGGTGGCTCACGCCGG

TAATCCCAGCACTTTGGGAAGCTGAGGCAGGT

GGATCACCTGAGGTCAGGAGTTTGAGACCAGC

CTGACCAACATGGTGAAACCCTATCTGTACTAA

AAATACAAAAATTAGCTGGGCATGGTGGTGTG

TGCCTGTAATCCCAGCTACTTGGGAGGCTGAG

GCAGGAGAATCACTTGAACCCAGGAGGCGGAG

GCTGCAGTGAGCTGAGATTGTGCCATTGTACT

在比利牛斯山地区，你对着高山呼喊，回声会一直重复你的喊声。两声、三声、四声，喊声一声接一声地传过来，仿佛高山就是一只巨大的鹦鹉。但此后呼喊的回声变得越来越小。要更用力地呼喊，每次都要使出全身力气。即使声嘶力竭，回声最终依然会越来越小。回声似乎越来越远，仿佛对面那个人在刻意模仿你，因为回声总是在嘲弄那个对着虚空高喊的人。我小时候也对着高山呐喊过，但很快就对这一游戏感到厌烦了。我的叫声被闷在高山里。没有必要去声嘶力竭地呼喊，因为你得到的仅仅是几声抱怨的回应。每次得到的都是相同的结果：一声声重复的呼喊，接着，只过了一小会儿，就什么声音也听不到了。最终，高山又恢复了宁静。

尾　声

在巴斯克地区的某处，海鸥的叫声把孩子吵醒了。太阳还没有升起，一片片花瓣上挂满了露水。一个小女孩在喊妈妈。母女俩紧紧地拥抱在一起。房间里充满了爱意，四面墙壁都快盛不下这浓浓的爱意。小女孩在吃一个桃子，或者一只香蕉。她的金发和牙齿好像一夜之间又见长了。她只有一岁半。她会走路了，也能说几个字："你听见了吗""球球""来""还要""哇""房子"，见猫咪走进房间，她还会发出"喵"的声音。她说的其他话倒像是她自己的方言："巴卡泰什""帕巴克""法蒂什""卡拜什""德达纳农""吉嘎麦什"。她说梵语也许会说得很流利。她有好多喜欢做的事：躺在吊床上晃来晃去，嘴里模仿发动机的响声，做出开车的样子，到花园里摘雏菊，在草坪上捉影子，找到一只蜗牛壳，抓一把碎石子装饰平台；一架飞机飞过天空时，她停下手中的游戏，抬头仰望飞机，看飞机在蓝天留下一条长长的白带子；她会把羊角面包渣滚成一个圆球；听着乔·达辛的歌曲，和妈妈一起跳舞；让市场里卖水果的阿姨送自己几只覆盆子。没有人给她编舞，她就举起双手，光着脚，在草地上原地打转，直到转晕为止。她的精神状态是，见什么都特别惊奇。所有的一切都是新鲜的，都很重要，世间没有任何烦恼。母亲和女儿在海滩上吃午饭。这一地区经常下雨，所以每一束阳光都显得十分珍贵。只要天空撕开一条缝的奇迹一出现，当地人马上就脱掉衣服，享受日光浴了。海边总有很多好玩的东西：把沙子装到小桶里，再把小桶翻过来，用手轻轻地拍小桶，再把小桶拿开，看着用小桶扣出的沙雕，再把沙雕拆掉，相同的步骤可以连续做上十遍。把脚趾浸到海水里。迎着海浪跑去，见海浪涌过来，就往后退。见上涨的潮水没过沙滩上的浴巾时，她就高喊："啊，不！"她啃着海螯虾、鱿鱼、玉米饼，再抓一把生菜，放在嘴里。整个下午好似漫长得没有尽头，就像这浩瀚的大海。她躺在沙滩上，望着天空。坐在回家的汽车里，小姑娘非得要看她喜欢的动画片《小鼹鼠》，这是捷克在20世纪60年代拍摄的动画片。洗个热水澡是这一天最惬意的事情。妈妈和女儿一起洗澡。小女孩的皮肤可比你的皮肤细嫩多了。房子外面，小山冈上的山羊都被晚霞染成了粉红色。

这时，她们听到外面有汽车轮胎压过碎石的响声。一辆出租车停在小路上。一个留着长发、蓄着络腮胡的瘦高男人坐在后排座位上，牵着他的大女儿，大女儿长高了几厘米，但她身边并没有带着那个日本机器人。这个笨手笨脚的男人付了车费，弯下腰，走下车。他从加利福尼亚赶来，此前他报名参加了一项科学实验，让医生给自己血管里注射年轻的血液。但就在要进行试验的那一天，他退缩了，放了对方鸽子。

莉奥诺和露打开房门。莉奥诺把女儿放在地上，双手交叉放在自己隆起的肚子上。夕阳正朝那一片片松林落下去，在晚霞的映衬下，莉奥诺显得更漂亮了。露认出了我，丢下手中的奶瓶。她朝我扑过来，嘴里喊着："爸爸！"

我跪下身子，朝她张开双臂。

致 谢

感谢脑循环基金的法拉·里亚萨尔帮我联系耶路撒冷希伯来大学医学院生物技术研发与癌症研究院的尤西·布甘尼姆教授。

感谢尤西·布甘尼姆医生的热情接待与详细讲解。

感谢耶路撒冷希伯来大学外联处的塔里·道维克，他安排我们参观医疗中心，并安排我们和埃德蒙及莉莉·萨弗拉脑科学中心的埃兰·梅舍勒会面。

感谢日内瓦医学院基因医学系基因组临床医院的蒂里亚诺斯·安托纳拉吉教授。

感谢乔治·蓬皮杜欧洲医院功能检查及预测医学部门的弗雷德里克·萨尔德曼医生。

感谢《新观察家》杂志的多米尼克·诺拉的宝贵支持。

感谢瑟莱克蒂斯公司首席执行官安德烈·舒里卡博士，他在巴黎和纽约抽时间接待我，他待人率直、诚恳。他的《重新编写生命》有助于我理解那些难以理解的内容。

感谢麻省理工学院、韦斯生物工程研究所及哈佛大学医学院的乔治·丘奇医生，我们在他的波士顿实验室里就超人类问题谈论了很久。

感谢洛朗·亚历山大医生抽时间与我共进午餐，巴黎钱币博物馆的居伊·萨瓦餐厅为我们提供的是非转基因食物。

在此谨为那只兔子向杰西·卡马辛表示歉意。

感谢托马斯·朱利安神父提供的心灵帮助。

感谢奥利维耶·诺拉、朱丽叶·若斯特和弗朗索瓦·萨米埃松对这个荒诞的项目始终抱有信心。

愿天下所有人都不会死亡。